KB041135

# 더 뉴 게이트

09. 천하오검

THE **NEW**

더 뉴 게이트

GATE

09. 천하오검

카자나미 시노기 지음
Illustration 마계의 주민
김진환 옮김

라루나

# 목차

## 「THE NEW GATE」 세계의 용어에 관해

### ● 능력치

LV: 레벨

HP: 히트 포인트

MP: 매직 포인트

STR: 힘

VIT: 체력

DEX: 기술

AGI: 민첩성

INT: 지력

LUC: 운

### ● 거리·무게

1세메르 = 1cm

1메르 = 1m

1케메르 = 1km

1구므 = 1g

1케구므 = 1kg

### ● 화폐

쥬르(J): 500년 뒤의 게임 세계에서 널리 통용되는 화폐.

제일(G): 게임 시대의 화폐. 쥬르보다 10억 배 이상의 가치가 있다.

쥬르 동화(銅貨) = 100J

쥬르 은화(銀貨) = 쥬르 동화 100닢 = 10,000J

쥬르 금화(金貨) = 쥬르 은화 100닢 = 1,000,000J

쥬르 백금화(白金貨) = 쥬르 금화 100닢 = 100,000,000J

### ● 육천의 길드 하우스

1식 괴공방 데미에덴(통칭: 스튜디오) 『검은 대장장이』 신 담당

2식 강습함 세르슈토스(통칭: 쉽) 『하얀 요리사』 쿳쿠 담당

3식 구동 기지 미랄트레아(통칭: 베이스) 『금색 상인』 레드 담당

4식 수림전 팔미락(통칭: 슈라인) 『푸른 기술사(奇術士)』 카인 담당

5식 혼란 정원 로메눈(통칭: 가든) 『붉은 연금술사』 헤카테 담당

6식 천공성 라슈감(통칭: 캐슬) 『은색 소환사』 캐시미어 담당

**린도 스즈네**
17세. 비스트(너구리). 식신을 이용해 싸우는 음양사. 언니가 던전에 사로잡혔다.

**슈바이드 에트락**
521세. 하이 드래그닐. 신의 서포트 캐릭터. 용황국 킬몬트의 초대 국왕.

**오오덴타 미츠요**
521세. NPC 겸 보스 몬스터. 무네치카와 함께 「천하오검」의 하나.

**미카즈키 무네치카**
521세. NPC겸 보스 몬스터. 같은 이름의 일본도가 의인화한 존재.

**필마 토르메이아**
521세. 하이 로드. 신의 서포트 캐릭터. 큰언니 같은 성격으로 파티의 모드 메이커.

**슈니 라이자**
521세. 하이 엘프. 신의 서포트 캐릭터. 500년 동안 신을 기다려왔다.

**티에라 루센트**
157세. 엘프. 「잡화점 달의 사당」의 종업원. 강력한 저주에 걸린 흔적으로 머리카락 대부분이 까맣다.

**신**
본작의 주인공. 21세. 하이 휴먼. 온라인 게임에서 이름을 떨친 최강 플레이어. 데스게임 클리어 후, 500년 뒤의 게임 세계로 차원 이동 되었다.

엘트니아 대륙

THE NEW GATE

바다

지그루스

용황국 킬몬트

파르닛드 수연합

성지 카르키아

레츠

라르아 대삼림

베이룬

바르멜

망령평원

흑무녀 신사

쿠죠 성

베일리히트 왕국

영봉 후지

히노모토

영봉의 이변　　Chapter 1

THE NEW GATE

히노모토를 뒤흔든 반란을 무사히 평정한 신은 천하오검 중 하나인 미카즈키 무네치카와 약속한 대로 영봉 후지로 향했다.

　쿠죠의 영지에서 출발한 신 일행은 마차를 달려 가도를 나아갔다. 직접 달려가는 편이 빨랐지만 그렇게 급한 일이 있는 것도 아니었다.

　신수(神獸)인 카게로우가 끌고 있는 만큼 일반 마차와 비교하면 엄청난 속도였다.

　"—그런데 왜 천하오검 같은 위험한 상대가 신을 찾는 거야?"

　필마가 마부석에 앉은 신에게 물었다.

　게임 시절에 서포트 캐릭터는 천하오검과 싸울 수 없었기 때문에, 필마뿐 아니라 슈니와 슈바이드도 무네치카의 능력이 어느 정도인지 모르고 있었다.

　그래서 신이 직접 이야기해주고 나서야 얼마나 위험한 상대인지 인식하게 되었다.

　무네치카의 레벨은 900이 넘었고 고대급 장비로 몸을 감싸고 있다. 이 세계의 압도적 강자인 슈니라 해도 결코 방심할 수 없는 상대였다.

"솔직히 말하면 나도 이유는 몰라. 하지만 무네치카는 『영광의 낙일』이전부터 존재해왔으니까 뭔가 중요한 이야기를 들을 수도 있을 것 같아."

"위험하지는 않을까요?"

"직접 이야기도 해보고 시험 삼아 검을 맞대봤지만 특별한 점은 없었어. 전력을 다해 싸우고 싶어 하면서도 그런 욕구를 스스로 자제하는 것 같아."

신은 무네치카가 싸움이 격렬해지기 전에 검을 거둔 것을 떠올리며 슈니에게 대답했다.

투지가 없는 것은 아니었지만 무력만을 앞세우는 성격처럼 보이지는 않았다.

만약 카린과 카나데가 둘이서 찾아갔다면 별다른 대가를 요구하지 않고 약초를 나눠주었을 것이다.

"혹시나 해서 물어보는 건데, 카린처럼 신에게 반해서 그런 건 아니겠지?"

"이봐, 필마. 맞선 이야기는 카린 씨 어머님이 일방적으로……."

"그건 알아. 하지만 카린의 눈빛은 아무리 봐도 사랑에 빠진 소녀 같던데? 설마 몰랐다고 하진 않겠지?"

"그야…… 대충 느껴지긴 했는데 말이지."

그만큼 노골적으로 티를 내면 웬만한 사람은 눈치를 채기 마련이다. 신 역시 예외는 아니었지만 한편으로는 이상하다는 생각도 들었다.

"카린 씨의 태도가 변한 건 내가 맞선 이야기를 거절한 뒤부터였어. 그게 잘 이해가 안 간단 말이지. 왜 거절당한 뒤에 좋아하는 티를 내는 거야? 오히려 반대 아닌가?"

그것이 신이 느끼는 가장 큰 의문점이었다.

"자기 감정을 뒤늦게 깨달은 거겠지. 딱 봐도 검술밖에 모르고 살아온 것 같던데."

"……역시 모르겠어."

신도 당연히 다른 사람을 좋아해본 적이 있지만 카린의 심리는 도무지 이해하기 힘들었다.

"이미 지난 일을 이야기해봐야 무슨 의미겠어요. 그것보다도 무네치카 씨는 어떤 분인가요?"

"나도 그렇게 자세히 아는 건 아냐. 내가 처음 만난 건―."

신은 약초를 구하기 위해 카린 일행을 데리고 후지에 올라 무네치카와 싸웠던 이야기를 해주었다.

"강했어."

"맞아, 유즈하의 말대로 검술 실력은 보통이 아니었어. 순수하게 검술로만 싸운다면 이기지 못할 거야. 물론 모든 능력을 동원하면 이야기가 달라지겠지."

신은 맞대결할 때의 상황을 떠올리며 이야기했다. 마법과 스킬을 마음껏 사용할 수 있다면 질 가능성은 없었다.

"흐음, 확실히 족쇄를 벗어던진 신이라면 검술이 부족해도 어떻게든 이길 수 있을 것이오."

"애초에 신이 이기지 못할 상대는 없는걸요."

슈바이드가 신의 능력을 냉정히 분석하자 슈니는 어이가 없다는 듯이 끼어들었다. 살짝 발끈한 것처럼 보이는 슈니에게 티에라가 말을 건넸다.

"저기, 스승님?"

"……엣헴. 이제 곧 후지네요."

슈니는 얼버무리듯 헛기침을 했다.

마차 앞으로 높이 올려다보이는 후지가 위용을 뽐내고 있었다.

그리고 정상 부근에는 여전히 짙은 안개가 덮여 있었다.

"안개는 사라지지 않는다고 들었는데, 숲은 조용한 분위기네."

티에라는 안개와 숲을 번갈아 바라보며 불쑥 중얼거렸다.

"그래?"

"세계수의 숲과 가까워요. 뭔가 특별한 힘이 작용하고 있는 거겠죠."

티에라와 함께 후지 산기슭에 펼쳐진 숲을 바라보던 슈니가 대답했다.

"레벨이 높은 몬스터도 있다고 들었소만, 어떻소이까?"

"평균적으로 500 정도는 될 거야. 다만 정상에 있는 여덟 머리 오로치는 차원이 달라. 레벨이 833이나 돼."

신의 대답을 들은 슈바이드가 감탄하듯 말했다.

"무네치카보다는 낮지만 방심할 수 있는 상대는 아니구려."

"싸우러 가는 건 아니니까 괜찮을 거야. 전에 후지에 갔을 때도 호전적인 느낌은 아니었거든."

신을 흥미롭게 관찰하는 머리가 있는 반면 제멋대로 졸고 있는 머리도 있을 만큼 여덟 개의 머리는 각자의 개성이 있었다. 강력한 몬스터였지만 그런 모습을 보면 오히려 귀여운 느낌도 들었다.

"어쨌든 올라가보도록 하오. 우리들이라면 몬스터를 걱정할 필요는 없을 테지만 방심해선 안 될 것이오."

"그럼 제가 앞장설게요."

슈니가 맨 앞에 서고 그 뒤로 나머지 일행이 뒤따랐다. 위에서 내려다보면 티에라를 중심으로 신이 오른쪽, 필마가 왼쪽을 맡고 슈바이드가 후방에 버티고 있었다. 유즈하는 신의 왼쪽 어깨 위에 앉아 있었다.

카게로우가 있었기에 티에라를 우선적으로 보호할 필요는 없었지만 자연스럽게 그런 형태가 되었다.

티에라의 주요 무기는 활이었다. 신 일행은 원거리 공격자를 중심으로 진형을 짜는 것을 자연스럽게 받아들이고 있었다.

"안개에 진입합니다."

일행은 진형을 유지한 채 안개 속으로 나아갔다.

카린 일행과 함께 왔을 때처럼 은밀 스킬을 사용하진 않았지만 슈니의 정확한 인도 덕분에 몬스터와 한 번도 마주치지 않고 안개를 빠져나올 수 있었다.

산을 오를 때부터 접근을 감지하고 있었는지, 여덟 머리 오로치가 고개를 높이 든 채 그들을 맞이했다.

"크, 크네……."

그 위용을 올려다본 티에라가 놀라며 중얼거렸다. 여덟 머리 오로치는 지난번과 마찬가지로 흥미롭다는 듯이 신 일행을 관찰하고 있었다.

인원이 많기 때문인지, 아니면 멤버들의 레벨이 높아서인지는 모르지만 이번에는 여덟 개의 머리가 전부 그들을 주시했다.

"확실히 위압감이나 적대감은 느껴지지 않네요."

"흐음, 경계하진 않아도 될 것 같소."

슈니와 슈바이드가 여덟 머리 오로치를 살피며 경계를 풀었다.

"나는 그것보다 저쪽이 더 신경 쓰이는데."

그때 필마는 혼자 사당 쪽을 돌아보고 있었다.

그녀가 중얼거리고 몇 분도 지나지 않아 사당 안쪽에서 무언가가 빛나기 시작했다.

"생각보다 빨리 왔군, 신."

"오래 기다리게 하진 않겠다고 했으니까 말이죠."

빛나는 물체의 정체는 무네치카가 몸에 두른 일본식 갑옷이었다. 그녀가 투구를 왼팔에 들고 신 일행에게 다가왔다.

"우리 사이에 예의는 필요 없다."

무네치카는 신의 어깨 위에 손을 얹으며 얼굴을 앞으로 내밀었다. 서로의 시선이 꽤나 가까워졌다.

"저기…… 서로 대련했던 기억밖엔 없는데요."

갑자기 친근하게 대하는 이유를 전혀 알지 못했던 신은 당황하면서도 겨우 말을 이어나갔다. 얼마 전에 요호(妖狐) 토벌을 돕긴 했지만 그것 때문만은 아닌 것 같았다.

"그래, 그러고 보니 내가 아직 말하지 않았군. 전에 대결할 때 거칠게 굴렸다느니, 운으로 이겼다느니 하는 소리를 했었지? 신이 떠난 뒤로 그에 관해 생각해봤거든. 며칠이 걸렸지만 간신히 생각해냈다."

"설마 게임 시절에 있었던 일을 기억하는 겁니까?"

이미 500년도 더 지난 일이었다. 기억한다는 말이 쉽게 믿어질 리는 없었다.

"계기가 없었다면 힘들었겠지. 나도 이렇게나 선명히 떠오를 줄은 몰랐다."

무네치카는 대련을 할 때까지만 해도 전혀 생각이 나지 않았다고 한다. 뒤늦게나마 생각난 것은 신이 꺼냈던 말 때문이었다.

"그날 계속 이야기해보고 싶다고 생각했던 건 무의식중에 신을 알아봤기 때문인지도 모르겠어."

"나에 대해 얼마나 알고 계시죠?"

"사실 네가 어떤 사람인지는 거의 모른다. 하지만 맞댔던 검의 뜨거움은 잘 기억하고 있지."

어깨 위에 놓인 무네치카의 손이 신의 얼굴을 향해 이동했다.

"나를 쓰러뜨린 사람이 너뿐인 건 아냐. 하지만 너만큼 내게 여러 번 도전한 자는 없었지. 생각하면 할수록 가슴이 뜨겁게— 정말이지, 먼저 이야기해주면 어디 덧나?"

무네치카는 섭섭하다는 듯이 어깨를 으쓱해 보였다.

그때 점점 가까워지던 신과 무네치카 사이로 슈니가 끼어들었다.

"죄송하지만 그 이상 가까이 가면 곤란합니다."

"곤란하다고? 부럽다는 말을 잘못한 것 아냐?"

"……."

무네치카의 도발에 슈니가 눈을 가늘게 떴다.

"자, 스톱, 스토옵! 슈니도 진정해, 진심으로 그러는 건 아니니까. 무네치카도 장난 그만하고!"

"후후, 내가 네 어깨에 손을 얹었을 때부터 꽤나 살벌한 눈빛을 보내와서 말이지. 나도 모르게 골려주고 싶어지더군. 그리고 덕분에 네 딱딱한 말투도 바뀌었잖아?"

"아무리 그래도 적당히 해야지……."

신은 슈니의 양어깨를 토닥이며 한숨을 쉬었다. 이런 일로 분위기가 험악해지는 것만은 사양하고 싶었다.

"뭐랄까, 이미지하고 굉장히 다르네."

"으음, 신에게 들었던 이야기와도 약간 다른 것 같소."

그들의 대화를 지켜보던 필마와 슈바이드도 당황하고 있었다.

레벨을 확인해보면 강한 것은 틀림없었다. 다만 강자다운 위압감을 감추고 있었기에 자연스레 그런 반응이 나온 것이다.

"저기, 신? 이제 슬슬 손을 놓는 게 좋을 것 같은데."

"응? 어, 우왓! 미, 미안!"

티에라의 지적에 신이 시선을 돌리자 얼굴이 시뻘게진 슈니가 가만히 굳어 있었다.

"……미안할 건 없어요."

슈니는 부끄러웠는지 고개를 푹 숙인 채 조용히 말했다.

"크큭, 너희들은 보고만 있어도 재미있군."

"그게 누구 때문인데 그래? 그건 그렇고 아까 하던 이야기나 계속 해볼까?"

"아, 미안. 이렇게 즐거운 건 오랜만이라서 말이지. 자, 본론으로 넘어가보자. 신, 나는 네 전투력은 물론이고 됨됨이도 잘 알고 있다. 그래서 부탁할 게 있어."

웃으며 말을 꺼낸 무네치카의 표정이 점점 진지해졌다.

"내 동료들이 함께 들어도 되는 이야기야?"

"그래, 괜찮다. 게다가 네 어깨 위에 있는 게 엘레멘트 테일이라면 너하고 전혀 상관없는 이야기는 아니야."

무네치카는 유즈하를 바라보며 말했다. 엘레멘트 테일이 언급된 걸 보면 영맥(靈脈)과 관련된 이야기 같았다.

"따라와라. 너희에게 보여줄 게 있다."

그렇게 말하며 몸을 돌리는 무네치카를 따라 신 일행은 사당 안으로 들어섰다.

5분 정도 걸어가자 전방에서 새어 나오는 붉은빛이 보였다.

"이것이 후지의 원래 주인인 카구츠치다."

"이건⋯⋯."

그곳에 있던 것을 확인하자 누구도 말을 꺼내지 못했다.

새어 나오는 빛의 발생원은 불사조의 모습을 한 진홍색 수정이었다.

무언가를 감싸듯이 날개를 넓게 펼친 상태로 굳어버린 카구츠치에게서 붉은빛이 새어 나와 방 안을 밝게 비추고 있었다.

"어떻게 된 거야?"

"전에 영맥에 마기가 흘러든 적이 있었거든. 카구츠치는 영맥을 안정시키기 위해 이런 상태가 된 거다. 하지만 아직 죽은 건 아냐. 이제 나와도 괜찮다! 이 녀석들은 위험하지 않아!"

무네치카가 수정을 향해 외쳤다. 신 일행이 어리둥절해하는 사이 수정 뒤에서 무언가가 움직였다.

주먹 크기의 그 물체는 카구츠치의 머리 부분에서 뛰어내리더니 작은 날개를 파닥거리며 무네치카의 머리 위로 착지했다.

"삐!"

"이봐, 머리 말고 어깨에 앉으라니까 그래."

무네치카의 머리 위에서 온몸이 붉은 깃털로 뒤덮인 아기 새가 자신의 존재를 어필하듯 날개를 펼쳤다.

아기 새치고는 조금 컸지만 평범한 병아리 같은 생김새에 붉은 털이 복슬복슬했다.

"삐!!"

"잘 왔어, 엘레멘트 테일 친구야, 라는데. 두 번이나."

신 일행에게는 단순한 지저귐으로 들렸지만 유즈하가 정확한 뜻을 통역해주었다.

"알아듣는 거야?"

"대충."

영맥에 간섭할 수 있는 존재들이라 서로 의사소통이 가능한 모양이었다.

"이런 모습이지만 일단 이 녀석이 카구츠치다. 분신인 셈이지."

"그런 능력도 있는 건가?"

"힘은 거의 쓰지 못하지만 말이지. 고작해야 자기 의사를 전달하는 정도다."

"삐! 삐!!"

아기 카구츠치가 둥근 부리로 무네치카의 머리를 쪼았다. 하지만 별로 아파하는 기색은 없었다.

"알았다. 그것보다도 츠네츠구와 미츠요는 어디 있지? 그 녀석들에게도 말해둬야 할 텐데."

무네치카도 카구츠치의 말을 알아듣는 것 같았다.

무네치카가 언급한 츠네츠구와 미츠요 역시 천하오검에 포함되는 명검의 이름이었다.

"너 말고도 천하오검이 더 있는 거야?"

"두 사람뿐이지만 말이지. 사정은 내가 직접 설명하겠다. ─왔군."

수정으로 변한 카구츠치 옆의 통로에서 두 사람이 나타났다.

한 사람은 예순이 족히 넘어 보이는 노인이었다.

뒤로 완전히 넘긴 머리카락은 온통 은회색이었다. 덥수룩한 수염을 어루만지며 신 일행을 관찰하는 모습에는 조금의 빈틈도 없었다. 일본식 갑옷 중에서 어깨를 보호하는 오오소데(大袖)와 허리 쪽을 보호하는 쿠사즈리(草摺), 하이다테(佩楯)만 장비하고 있었다.

다른 한 명은 무네치카처럼 투구를 제외한 일본식 갑옷으로 몸을 감싼 10대 후반 소녀였다.

키는 별로 크지 않고 몸매도 가날팠다. 양 갈래로 묶은 머리카락과 단정한 이목구비가 귀여웠지만 날카로운 눈매가 그것을 압도하고도 남았다. 앳되면서도 호전적인 인상이었다.

검정과 노랑으로 칠해진 일본식 갑옷은 무네치카와 다른 형태의 디자인이었다.

"호오, 카구츠치가 부르길래 와봤더니 손님이 와 계셨군."

"잠깐, 무네치카. 우리 동의도 없이 이곳에 다른 사람을 들이면 어쩌자는 거야?!"

"야스츠나, 쿠니츠나와 관련된 일이라서 말이지. 그리고 미츠요는 살기를 좀 거두라고. 위험한 상대였다면 내가 있든 없든 카구츠치가 이렇게 모습을 드러내진 않았을 거다."

"삐!"

등장하자마자 험악한 분위기를 풍기는 소녀는 【애널라이즈】에 오오덴타 미츠요(大典太光世)라고 표시되었다.

소녀와 함께 나타난 노인은 쥬즈마루 츠네츠구(数珠丸恒次)였다.

미츠요의 레벨이 908에 츠네츠구의 레벨은 941이었다. 양쪽 모두 이름의 유래가 된 일본도를 허리에 차고 있었다.

"저기 있는 남성 신의 어깨에 앉은 엘레멘트 테일을 봐라. 엘레멘트 테일이 영맥을 어지럽히는 자를 따를 리가 있겠어?

이들은 바로 내가 협력을 구해볼 만하다고 얼마 전에 이야기했던 사람들이다. 그리고 너희들도 신하고는 처음 보는 사이가 아냐. 미츠요는 한 번 패배한 적도 있다. 잘 떠올려봐."

미리 이야기가 되어 있었는지 미츠요는 엘레멘트 테일을 발견하자 마지못한 태도로 살기를 기두었다.

하지만 마지막 말에 신을 향한 시선이 날카로워졌다.

"나쁜 마음이 없다는 건 알겠어. 카구츠치도 똑같이 이야기하고 있으니까, 그건 믿어. 하지만 한 가지는 그냥 넘어갈 수 없어. 내가 졌다고? 그게 무슨 소리야?!"

"큰 소리 내지 마, 미츠요. 이거야 원, 우리 중에 패배하지 않은 건 츠네츠구 정도다."

"이 몸 말인가? 확실히 패배한 적은 한 손으로 셀 수 있을 정도다만. 흐음, 애송이. 잠깐 내게 살기를 내뿜어보게."

"네?"

갑자기 살기를 드러내라는 말에 신은 영문을 알 수 없었다.

"이 노인은 사람의 얼굴이나 이름을 기억 못한다."

"그렇군요. 알겠습니다. 그럼 갑니다."

신은 희미한 살기를 담아 츠네츠구를 바라보았다. 살기에 반응한 것은 츠네츠구뿐만이 아니었는지 미츠요도 눈을 크게 뜨고 있었다.

"호오, 호오. 그렇구먼. 이건 굉장히 옛날에 느껴본 살기일세. 하지만 지지 않았을 뿐이지, 이겼던 것도 아니로군. 내 손으로 해치운 기억은 없으니."

"그야 못 이길 것 같아서 바로 도망쳤으니까 밀이죠."

의인화된 무기와 싸울 때는 움직임을 봉인당하지만 않으면 얼마든지 도망칠 수 있었다. 무기들은 설정된 지역에서 벗어날 수 없기 때문이다.

무기에 패배해서 사망하면 당연히 페널티가 주어지기 때문에 차라리 도망치려는 플레이어가 많았다. 물론 제대로 도망친 사람은 많지 않았지만 말이다.

"크큭! 그것 참 훌륭하게 도망치던 기억이 나는구먼."

게임 시절에 신이 얻은 천하오검은 다섯 개 중 네 개뿐이었다.

마지막에 가까스로 입수한 것이 『미카즈키 무네치카』였고 『쥬즈마루 츠네츠구』는 기한을 넘기고 말았다. 현재 신이 소유한 『쥬즈마루 츠네츠구』는 재이벤트 때 손에 넣은 것이다.

세 사람이 이야기하는 것을 보면 재이벤트 때의 기억은 없는 듯했다.

"잠깐, 나를 쓰러뜨렸다면서 왜 츠네츠구는 못 쓰러뜨린 거야?! 마지막까지 제대로 쓰러뜨렸어야지!"

"그게 말처럼 쉬운 줄 아냐?! 무네치카만 해도 아슬아슬했다고. 몇 번은 싸워봤지만 시간이 부족한 걸 어떡하겠어."

미츠요는 자신을 이긴 상대가 같은 천하오검인 츠네츠구를 이기지 못했다는 점이 마음에 들지 않는 모양이었다.

신 역시 보스를 공략할 때처럼 공격 모션을 연구해서 대응해보려고 했지만 시간이 부족했다.

만약 시간이 충분했어도 당시의 장비와 능력치로는 힘들었을 수도 있다. 그때만 해도 신이 지금만큼 강하지는 않았던 것이다.

"그래서, 넌 생각이 난 거야, 미츠요?"

"으윽, 확실히 싸워본 적은 있는 것 같은데……."

미츠요가 마지못해 고개를 끄덕였다. 졌다는 말은 하지 않았지만 표정에서 분함이 묻어나왔다.

"하지만! 과거에 그랬다고 해서 지금도 강할 거란 보장은 없어. 이미 500년이 넘은 일이잖아."

"그 문제라면 실제로 검을 맞대본 내가 잘 안다. 실력은 더욱 예리해졌고 마기에 휩쓸릴 만한 탁한 기운은 느껴지지 않았어. 게다가 신에게 무슨 문제가 생기면 저기 있는 자들이 가만히 있지는 않을 테지."

미츠요의 지적에 무네치카가 시선을 옮기며 대답했다.

무네치카가 바라본 곳에는 뺨을 살짝 붉힌 슈니와 말없이 천하오검을 관찰하는 필마, 슈바이드, 그리고 상황을 필사적으로 이해하려 노력 중인 티에라가 있었다.

"저기, 그래서 결국 우리들이 뭘 해주길 바라는 거야? 나하고도 상관이 있는 이야기라면서."

"아아, 미안하군. 우리의 뜻이 통일되지 않았던 건 내 불찰이다.”

“뭐, 무네치카가 괜찮다고 할 정도면 문제는 없겠지. 자, 미츠요도 트집은 그쯤 해두거라.”

사과하는 무네치카 옆에서 츠네츠구가 납득했다는 듯이 고개를 끄덕였다. 하지만 마지막 한마디가 미츠요를 자극한 것 같았다.

“누가 트집을 잡았다고 그래?!”

“삐!”

“칫…… 알았어. 이야기 계속해.”

아기 카구츠치가 잘 타일렀는지 미츠요는 떨떠름한 표정으로 대화를 재촉했다.

“자, 그러면 본론으로 돌아가겠다. 신에게 부탁하려는 일은 우리 동료인 나머지 두 자루의 천하오검을 함께 찾아달라는 거다.”

“이곳에 다섯 자루…… 아니, 다섯 명이라고 해야 하나? 아무튼 전원이 모여 있는 것 아니었어?”

신도 츠네츠구와 미츠요 두 사람만 나타난 것을 내심 의아하게 생각하고 있었다.

왜냐하면 이곳에 그들밖에 없기 때문이었다.

“아마 신이 데리고 있는 엘레멘트 테일이라면 알고 있을 거다. 지금으로부터 500년 전쯤에 지각 변동이 일어났을 때였지. 그 무렵부터 갑자기 영맥에 마기가 흘러들었다.”

무네치카는 영맥이 흐트러진 곳에서 데몬이 무슨 일을 벌였을 거라고 추측했다.

"몬스터가 대량으로 발생하거나 특수한 지역이 생겨나기도 한 건가?"

"그렇다. 우리들도 거기에 휩쓸리고 말았지."

마기를 사용해 영맥에 간섭하거나 성역을 침식하는 일은 게임 시절에도 이벤트로 종종 발생하곤 했다. 게임에서는 원인이 되는 몬스터나 데몬을 쓰러뜨리면 해결됐지만 이 세계에서는 그리 단순한 문제가 아니었다.

후지의 주변 토지가 지각 변동으로 융기와 침강을 반복하면서, 원래 서로 만날 일이 없는 천하오검이 한 곳에 모였다.

그리고 카구츠치의 도움도 받아가며 영맥을 안정시키는 데 성공하자마자 사건이 발생했다고 한다.

"진정된 영맥에 갑자기 짙은 마기가 흘러든 거다. 그걸 다시 가라앉히려고 카구츠치는 지금 같은 상태로 변했고 야스츠나와 쿠니츠나는 마기에 삼켜져 행방불명이 되었지."

"그런 일이…… 하긴 유즈하도 마기에 당한 적이 있었어."

"쿠우, 전 세계에서 일어났었나 봐."

카구츠치처럼 영맥에 간섭하는 지각 변동을 억누르고 있었던 유즈하는 약간 안절부절못하며 말했다.

"하지만 그런 일이라면 우리도 섣불리 수락할 수는 없어. 심각한 사태인 만큼 그냥 외면할 수도 없지만 말이지. 단서 같은 건 없어?"

"우리도 손 놓고 있었던 건 아니다. 천하오검끼리는 서로의
기척을 감지할 수 있거든. 마기의 영향 탓에 시간이 걸리긴
했지만 대략적인 방향과 거리는 파악하고 있다."

신의 질문에 무네치카가 대답했다. 기대했던 것 이상의 정
보였다.

"혹시나 해서 물어보는 건데 너희 중에서 누군가가 데리러,
아니, 구출하러 갈 수는 없었던 거야?"

"그럴 수 있으면 지금 왜 부탁하겠어?!"

"진정하거라, 미츠요. 너무 예민하게 굴 것 없다. 뭐, 자네
가 무슨 이야기를 하려는지 알겠네. 하지만 우리는 정해진
범위 밖으로 움직일 수 없지. 자네라면 이미 알고 있지 않은
가?"

"……그렇군요. 그래서 절대 모일 수 없는 천하오검이 이렇
게 한 자리에 있는 거겠죠."

게임 이벤트 때도 천하오검은 일정한 범위 내에서만 행동
했다. 운영진의 의도는 알 수 없지만 그것이 이 세계에서도
적용되고 있다는 것을 츠네츠구의 이야기를 통해 알 수 있었
다.

"후지도 게임 때와는 조금 다르다네. 우리는 토지에 속박당
한 몸일세. 그 탓에 야스츠나와 쿠니츠나를 찾으러 갈 수 없
지. 하지만 지각 변동이 일어난 덕분에 그런 우리가 한 자리

에 모일 수 있었다네. 만약 우리가 토지의 속박에 묶여 있지 않았다면 이 영역을 다스리는 카구츠치를 찾아올 일은 없었을 걸세. 그랬다면 후지는 쉽게 마물의 소굴이 되었을 테지. 이거야 원, 다행인지 불행인지 모르겠구먼."

츠네츠구는 덥수룩한 수염을 매만지며 말했다.

"그건 아무도 알 수 없겠죠."

"뭐, 어찌 되었든 지금은 우리가 할 수 있는 일을 하는 수밖에. 무네치카, 말을 끊어서 미안하구나. 계속하거라."

"알았다. 우리는 야스츠나와 쿠니츠나가 있는 곳을 대략적이나마 감지할 수 있다. 신이 그 둘을 회수해주었으면 한다."

"이해가 가는군. 확실히 어중간한 녀석에게는 부탁할 수 없었겠어."

천하오검을 상대한다면 슈나 슈바이드도 일대일로는 이기기 힘들지도 모른다.

신이 장비를 강화해준 지금은 크게 밀리지 않을 테지만 예전에 싸웠다면 상당히 위험했을 것이다.

게다가 이 세계의 존재들에게는 거의 불가능한 임무이기도 했다.

전(前) 플레이어들 중에서도 할 수 있는 사람은 손에 꼽을 것이다.

"난 장소만 알 수 있다면 협력하고 싶어. 너희들은 어때?"

"저는 신을 따르겠어요."

"나도 슈니와 같아."

"흐음. 마기와 관련된 문제라면 외면할 수 없겠소이다."

"나도 맡는 게 좋을 것 같아."

"할래! 쿠우!"

각자 이유는 달랐지만 동료들은 신의 제안에 모두 찬성해 주었다. 카게로우는 티에라를 무조건 따르기 때문에 당연히 찬성이었다.

"그럼 결정됐군. 일단은 가까운 쪽부터…… 아니지, 혹시 누가 더 위험한 상황인지 알 수 있을까?"

신이 중간에 질문을 정정했다.

양쪽 모두 마기에 침식된 경우는 더 심한 쪽을 우선해야 했기 때문이다.

"그것까지는 몰라. 우리도 가까운 쪽부터 구해달라고 하려 했다."

고작해야 대략적인 거리와 방향밖에 알지 못하는 것 같았다.

"어쩔 수 없군. 그래서 가까운 쪽은 어디쯤에 있는데?"

"가깝다면 가까운데, 이곳 후지의 지하 던전 안이다. 신은 플레이어니까 숨겨진 던전이라고 하면 알지 않나?"

"후지의…… 숨겨진 던전이라고?"

신은 무네치카의 말이 놀라웠다. 후지에 숨겨진 던전이 있다는 소문은 무성했지만 실제로 가봤다는 사람은 없었기 때문이다.

물론 찾아낸 사람들이 비밀로 했을 가능성도 충분히 있었다.

"너도 플레이어였다면 알 것 아냐."

"그 소문이 사실이었구나. 하지만 거기라면 구하러 갈 수— 아, 그렇군. 던전은 다른 지역으로 취급되는구나."

"그렇다. 바로 발밑에 있는데도 아무것도 할 수 없어서 얼마나 답답했는지 모른다."

그렇게 말하는 무네치카는 물론이고 츠네츠구와 미츠요의 표정에도 그늘이 졌다. 동료를 구하지 못하는 괴로움이 자연스레 전해져왔다.

"알았어. 던전의 깊은 곳에 있는 거로군?"

"그렇다. 카구츠치와 우리의 감각이 틀리지 않다면 던전의 밑층 어딘가에 야스츠나가 있을 거다. 다만 숨겨진 던전도 마기의 영향을 받고 있다. 입구가 숨겨져 있을 가능성도 있으니까 만약 가장 안쪽까지 들어가도 안 보인다면 대책을 강구해야 할 것 같다."

후지의 던전은 원래 카구츠치의 관리하에 있었기에 완전하진 않지만 내부 구조를 알 수 있다고 한다.

다만 마기 때문에 감각이 이상해졌을 가능성도 있었다. 항상 '삐!' 하고 힘차게 울던 카구츠치도 이번만큼은 자신 없다는 듯이 시무룩한 표정이었다.

"이해했어. 이번 기회에 맵을 전부 완성할 각오로 샅샅이 뒤져볼게. 탐지 계열 마법을 사용하면 조금 시간이 걸리긴 해도 불가능한 일은 아니야."

"부담을 줘서 미안하군. 내가 직접 가면 보다 정확한 위치를 알 수 있었을 텐데."

상대와 가까워질수록 그만큼 정확하게 감지할 수 있는 모양이었다. 무네치카를 데려가면 좋겠다고 생각한 신에게 문득 어떤 의문점이 떠올랐다.

"이봐, 무네치카. 네 본체는 일본도인 『미카즈키 무네치카』인 거지?"

"그래, 맞다. 우리가 허리에 차고 있는 건 진품과 최대한 비슷한 모조품이지. 하지만 성능은 진품과 다르지 않다. 그리고 우리가 인간의 모습에서 벗어나면 진품이 나타나지. 그게 진짜 나다."

"거의 내가 예상한 대로군. 그래서 말인데 내가 가진 {이건} 인간의 형태로 바뀔 수 없는 거야?"

"그건……."

신이 아이템 박스에서 꺼낸 물건은 천하오검 중 하나인 『미카즈키 무네치카』였다.

"네가 어떻게 그걸 갖고 있는 거야?"

"그렇군. 신은 500년 전에 나를 쓰러뜨렸으니 갖고 있어도 이상할 건 없지."

"그래. 이상한 이야기를 꺼내서 미안하지만 이 검이 네 본체를 대신할 수 있지 않을까?"

만약 무네치카와 신이 가진 『미카즈키 무네치카』가 동일한 존재라면, 이동할 수 없는 무네치카를 대신해서 던전에 함께 갈 수 있지 않을까 생각한 것이다.

물론 신이 가진 『미카즈키 무네치카』에 깃든 의지도 동료의 구출을 원해야만 가능한 이야기였다.

"무슨 말인지 알겠다. 우리는 소유자가 정해지면 주인을 따라 어디로든 갈 수 있다. 하지만 지금의 내 주인은 카구츠치라서 신과 동행할 수는 없다. 그리고 신이 가진 『미카즈키 무네치카』에서는 어떤 기척도 느껴지지 않는다. 확실하지는 않지만 플레이어의 소유물이 되면서 단순한 무기로 변해버린 것 같군."

"그래? 만약 함께 갈 수 있다면 더 정확하게 탐색할 수 있을 것 같았는데."

"아, 잠깐. 신의 생각이 전혀 틀린 건 아니다."

"응? 무슨 뜻이야?"

어쩔 수 없다 생각하며 『미카즈키 무네치카』를 아이템 박스에 넣으려던 신을 무네치카가 제지했다. 그녀의 시선은 카드화된 『미카즈키 무네치카』를 향하고 있었다.

"그걸 잠깐 빌려주지 않겠어? 시험해보고 싶은 게 있다."

"그래, 알았어."

신에게서 카드를 받아 든 무네치카는 바로 검을 실체화했다. 그리고 정신을 집중하며 눈을 감았다.

"……흐음, 역시 그렇군. 신, 기뻐해라. 아무래도 같이 갈 수 있을 것 같다."

시간으로 따지면 3분 정도였다.

눈을 감고 있던 무네치카는 입을 열자마자 그런 말을 꺼냈다.

"저기, 그게 무슨 말이야?"

"이 검에는 의지가 없다. 하지만 내 의식을 옮길 수는 있지. 본체는 여기에 남겨둔 채로 말이다."

"그래도 괜찮은 거야?"

무네치카의 설명을 들은 신은 게임에서 쓰인 VR 기술을 떠올렸다.

현실의 몸은 그대로 둔 채 의식만으로 아바타를 조작하는 VR 기술이 무네치카가 말한 방법과 유사했기 때문이다.

"마, 맞아. 의식을 옮긴다니, 위험하지 않을까?"

"아니, 괜찮을 것 같다. 이것 역시 『미카즈키 무네치카』니까 말이지. 시험해보지 않아도 알 수 있어."

무네치카는 신과 미츠요를 보며 힘 있게 고개를 끄덕였다.

"혹시나 해서 물어보는 건데, 의식이 옮겨간 상태에서 쓰러지면 어떻게 돼?"

"주물(呪物)이 사라지면 본체에서 깨어날 뿐이다. 물론 의식이 옮겨간 동안에는 본체가 무방비 상태지만 말이지."

"주물이 마기에 잠식당하면?"

"본체로 의식이 돌아올 수도 있고 아니면 그대로 사로잡힐수도 있겠지. 실제로 겪어보기 전에는 나도 잘 모르겠다."

확실한 것은 신이 가진 『미카즈키 무네치카』에 무네치카의의식이 옮겨갈 수 있다는 점, 의식이 옮겨간 상태에서도 야스츠나와 쿠니츠나의 기척을 감지할 수 있다는 점, 그리고 주물이 파괴되면 의식이 본체로 돌아온다는 점이었다.

어떻게 알았냐고 신이 짓궂은 질문을 하자 그냥 알 수 있다는 대답이 돌아왔다.

"이건 내 추측이지만 이 검 역시 틀림없는 『미카즈키 무네치카』이기 때문인 것 같다. 동일한 존재까지는 아닐지도 모르지만 나에게서 파생되었다는 것만은 확실하겠지."

"결국 네 몸이 여러 개 있다는 거야?"

"그렇게 말할 수도 있겠군. 하지만 옮겨가려면 소유자의 허락을 받아야만 한다. 모르는 사람이 가진 『미카즈키 무네치카』에는 옮겨가지 못할 것 같거든."

의식이 옮겨가려면 먼저 무기의 파장 같은 것을 동조시켜야 하는 모양이었다. 아무 분신에나 마음대로 옮겨갈 수는 없는 것이다.

"상상도 못 한 전개로 흘러가버렸네."

잠자코 이야기를 듣던 티에라가 불쑥 본심을 중얼거렸다.

그 말을 들은 필마도 감탄스럽다는 듯이 고개를 끄덕거렸다.

"의식을 옮겨간다니, 의인화된 무기는 엄청난 일을 할 수 있구나."

"우리가 특수한 존재라는 건 자각하고 있다. 지금도 약간의 외형 변경은 가능하니까 말이지."

"그렇소. 우리는 무기이면서도 인간의 의지를 가졌지. 이렇게나 기묘한 존재가 또 있겠는가."

진중하게 말하는 무네치카와 달리 츠네츠구는 유쾌하게 웃고 있었다. 하지만 그것을 어떻게 받아들이는지의 차이만 있을 뿐, 자신들이 어떤 존재인지는 잘 이해하고 있는 것 같았다.

"……."

"응? 신, 왜 갑자기 아무 말도 없는 거지?"

"아니, 조금 궁금한 게 생겨서. 이 검을 강화한 뒤에도 네 의식이 옮겨갈 수 있는 거야?"

"강화라고?"

"그래. 이벤트 아이템이니까 한계는 있겠지만 『미카즈키 무네치카』는 아직 강화할 여지가 있어. 이왕이면 성능을 높인 상태에서 옮겨가는 게 좋을 것 같아서 말이야."

인간화되었을 때 본체의 성능과 똑같은 무기를 지니게 된다면 본체의 성능을 올려서 무네치카가 강화된 무기를 사용하게 해주자는 것이 신의 생각이었다.

"잠깐만. 『미카즈키 무네치카』가 천하오검 중 하나라는 걸 알고 하는 소리야? 아무리 네가 무네치카에게 인정받을 만큼 실력이 뛰어나다 해도 그런 말은 쉽게 꺼내지 않는 게 좋을 거야."

"아니, 그건 문제없— 그렇게 째려보지 말아줘. 정말 할 수 있으니까."

미츠요가 미심쩍게 노려보자 곤란해진 신은 쓴웃음을 지을 수밖에 없었다.

"진정해, 미츠요. 그렇군. 예상치 못한 상황과 맞닥뜨릴지도 모르니까 성능을 올려서 나쁠 건 없다. 내 본체를 건드리면 어떻게 될지 모르지만 이쪽이라면 괜찮을 거다. 『미카즈키 무네치카』라는 무기의 외형이 유지된다면 강화해도 문제는 없다."

"그래. 이제 곧 날이 저물 테니까 던전 탐색은 내일부터 하기로 하고 오늘 중에 강화해두자. 그런데 어느 방향으로 강화할지 네 의견을 듣고 싶어."

무기를 강화할 때도 강도 향상, 공격력 증가, 사정거리 증가, 속성 부여 등의 다양한 선택지가 있었다. 그리고 다양한 종류의 효과를 약하게 부여하거나 한 가지 효과에만 강하게 집중할 수도 있었다.

똑같은 무기라도 강화 방법에 따라 전혀 다른 무기가 되기도 한다.

"흐음. 나에게는 역시 날카로움과 강도가 제일 중요하다. 부러지거나 구부러지지 않고 잘 베이는 게 이상적인 도검이니까 말이지. 그리고 섣불리 특수한 효과를 부여하면 원래 몸으로 돌아갔을 때 위화감이 생길 것 같거든."

"그렇구나. 알았어. 그러면 잠깐 사당 앞의 공터를 빌릴게."

신은 짧게 양해를 구한 뒤 달의 사당을 실체화했다. 그리고 즉시 대장간으로 향하는 신을 동료들 외에도 천하오검 세 명, 그리고 아기 카구츠치까지 뒤따랐다.

"그런데 왜 다들 따라오는 거야?"

"뭐야, 불만이라도 있어?!"

"우리의 분신을 강화하는 장면은 구경할 기회가 흔치 않으니까 말이지. 흥미가 생기는 것도 당연하다. 혹시 대장간은 금녀 구역인 건가?"

옛 시대에는 특정한 장소에 여성이 출입하지 못하는 경우가 흔했다. 무네치카도 그걸 알고 있는지 신에게 그런 질문을 했다.

"아니, 나는 그런 걸 별로 신경 안 써. 하지만 무네치카는 그렇다 쳐도 미츠요와 츠네츠구, 거기에 카구츠치까지 올 줄은 몰랐거든."

"자랑할 일은 아니지만 우리는 웬만한 대장장이가 건드릴 수 있는 무기가 아니니까 말일세. 흥미가 동할 수밖에 없구먼."

츠네츠구가 밝게 웃으며 말했다.

신은 게임 시절에 대장간에서 작업하는 모습을 누군가에게 보여준 적이 거의 없었다.

일단 육천 외의 플레이어는 달의 사당 안으로 들어오지 못했고, 작업에 대한 아이디어나 노하우를 아무에게나 공개할 수 없었던 탓이다.

그리고 남들이 지켜볼 때는 신경이 쓰여서 작업하기 힘들다는 이유도 있었다.

'엄청난 녀석들이 따라와서 그런가? 파르닛드에서 작업할 때와는 사뭇 다른 분위기네.'

의지를 가진 무기들이 지켜보는 탓인지, 과거에 지라트의 측근이나 티에라 앞에서 장비를 강화할 때와는 달리 묘한 긴장감이 느껴졌다.

특히 무네치카의 표정은 진지함 그 자체였다. 머리 위에 귀엽게 앉은 아기 카구츠치의 표정까지도 근엄해 보였다.

"그럼 시작한다."

신은 그렇게 말하며 화로에 불을 피웠다.

현실에서는 불가능한 마력의 불꽃이 생겨난 것을 확인한 뒤, 아이템 박스에서 오리할콘 주괴와 히히이로카네 주괴를 꺼냈다.

"이건……."

미츠요가 감탄하며 중얼거렸다.

"키메라다이트라고 불리는 금속이야."

"으음~ 아직 무기가 된 것도 아닌데 묘한 위압감이 느껴지는구먼."

"사용해도 괜찮은 거냐?"

키메라다이트의 마력을 느낀 츠네츠구와 무네치카는 진지한 눈빛으로 주괴를 바라보았다.

"괜찮아. 이미 똑같은 걸 사용해서 무기를 강화한 적이 있거든."

현실화된 지금은 신도 그들의 심정을 이해할 수 있었다. 평범한 금속이라면 마력이 깃들지 않을뿐더러 장비 제작에 쓰이는 특수한 금속도 키메라다이트만큼 엄청난 마력을 발산하지는 않는다.

"지금부터는 집중해서 작업해야 해. 말을 걸어도 대답하지 못할 수 있으니까 양해해줘."

신이 진지한 얼굴로 말하자 그 자리의 분위기가 180도 바뀌었다.

"─시작한다."

신은 일단 『미카즈키 무네치카』를 아이템 박스에서 꺼내 칼자루를 분리했다. 그리고 집게로 검신을 집어 화로에 달구자 검신이 점점 하얗게 달아올랐다.

화로의 불꽃에 담긴 마력은 불을 지핀 대장장이의 마력을 토대로 생겨난 것이다. 그래서 대장장이의 의지로 다양한 효과를 발휘할 수 있었다.

이번에는 무기를 가장 강화하기 쉬운 온도를 만들어 검신을 달구고 있었다.

"……."

시간으로 따지면 20초 정도였다. 신은 말없이 화로에서 검신을 꺼내더니 모루 위에 놓아둔 키메라다이트 주괴 위로 내려놓았다.

날을 아래로 해서 놓인 검신은 마치 두부를 썰듯이, 키메라다이트 한가운데를 파고들었다. 검신이 주괴의 중심까지 도달하자 신은 망치를 높이 쳐들었다.

"……흡!!"

내리친 망치가 주괴를 두드렸다.

한 번 내리칠 때마다 끼잉 하는 맑은 금속음이 길게 울려 퍼졌다. 그와 동시에 파문이 번지듯 망치에 담긴 마력이 주괴와 검신을 향해 퍼져나갔다.

"우와, 이 마력은 대체……."

"흐음, 이거 제법이로구면."

"……."

마력의 파동을 느낀 미츠요와 츠네츠구는 망치를 휘두르는 신의 모습을 보며 감탄한 듯 중얼거렸다.

무네치카는 말도 잊은 채로 신을 지켜보고 있었다.

"역시 대장일을 할 때의 신은 굉장해."

"그야 당연하지. 별명에 대장장이라는 말이 들어갈 정도니까."

"그러네요. 평소엔 강한 전투 능력이 눈에 띄지만 신의 전문 분야는 원래 이쪽이니까요."

티에라가 마력의 파동에 전율하며 말하자 필마는 장난스럽게, 슈니는 자랑스럽게 대답했다.

"이제 곧 완성될 것 같소."

아무 말 없이 고개를 끄덕거리던 슈바이드가 입을 열었다.

그 말에 세 사람이 시선을 돌리자 모루 위에서 검신에 흡수되듯 작아지던 키메라다이트가 이제는 거의 사라진 상태였다.

"흡!!"

한층 커다란 금속음이 울려 퍼졌다. 마지막 망치질로 키메라다이트는 완전히 검신에 흡수되었다.

집게로 고정된 검신은 모루에는 닿지 않은 채 공중에 뜬 상태였다. 검신을 뒤덮은 은색 아우라는 강화 전과 비교하면 눈에 띄게 선명했다.

"휴우, 완성됐어."

신은 한숨을 쉬며 분리해둔 칼자루를 다시 연결했다.

외관은 거의 변하지 않았지만 공격력과 강도가 20퍼센트 정도 강화된 것을 알 수 있었다. 표시되는 이름도 『미카즈키 무네치카 · 진타(眞打)(역주: 도검 장인이 제작한 여러 개의 완성품

중에서 의뢰인에게 건네는 최고 작품을 가리킨다)』로 바뀌었다.

"이런 느낌이야. 일단 괜찮은지 확인해줘."

"그래, 알겠다. ……괜찮군."

칼집에 꽂힌 『미카즈키 무네치카 · 진타』를 든 채 눈을 감고 있던 무네치카가 힘 있게 고개를 끄덕였다. 입가가 살짝 올라간 것이 살짝 흥분한 것처럼 보이기도 했다.

"바로 의식을 옮겨보겠다. 미츠요, 내 본체를 부탁한다."

"알았어."

"그럼 간다."

무네치카의 몸이 은색으로 발광하더니 몇 초 만에 무수한 빛으로 흩어졌다. 그리고 빛 속에서 강화하기 전의 『미카즈키 무네치카』와 똑같아 보이는 일본도가 나타났다.

공중에 떠 있는 그 검을 미츠요가 붙잡았다.

한편 『미카즈키 무네치카 · 진타』는 무네치카가 들고 있던 상태로 공중에 떠 있었다. 그리고 미츠요가 『미카즈키 무네치카』를 붙잡는 것과 동시에 『미카즈키 무네치카 · 진타』가 빛을 내기 시작했다.

검 주위로 은색 빛이 모여들더니 인간의 형태를 이루어갔다.

그리고 잠시 지나자 완전한 사람의 모습이 되었다.

"……휴우. 아무래도 문제는 없는 것 같군."

"어, 어라?"

"호오."

"미츠요와 츠네츠구는 뭘 그리 놀라는 거냐? 응? 다른 이들도 마찬가지인가."

사람으로 다시 변한 무네치카를 보고 놀라는 건 미츠요와 츠네츠구뿐만이 아니었다.

그리고 그 반응은 당황스러워하는 쪽과 신을 미심쩍게 쳐다보는 쪽으로 나뉘었다.

"아무 말도 하지 않으니 어떻게 받아들여야 할지 모르겠다."

"어…… 그렇군. 직접 보는 게 빠르겠어."

신은 아이템 박스에서 손거울을 실체화해서 무네치카에게 건네주었다.

무네치카는 고개를 갸웃거리며 손거울을 받아 들었다.

"음? 알겠군. 그렇게 된 거였나."

무네치카는 손거울에 비친 자신의 모습을 보더니 납득했다는 듯이 고개를 끄덕거렸다.

"뭐?! 잠깐, 이게 대체 어떻게 된 일이야?! 어째서 무네치카가 전보다 예뻐진 건데?!"

그 자리에 있던 모두의 공통된 의문점을 미츠요가 큰 소리로 대변해주었다.

원래 뛰어났던 무네치카의 미모가 한층 업그레이드된 것이다.

등 뒤로 내려오는 까만 머리칼은 더욱 윤기 있게 반짝이며 하얀 피부를 돋보이게 했다. 또렷한 눈매가 아름다운 가운데서도 늠름한 인상을 주었다.

기분 탓인지 모르지만 갑옷에 감춰진 몸매도 한층 풍만해진 것 같았다.

"아무래도 강화되면서 외모에도 영향이 미친 모양이군."

"잠깐, 무네치카! 그렇게 쉽게 넘어가면 어떡해?! 이상하잖아! 어째서 얼굴도 예뻐지고 몸매까지 좋아진 건데?!"

아무리 무기라지만 여성은 여성이었다. 예뻐진 무네치카가 부러웠는지 미츠요가 거세게 몰아붙였다.

"잠깐, 미츠요. 그런 걸 물어봐도 나는 잘 모른다. 신은 혹시 뭐 아는 게 없는 거냐?"

하지만 강화한 본인도 이번만큼은 짐작 가는 것이 없었다.

"내가 어떻게 알겠어. 강화한 무기에 의식이 옮겨가면 더 예뻐질 거라고는 전혀 상상도 못 했다고."

"무네치카 씨가 미인이니까 더 열심히 한 거 아냐?"

"이, 이봐 티에라. 누가 들으면 오해할 만한 이야기는 자제해달라고. 정말로! 정말로 난 아무것도 모른다니까 그래!"

미심쩍게 바라보는 티에라에게 신이 필사적으로 항변했다.

티에라 옆에서는 슈니가 '그런 일은 없으시겠죠?'라고 애원하는 눈빛을 보내오고 있었다. 신에게는 오히려 그쪽이 더 타격이 컸다.

"이것도 『검은 대장장이』의 능력인 걸까?"

"그럴지도 모르오. 더욱 뛰어나게 바뀐다는 점에서 보면 전혀 상관없다고는 할 수 없소."

신을 중심으로 왁자지껄한 논쟁이 벌어지는 가운데, 필마와 슈바이드는 납득했다는 얼굴로 고개를 끄덕거렸고, 유즈하와 츠네츠구는 감탄하며 중얼거렸다.

"쿠우, 신, 굉장해."

"확실히 굉장하구먼. 상상했던 것 이상일세."

"아무튼! 이걸로 강화는 끝났습니다! 내일은 아침부터 던전 공략이야. 빨리 가서 쉬자고."

신은 억지로 이야기를 끝맺으며 외쳤다.

끝까지 추궁할 마음은 없었는지 티에라는 쉽게 물러났고 슈니도 안도의 한숨을 내쉬었다.

"그렇군. 신의 말도 맞다."

"하지만 역시 납득이 안 가."

"큭큭, 미츠요는 발육이 조금 부족하니까 말일세."

"……방금 뭐라고 했어?"

"허허허, 무섭구먼."

미츠요가 츠네츠구에게 엄청난 살기를 내뿜었다.

하지만 그녀 역시 본래의 목적을 잊은 것은 아니었다. 오늘은 무리하게 던전에 들어가지 않기로 했기에 그 정도로 격렬한 반응을 보인 것이다.

"그럼 내일 보자고."

"알았다. 확실히 준비해두지."

신은 무네치카와 작별한 뒤에 필마와 슈바이드에게 말을 건넸다.

다른 멤버들은 먼저 쉬게 하려고 했지만 티에라와 유즈하가 궁금하다면서 남았다.

슈니는 사정을 눈치챘는지 혼자 저녁 준비를 하러 갔다.

"아직도 할 일이 남았어?"

"이걸 봐줘. 슈니는 이미 마력을 주입해줬는데 말이지……."

신은 아이템 박스에서 부러진 『진월(眞月)』을 꺼내 두 사람에게 보여주었다.

『진월』을 본 필마는 놀라며 눈을 크게 떴다. 얼마나 튼튼한 무기인지 알고 있었기에, 부러졌다는 사실이 믿기지 않는 것 같았다.

"그건 혹시……."

"슈바이드는 알 거야. 지라트와 싸울 때 이걸로 『붕월(崩月)』과 있는 힘껏 맞부딪쳤거든. 그때 부러진 거야."

신은 몇 번이고 복구를 시도했지만 실패한 사실과, 슈니가 마력을 주입해주고 나서야 무언가가 채워진 느낌이 들었다는 것을 설명했다.

"슈니와 우리들이라면 부하의 숫자와 관련이 있는 것이

오?"

셋이 남았다는 말에 슈바이드가 답했다.

신이 막연하게 부족하다고 느끼는 숫자와 『진월』에 마력을 주입하지 않은 서포트 캐릭터의 숫자가 동일했던 것이다.

"아마 그럴 거야. 슈니가 마력을 주입해줬을 때 그렇게 느꼈거든. 만약 서포트 캐릭터와 관련된 게 아니라면 지금으로서는 짐작 가는 게 전혀 없어."

"마력을 주입한다……. 그러면 빨리 해보지 뭐."

이야기를 듣던 필마는 신에게서 『진월』을 받아 들고 집중하기 위해 눈을 감았다. 그러자 필마가 손에 쥔 『진월』이 자홍색 빛을 내기 시작했다.

자홍색 빛이 『진월』에 흡수되자 필마가 살짝 한숨을 내쉬었다.

"이걸로 내 몫은 끝났어. 마력을 상당히 빼앗겼네."

"그럼 다음은 나로군."

이번에는 슈바이드가 『진월』을 받아 들고 의식을 집중했다. 『진월』이 거무스름한 은색 빛을 냈다.

필마 때보다 조금 길게 발광하던 빛이 사라지자 슈바이드도 작게 한숨을 쉬었다.

"필마처럼 잘되진 않는구려. 하지만 마력은 분명히 담아두었소. 이제 남은 건 그 녀석뿐이로군."

"또 누가 남았나요?"

슈바이드의 말에 티에라가 의문을 표했다.

슈니를 비롯해서 필마와 슈바이드, 지라트라는 강력한 멤버가 있음에도 나머지 동료가 더 있다는 말에 놀랐던 것이다.

"파티는 원래 여섯 명까지거든. 신의 서포트 캐릭터는 다섯 명이었어. 그리고 마지막 한 명은 세티라는 아이야. 우리보다 조금 늦게 태어났으니까 여동생 같은 존재였지. 아직 연락이 안 된다고 하지 않았어?"

필마가 말한 세티는 신의 마지막 부하였다. 다섯 번째 서포트 캐릭터인 하이 픽시 세티 루미엘을 가리킨다.

접근전에 특화된 필마와 지라트, 탱커인 슈바이드, 만능형인 슈니와 달리 마법에 특화된 원거리 타입 캐릭터였다.

"그래, 아주 완벽하게 행방불명이야. 단서 하나 없어."

신은 양손을 들어 보이며 대답했다.

세티는 필마만큼이나 자유분방했다. 이 세계에서 슈니나 슈바이드처럼 유명하지도 않았기 때문에 현재 어디에서 뭘 하는지 전혀 알 수 없었다.

"슈니나 슈바이드하고도 전혀 연락을 안 하고 살았던 거야?"

"그렇소. 하지만 그건 그대도 마찬가지잖소."

슈바이드는 약간 어이가 없다는 눈빛으로 필마에게 말했다.

"나야 어쩔 수 없었던 거고."

필마처럼 위험에 처해 있을지도 몰랐기에 이미 황금상회의 베레트를 통해 탐색을 의뢰해놓은 상태였다.

메시지 카드로도 연락을 시도해보았지만 답장은 오지 않았다.

"필마처럼 움직일 수 없는 상태거나, 본인이 우리와 만나고 싶지 않은 거겠지."

"그렇구나……. 아, 그렇다면 혹시 자고 있을 가능성도 있지 않을까?"

답장이 없는 이유를 추측하던 신에게 필마가 의견을 냈다.

"자고 있다고? 아아, 그렇군."

픽시와 엘프 같은 장수 종족은 수십 년 단위로 잠이 들 때가 있다. 이것도 게임상의 설정 중 하나였다. 게임 시절에 NPC 픽시를 깨우러 가는 퀘스트도 있었기에 전혀 불가능한 이야기는 아니었다.

"그렇다면 합류가 쉽지는 않겠네."

"그래. 필마와 만난 것도 정말 우연이었으니까. 요정향(妖精鄕)에 가면 세티와 만날 수도 있겠지."

픽시들의 거점인 요정향은 여러 곳이 존재했다. 외부 세계와 교류하는 곳이 있는 반면 아예 단절된 곳도 있는데 후자의 경우는 찾아가는 일 자체가 쉽지 않았다.

요정향을 뒤덮은 결계는 가까이 접근하기 전에는 신의 감지 능력으로도 발견할 수 없었다.

"세티가 외부와 교류하는 요정향에 있다면 정보가 들어올 수도 있소. 하지만 픽시들이 잠든 곳의 위치는 지위가 높은 픽시들만 알고 있소이다. 우리가 직접 가서 확인해볼 수밖에 없을 것 같소."

"어쨌든 지금은 베레트의 정보를 기다려야겠지. 만약 이번 일이 마무리될 때까지 소식이 없으면 먼저 가든에 가볼 생각이야."

신이 슈바이드의 말에 대답했다. 지라트와 재회한 뒤로 여러 사건들이 연달아 벌어진 탓에 지금까지 시간이 나지 않았지만 이제 슬슬 해방해야겠다고 생각했던 것이다.

가든 안에는 『붉은 연금술사』 헤카테의 부하인 하이 픽시 옥시젠과 하이 로드 하이드로의 남녀 콤비가 있었다.

한번 연구에 빠져들면 몇 년씩 밖에 나오지 않는 외골수였고 자신들의 관심 분야 외에는 철저히 무관심한 성격이었다. 처음 헤카테가 두 사람의 설정을 이야기해줬을 때 신은 도무지 이해가 가지 않아 고개를 갸웃거릴 수밖에 없었다.

"그 두 사람이라면 마침 잘됐다고 하면서 연구에 몰두해 있을 거야. 가든은 겉에서 보면 손상을 입지 않은 것 같다고 했잖아."

"신의 말을 부정하고 싶지만, 그럴 수가 없네."

"걱정하는 게 당연하다는 생각은 하오만……."

신은 불안감을 걷어내기 위해 농담을 한 것이지만 필마와 슈바이드는 그것을 진담으로 받아들였다.

옥시젠과 하이드로가 위기에 빠진 장면을 상상할 수 없었던 탓이다.

신이 두 사람에 대해 아는 것은 어디까지나 게임 시절의 모습뿐이었고 지금 어떻게 변했을지는 알 수 없었다. 하지만 필마와 슈바이드의 반응을 보면 크게 달라지지는 않은 듯했다.

게임 시절과 달라지지 않았다면 『영광의 낙일』 같은 큰 사건이 벌어진 것도 모른 채 연구에만 매진하고 있을지 몰랐다.

가든에는 식량도 풍부했고 연구 재료와 시설도 충분했다. 길드하우스라는 견고한 공간 안에서 두 사람이 계속 틀어박혀 있을 가능성이 높았기에 신도 크게 걱정하지 않기로 했다.

안에 있는 아이템을 사용하면 가든 주위를 뒤덮은 강력한 독에도 대응할 수 있었다. 나오려고 마음만 먹으면 충분히 나올 수 있을 것이다.

"뭐, 여기서 이야기해봐야 무슨 소용이겠어. 일단 천하오검 일부터 마무리짓자고."

상대는 슈니나 슈바이드와도 필적할 만한 강자였다.

물론 신 일행이 패배하지는 않을 테지만 게임 시절에는 이런 상황과 맞닥뜨린 적이 없었던 것도 사실이다. 신은 만일의 사태에 대비해서 자기 전에 아이템과 장비들을 점검해두기로 했다.

"그러면 이제 식사나 하면서 영양을 보충해두자. 슈니가 만든 요리라면 기대해도 좋을 거야."

슈니의 요리 실력은 그 자리에 있던 모두가 잘 알고 있었다.

신 일행이 식당에 도착하자 테이블 위에는 이미 요리가 완성되어 있었고 마침 식기를 놓는 중이었다.

"어, 왜 여기 있는 거야?"

"카구츠치가 여기서 식사하고 싶다잖아. 저 하이 엘프한테 일단 허락은 받았어."

신이 묻자 미츠요가 뾰로통하게 말했다.

테이블 중앙에는 아기 카구츠치가 앉아 있었다.

"삐!"

"나한테 식사를 헌상할 영광을 주마, 라는데."

"병아리 모습으로 그렇게 거드름을 피우니 참······."

원래의 모습이었다면 그 말이 제법 어울렸을지도 모르지만 귀엽기만 한 지금은 약간의 위엄도 느껴지지 않았다. 하지만 굳이 쫓아낼 이유는 없었기에 다 함께 식사를 하기로 했다.

"삐!"

"매우 맛있다. 칭찬해주마, 라는데."

"후후, 영광이네요."

카구츠치가 신나게 지저귀며 요리를 먹는 모습을 보자 슈니가 미소 지었다.

식사에 열중한 건 카구츠치뿐만이 아니었다. 처음엔 마지

못해 앉아 있던 미츠요도 음식을 먹기 시작한 뒤로는 말없이
젓가락질만 하고 있었다.

입꼬리가 올라간 것을 보면 감상을 들어볼 필요도 없었다.

예상 밖의 손님들과 함께한 저녁 식사가 끝나자 카구츠치
와 미츠요는 사당으로 돌아갔다.

다른 동료들도 각자의 방에 돌아가 내일을 준비하기로 했
다.

†

"……쿠우."

모두가 잠들었을 무렵 유즈하는 침대 위에서 작게 울었다.

유즈하는 지금 필마와 슈바이드가 『진월』에 마력을 주입하
던 장면을 떠올리고 있었다.

신은 세 번이 남았다고 말했고, 오늘 필마와 슈바이드가 마
력을 주입하면서 한 번의 기회만이 남아 있었다.

『진월』은 지금의 부러진 상태에서도 고대급 상등품 정도의
성능을 갖고 있었다. 앞으로도 계속 마력을 주입한다면 기존
의 상식을 뒤엎는 엄청난 무기가 탄생할 것이다.

아직 지식에 제약이 많기는 해도 엘레멘트 테일인 유즈하
는 그것을 알 수 있었다.

유즈하가 궁금한 것은 자신도 『진월』에 마력을 주입할 기회

가 있을까 하는 점이었다.

유즈하도 파트너로서 신에게 힘이 되어주고 싶었다. 하지만 『진월』에 더 이상 여유가 없다면 아무리 유즈하라도 도울 방법은 없다.

"쿠우!"

강해지자. 유즈하는 그렇게 생각했다.

힘을 완전히 되찾아 봉인된 지식을 활용할 수 있다면 무슨 방법이 생길지도 몰랐다.

유즈하의 마음속에서 그런 생각이 자리 잡고 있었다.

✝

그때 티에라 역시 아직 잠을 이루지 못했다.

그녀도 유즈하와 비슷한 기분으로 필마와 슈바이드에 대해 생각하고 있었다.

"……휴우."

나오는 것은 한숨뿐이었다.

그녀는 확실히 강해졌다. 하지만 슈니와 비교하면 발끝에도 미치지 못한다. 만약 마력을 주입할 기회가 생긴다고 해도 『진월』의 강화에는 미약한 도움밖에 줄 수 없을 것이다.

"그건…… 싫은데."

마음속 말이 자연스레 입에서 흘러나왔다.

티에라도 지금의 동료들 중에서 자신이 가장 약하다는 것을 알고 있었다.

하지만 그럼에도 신에게 도움을 주고 싶었다.

그런 마음이 저주를 풀어준 은혜를 갚기 위해서인지, 아니면 조금씩 선명해지는 그 감정 때문인지는 아직 판단할 수 없었다.

아무것도 할 수 없다는 것이 분할 뿐이었다.

자신의 무력함을 통감할수록 그런 생각이 강해지고 있었다.

"강해…… 지고 싶어."

짐이 되고 싶지 않았다.

일방적으로 보호받고 싶지 않았다.

건방진 생각이라는 것은 잘 알지만 대등해지고 싶었다.

그의 옆에— 서고 싶었다.

"……휴우."

마음은 간절했다. 하지만 현실은 녹록지 않다.

힘의 차이는 압도적이었고 어떻게 해야 따라잡을 수 있는지도 알 수 없었다.

그럼에도 마음은 여전했다.

"으으……."

오늘은 금방 잠이 들기는 힘들 것 같았다.

작열 미로 | Chapter 2

THE NEW GATE

"저기, 티에라. 안색이 안 좋아 보이는데 괜찮아?"

"어젯밤에 잠이 잘 안 왔거든. 그래도 충분히 잤어."

다음 날 아침, 방에서 나오며 티에라와 마주친 신은 평소보다 약간 생기 없어 보이는 티에라에게 말을 건넸다.

그러자 얼굴만큼이나 기운 없는 목소리로 대답이 돌아왔다.

몸 상태가 안 좋은가 했지만 발밑에 있는 카게로우는 특별히 걱정하는 기색이 없었다.

【애널라이즈】로도 자세한 몸 상태를 알 수는 없었지만 티에라의 건강이 안 좋다면 카게로우가 어떤 식으로든 반응을 보였을 것이다.

티에라는 아침을 먹기 전에 세수를 하러 갔고 돌아올 무렵에는 평소와 비슷해 보였다.

"흠, 아침도 먹으러 왔나 보군."

"삐!"

신은 빨간 털뭉치처럼 생긴 아기 카구츠치를 보며 말했다. 앞에 놓인 접시에는 방금 구운 생선이 올라와 있었다.

모두가 수저를 들자 아기 카구츠치도 구운 생선을 먹기 시작했다.

몸 크기를 생각해보면 다 먹을 수 있는 양이 아니었지만 아기 카구츠치는 가시만 남을 정도로 깔끔하게 먹어치웠다.

약간 동그랗게 변한 아기 카구츠치는 배 부분을 날개로 두드리며 울음 소리를 냈다.

"정말 맛있다, 라는데."

카구츠치의 울음 소리를 미츠요가 통역해주었다. 그녀는 아주 예의 바르게 젓가락질을 하고 있었다.

"쿠우. 털뭉치, 잘난 척은."

"삐약?!"

아기 여우 모습의 유즈하가 카구츠치의 태도가 마음에 들지 않았는지 몸으로 깔아뭉개려 했다.

아기 카구츠치는 놀라면서도 유즈하의 공격을 아슬아슬하게 피해내더니 작은 날개를 위협하듯 펼쳐 보였다.

"삐!"

"쿠우!"

테이블 위에서 영문을 알 수 없는 전투가 시작되었다.

"쟤네 뭐 하는 거야?"

"글쎄? 지맥에 관여하는 존재들끼리 장난치는 거 아닐까?"

삐, 쿠우 하고 울어대는 두 마리의 신수를 바라보며 다들 아무렇지 않게 식사를 계속했다.

한동안 이어지던 유즈하와 아기 카구츠치의 대결은 슈니의 벼락이 내리친 뒤에야 종결되었다.

"그러고 보니 미츠요는 카구츠치를 돌보는 담당이야?"

"아니라고 하고 싶지만 거의 그렇다고 할 수 있어. 원래는 나와 무네치카, 츠네츠구가 당번으로 돌아가면서 맡는 거지만. 그런데 갑자기 이름으로 부르는 건 무례하지 않아? 우리가 부탁을 하는 입장이긴 해도 얕보는 건 못 참아."

"아…… 미안. 옛날에 동료들끼리 너에 대해 이야기할 때 그냥 이름으로 부르던 습관이 남아 있어서 말이야."

달인들의 움직임을 프로그래밍해서 만들어진 천하오검의 검술은 플레이어가 약간 익힌 정도로는 절대 상대할 수 없는 수준이었다. 하지만 어디까지나 프로그램이었기에 일정한 공격 패턴이 존재했다.

신은 당시 그것을 연구해서 아슬아슬하게 승리를 거둘 수 있었다. 이길 때까지 수많은 도전을 거듭한 탓인지, 지금 이 야기를 나누는 상대가 낯설게 느껴지지 않았다.

"다른 두 사람보다 겉모습도 어려 보이니까 친근하게 느껴진 거 아냐?"

"이봐, 필마."

신은 미츠요가 기분 나빠 할까 봐 필마를 말렸다. 하지만 미츠요는 특별히 신경 쓰는 것 같지 않았다.

"……뭐, 됐어. 나도 너와 만났던 기억은 났으니까 마음대로 부르게 해줄게. 그 대신 나도 그냥 이름으로 불러도 되

지?"

"그래. 편하게 불러줘."

"그러고 보니 한 가지 확인하고 싶은 게 있는데. 물어봐도 돼?"

"응? 뭔데?"

"어제 무네치카에게 했던 그거, 다른 천하오검에게도 가능해?"

미츠요는 신이 어제『미카즈키 무네치카』를 강화한 일에 대해 이야기하고 있었다.

"강화 자체는 가능하지. 다만『쥬즈마루 츠네츠구』는 입수 경로가 약간 달라서 의식을 옮겨갈 수 있을지 모르겠어."

"그래. 할 수 있다면 됐어."

미츠요는 그 말을 끝으로 입을 다물었다. 강화한『오오덴타 미츠요』를 빌려달라거나 자신도 던전에 따라가겠다는 말을 예상했던 신은 살짝 맥이 빠졌다.

아침 식사를 마친 신 일행은 사당으로 향했다. 사당 입구에서는 이미 무네치카와 츠네츠구가 기다리고 있었다.

"미안. 기다렸나 보네."

"아니, 우리도 방금 온 참이다. 그러면 바로 던전에 들어가기로 하지. 입구로 안내하겠다. 따라와라."

신 일행은 무네치카를 따라 사당 안으로 들어왔다.

수정으로 변한 카구츠치 앞에 도착하자 무네치카가 뒤를

돌아보았다.

"여기서 던전으로 순간이동할 수 있다. 준비는 되었나?"

"문제없어. 언제든 시작해줘."

마지막으로 확인하는 무네치카에게 신 일행은 힘 있게 고개를 끄덕여 보였다.

던전에 대한 정보가 부족했기에 맞춤형 대비를 할 수는 없었다. 하지만 신의 아이템 박스에 든 물건들이라면 웬만한 상황에 전부 대처할 수 있었다.

각 멤버들의 아이템 박스에도 회복 아이템은 충분히 넣어둔 상태였다.

티에라는 아이템 박스를 사용할 수 없었기에 허리에 매단 파우치에 카드화한 아이템을 넣어두었다.

"부탁하네."

"삐!"

"카구츠치도 행운을 빈대. 무사히 돌아와."

달의 사당을 지키기 위해 남은 츠네츠구와 미츠요, 그리고 아기 카구츠치에게 무네치카가 또렷한 목소리로 대답했다.

"맡겨둬라."

그녀의 목소리에서는 약간의 불안감도 느껴지지 않았다.

"쿠우……."

"미안, 유즈하. 지맥에 관한 일은 지금 널 의지할 수밖에 없어."

신 일행이 던전에 진입하면 『도지기리 야스츠나(童子切安綱)』를 집어삼킨 마기가 지맥에 어떤 영향을 끼칠지 알 수 없었다.

그래서 카구츠치처럼 지맥에 간섭할 수 있는 유즈하가 사당에 남게 된 것이다.

간섭 자체는 던전 내에서도 가능했지만 카구츠치가 있는 사당이라면 안전하면서도 더욱 강력하게 간섭할 수 있었다.

불만스러워하는 유즈하에게 돌아오면 빗질을 해주겠다고 약속한 뒤, 신은 무네치카에게 다가갔다.

"그러면 이동하겠다."

무네치카의 말과 함께 신 일행의 눈앞이 일그러졌다.

결정석을 사용할 때나 베일리히트에서 순간이동했을 때와는 달리 가벼운 어지러움을 느낀 뒤 이동이 완료되어 있었다.

"뜨겁군."

이동한 직후부터 사우나 같은 열기가 신 일행을 휘감았다. 가만히 있어도 땀이 배어나올 정도였다.

천연 동굴 같은 형태의 던전치고는 공간이 매우 넓었다. 두 그룹의 파티 정도는 동시에 진입할 수 있을 것 같았다.

넓은 덕분에 바위벽이나 천장에서 이따금씩 뿜어져 나오는 증기를 신경 쓸 필요도 없을 것 같았다.

하지만 찜통 같은 동굴 안에서도 하얀 증기가 피어오르는 걸 보면 상당히 높은 온도임이 분명했다. 바닥에서 열기가 올라올 수도 있었기에 절대로 방심할 수는 없었다.

강력한 방어구로 몸을 감싼 신도 증기를 직접 쐬면 어떻게 될지 모르는 일이었다.

"으으, 토할 것 같아……."

신이 더위와 열기에 질린 반면에 티에라는 입가를 손으로 틀어막으며 주저앉아 있었다.

신이 아주 희미하게 느꼈던 어지러움은 티에라에게 상당한 영향을 끼친 것 같았다. 뺨을 타고 흐르는 땀은 더위 때문에 난 것이 아니었다.

카게로우가 티에라에게 바싹 붙어서 걱정스럽게 울었다.

슈니가 안색이 나쁜 티에라의 등을 쓰다듬으며 【힐】을 걸어 주었다.

"나도 약간 현기증 같은 걸 느꼈어. 혹시 모르니까 잠시 쉬었다 가자. 티에라는 괜찮아?"

"응. 많이 좋아졌어."

슈니의 【힐】이 효과가 있었는지 안색도 조금 좋아진 것 같았다.

일행은 결계 스킬로 안전을 확보한 뒤 각자 편한 자세로 휴식을 취했다.

"전에 결정석을 사용했을 때는 그런 느낌이 없었는데. 무네치카는 뭐 아는 거 없어?"

"아는 건 없지만 예상하자면 역시 마기 때문이겠지. 무기인 나조차 약간의 불쾌감을 느꼈다. 인간인 너희들이라면 훨씬 강한 영향을 받았을지도 모른다."

마기 때문이라는 건 모두가 예상할 수 있었지만 티에라 혼자 강한 거부 반응을 일으킨 이유까지는 알 수 없었다.

대화를 나누며 티에라의 회복을 기다린 지 15분이 지났을 때였다.

티에라가 이제 괜찮다고 말했고 직접 진단해본 슈니가 충분히 회복되었음을 확인했기에 다시 던전 공략을 시작하기로 했다.

후지의 숨겨진 던전. 정식 명칭은 『염옥(炎獄)의 최심부』였다.

무네치카의 말에 따르면, 이름 그대로 수많은 불 속성의 몬스터가 출현하고, 불에 대한 내성이 없으면 서서히 체력이 깎인다.

"결계를 치면 열을 차단할 순 있겠지만 이동이 느려지겠군."

앞으로 나아가는 것만으로 HP가 깎이는 던전은 공략하기가 제법 까다로웠다.

신도 과거에 탐험해본 적이 있었지만 아이템 소비가 훨씬 늘어나고 MP 관리가 어려워질 때도 있었다. 대책을 세우거나 레벨을 상당히 높이지 않는 이상 고전할 수밖에 없었다.

"무슨 일이 있을지 모르니까 만반의 대책을 세워두자."

신은 아이템 박스에서 카드를 일곱 장 꺼냈다. 종류는 전부 동일했고 실체화하자 붉은 보석이 달린 팔찌로 변했다. 불 속성 대미지를 무효화하는 아이템 『염라(炎羅)의 팔찌』였다.

"나에게도 효과가 있다니 놀랍군."

"일단 인간의 모습을 하고 있으니까 아이템도 사람으로 인식하는 게 아닐까?"

조금 놀라는 무네치카에게 신이 설명해주었다. 무기에 외부 옵션을 추가하는 일은 가능했기 때문에 비슷한 원리가 적용되는지도 몰랐다.

"대미지뿐만 아니라 더위까지 차단해주는 게 좋네. 땀 때문에 손이 미끄러지기라도 하면 큰일이잖아."

필마가 무기를 가볍게 휘두르며 말했다. 게임이라면 땀 때문에 미끄러질 일이 없지만 지금은 그런 부분도 확실하게 점검해두어야 했다.

"하지만 신은 조금 아쉽지 않아?"

"뭐가?"

필마가 무언가 생각났다는 듯이 작게 귓속말을 했다.

"계속 더운 채로 있으면 슈니의 옷이 땀에 젖어서 속이 비쳤을지도 모르잖아?"

"그건 참 아쉽게…… 아니, 그럴 일은 없을 거야. ―아마도."

게임에서는 옷이 물에 젖거나 공격을 받아도 심하게 찢어지는 일은 없었다. 하지만 지금은 게임 속이 아니었다.

현재 슈니가 입고 있는 옷은 신이 직접 만든 고대급 장비 『은색 달빛 메이드복』이었다. 속이 비치지는 않더라도 땀 때문에 옷이 피부에 달라붙어서 몸매가 선명히 드러났을 것이다.

"아니, 지금 상황에 그런 농담이 나와?"

"신이라면 이 정도로 동요하진 않잖아. 조금은 긴장이 풀리지 않았어?"

"설령 긴장했다고 해도 그런 농담엔 안 풀리지."

"필마, 신을 너무 곤란하게 하지 마시오."

두 사람을 보다 못한 슈바이드가 필마를 부드럽게 말렸다.

하지만 두 사람은 그런 말장난을 하면서도 주변에 대한 경계를 늦추지 않았다.

"의외로 여유롭군. 아니, 너희들이라면 당연한 일인가."

"물론 적당한 긴장은 필요해. 하지만 이제 막 던전에 들어왔잖아. 처음부터 계속 긴장하다간 마지막까지 못 버텨."

신은 데스게임이 시작된 뒤로 거의 혼자서 던전에 들어갔다.

그때에 비하면 슈니 같은 동료들과 함께하는 지금은 상당히 편하다고 할 수 있었다. 적어도 필마의 농담을 받아줄 만한 여유는 있었다.

"자, 이제 첫 손님이 오는 것 같은데."

적의 반응을 감지한 신이 모두에게 알렸다. 미니맵에 표시된 붉은 마크의 숫자는 다섯이었다.

동굴 안의 벽이나 천장 일부가 붉게 빛나서 최소한의 빛은 밝혀주고 있었지만 시야가 제대로 확보된 것은 아니었다.

신은 만약에 대비해서 조명을 대신할 마법을 발동해 전투에 대비했다.

"역시 처음엔 불 속성이군."

신 일행의 앞에 나타난 것은 대형 몬스터와 소형 몬스터였다.

동굴의 바위로 만들어진 듯한 4메르 정도 크기의 골렘 슬레지 히트가 두 마리였고, 불타는 털을 가진 1메르 정도 크기의 큰 거미 멜트 스파이더가 세 마리였다.

슬레지 히트는 정면에서 땅을 뒤흔들며 걸어오고 있었다. 그 위로 천장을 기어 다니는 멜트 스파이더가 신 일행을 내려다보고 있었다.

슬레지 히트의 레벨은 각각 434, 422였다. 멜트 스파이더의 레벨은 369, 366, 361이었다.

"좋은 몸 풀기 상대로군. 가자!"

신의 호령에 슈바이드와 필마, 무네치카가 앞으로 나섰다.

만능형인 신과 슈니도 전방에 나설 수 있지만 지금은 근접 전투 인원이 너무 많았기에 티에라와 함께 후방을 담당하게 되었다. 카게로우는 티에라의 전속 호위였다.

"일단은 우리가 견제할게. 전방 멤버들은 앞으로 돌출한 녀석을 상대해줘!"

신은 지시를 내리면서 물 마법 스킬 【아이스 불릿】을 발동했다.

마법 스킬의 효과로 신과 슈니 주위에 주먹 크기의 얼음 덩어리가 여러 개 나타났다.

냉기를 뿜어내며 공중에 뜬 얼음 덩어리로 신이 슬레지 히트를, 슈니가 멜트 스파이더를 공격했다.

티에라의 화살을 뛰어넘는 속도로 발사된 얼음은 총알처럼 쏟아지며 슬레지 히트와 멜트 스파이더를 벌집으로 만들었다.

위력이 지나쳤는지 슬레지 히트는 산산조각이 났고 멜트 스파이더도 형체를 알아볼 수 없었다.

"……거기 두 분. 조금은 힘 조절을 해줘야 우리한테도 차례가 돌아오지 않겠어?"

"아니, 이건 몬스터가 너무 약한 탓이야. 숨겨진 던전의 몬스터라면 좀 더 튼튼할 거라고 생각했다고."

"당연하다면 당연한 결과지만요."

"신과 스승님의 마법이 너무 강해서 몬스터가 사격용 과녁으로 전락해버렸네요. 뭐, 일반적인 【아이스 불릿】으로는 이런 상태가 되진 않을 거고요."

티에라는 활에 걸었던 화살을 다시 집어넣고 산산조각 난 몬스터의 파편을 집으며 말했다.

파편을 꽉 움켜쥐자 미세한 조각으로 흩어졌다. 완전히 얼어붙으면서도 무르게 변한 것이다.

"상대를 얼어붙게 만드는 효과가 있었던가?"

"조금은 있을 것이오. 마력이 높으면 마법의 추가 효과가 증폭되는 경우가 있소이다. 아마 약한 상대라면 나나 필마가 사용해도 비슷한 일이 벌어질 거요. 신과 슈니는 모든 능력치가 높은 만큼 그런 현상이 극단적으로 나타난 것 같소."

마법의 위력에 의문을 표하는 필마에게 슈바이드가 자신의 추측을 말해주었다.

결국 상대와의 능력치 차이가 원인이었다. 슬레지 히트 같은 골렘 계열 몬스터는 마법 저항이 낮았다. 멜트 스파이더는 애초에 등급이 너무 낮았다.

그들의 장비와 능력치를 생각해보면 맞고 즉사하지 않는게 더 이상했다.

"정말 듬직하군."

나타나는 몬스터를 즉시 해치우며 나아가는 신 일행을 보며 무네치카가 쓴웃음을 지었다.

던전 초반에는 레벨이 낮은 몬스터가 출현하는 법칙이 아직 남아 있는지, 지금까지의 몬스터 레벨은 전부 500을 넘지 않았다.

그 정도라면 신과 슈니가 사용하는 마법만으로도 일격에

해치울 수 있었다.

드물게 마법을 피해내는 개체도 있었지만 당연히 타격이 전혀 없지는 않았고 결국 티에라의 화살에 마무리되었다.

"싸운다는 느낌이 거의 안 나는데 레벨은 점점 오르고 있어……."

"나타나는 몬스터들이 티에라보다 훨씬 레벨이 높으니까 말이지. 그러고 보니 능력치는 어떻게 됐어?"

놀라는 티에라에게 신이 질문했다.

레벨 상한선에 도달한 슈니와 필마는 더 이상 레벨이 오르지 않는다.

하지만 티에라는 달랐다. 레벨업을 통해 능력치가 더욱 상승할 수 있었다.

상승하는 수치는 그리 크지 않지만 강해진다는 점은 변함없었다.

"음, 그때 빛을 흡수하면서 각 능력치가 200 정도 올랐던 건 신도 알고 있지? 그 뒤로 레벨이 11 올라서 능력치의 덱스(DEX)하고 인트(INT)가 40 정도, 다른 능력치는 20 정도 올랐어. 그리고 스킬을 몇 가지 배웠어. 하지만 이렇게 쉽게 배워도 되는 걸까?"

필마와 재회한 장소에서 신비한 빛을 흡수했을 때 슈니를 비롯한 전원이 능력치 상승 효과를 받았다. 하지만 그중에서도 레벨업이 가능한 사람은 티에라뿐이었다.

"이럴 수가. 능력치의 성장률이 올라갔어. 게다가 스킬까지……."

환생 보너스에 의한 강화를 제외하면 레벨업의 혜택은 생각보다 크지 않았다. 하지만 티에라가 말한 능력치 상승은 신이 아는 것보다 명백하게 폭이 컸다.

한 가지 덧붙이자면 빛을 흡수하면서 오른 능력치 상승률도 티에라가 가장 높았다.

"그러네요. 우리에게도 뭔가 영향이 나타난 걸까요?"

"우리는 더 이상 레벨이 오르지 않으니까 알 수 없지. 그래도 나쁜 느낌은 들지 않으니까 괜찮지 않을까? 전보다 강해지는 게 나쁜 일은 아니잖아."

신에게는 아무 일도 일어나지 않았지만 서포트 캐릭터가 아닌 티에라까지 빛을 흡수한 것은 분명 뭔가 의미가 있을 것 같았다.

이 세계에서는 강력한 몬스터들도 많이 나타나는 만큼 강해진다고 손해 볼 것은 없었다.

"강해지는 건 좋아. 하지만 정체를 알 수 없는 힘이라서 조금 무서워. 혜택을 보는 주제에 건방진 소리긴 하지만 말이야."

"흐음. 이야기를 들어보니 그건 지맥의 가호를 받은 것 같다."

잠자코 듣고 있던 무네치카가 갑자기 입을 열었다.

"지맥의 가호?"

"그렇다. 지맥은 크든 작든 이 세계의 거의 모든 존재를 망라한다. 그리고 거기에는 사람, 몬스터, 동식물 같은 다양한 생물의 마력과 의식의 편린 같은 것이 한데 뒤섞여 있지. 그래서인지 한 종족의 영웅이나 구세주로 불릴 만한 자들에게는 지맥이 직접 힘을 부여할 때가 있다. 우리는 그걸 지맥의 가호라고 부른다."

"그런 게 있었구나. 슈니와 슈바이드를 보면 그 말도 납득이 가네."

신도 처음 듣는 이야기였기에 적지 않게 놀라고 있었다. 게다가 충분히 그럴듯한 이야기였다.

"하지만 하이 휴먼의 부하인 스승님이나 다른 분들이라면 모를까, 어째서 저까지 가호를 받았는지 모르겠는데요."

"그건 나도 알 수 없다. 다만 카구츠치는 해당 종족의 의지가 가호에 무조건 반영되는 것은 아니라고 한 적이 있다. 티에라 공의 종족은 엘프지. 그렇다면 식물이나 동물의 의지가 반영되었을 가능성도 있다. 결코 나쁜 일은 아니다. 모처럼 받은 은총이니 고맙게 받아도 손해 볼 것은 없다."

"알겠습니다. 하지만 그렇다면 신도 가호를 받을 만하지 않을까요?"

"나야 먼 옛날의 인물이니까 다른 플레이어들과 똑같이 취급되는 걸 수도 있지."

현재 하이 휴먼에 대한 이야기는 거의 전설처럼 전해지고 있었기에 신은 한 명의 인간으로 인식되지 않거나 가호의 대상에서 제외되는 건지도 몰랐다. 물론 가호의 정의 자체가 애매했기 때문에 지금 아무리 생각해봐야 정확히 알 수는 없었다.

"자, 여기서부터는 조금 긴장해야 할 것 같아."

신은 화제를 전환하듯이 전방을 바라보며 말했다. 그 말에 얼굴을 든 티에라가 멍하니 중얼거렸다.

"어, 뭐야 이게……."

티에라의 눈앞에는 끓어오르는 용암의 강이 펼쳐져 있었다. 동굴의 폭도 늘어나면서 길이 계속 이어졌지만 지금까지 느꼈던 것 이상의 열기가 그들을 기다리고 있었다.

"신이 팔찌를 빌려주지 않았을 경우를 생각하니까 식은땀이 나네."

"내열(耐熱) 아이템이 없었다면 가까이 가기만 해도 죽었을 거야."

티에라가 침을 꿀꺽 삼키며 말하자 신도 거기에 동의했다. HP만 조금씩 줄어들었던 게임 시절이 얼마나 편했는지 알 수 있었다.

신 일행의 주위로는 몸을 움직이면 조금 땀이 날 정도의 온도가 유지되고 있었다.

하지만 그것은 전부 『염라의 팔찌』 덕분이었다. 용암의 온도는 방금 전의 증기와 비교조차 되지 않았다.

만약 현실 세계였다면 내열복 없이는 용암에 이 정도로 접근할 수조차 없었을 것이다.

신은 아이템의 효과에 새삼스레 감탄했다.

"그러고 보니 우리가 용암에 빠지면 어떻게 되는 거야?"

신은 문득 그런 생각이 들었다. 게임 시절에는 능력치만 높으면 독늪이나 용암 속으로 잠수할 수도 있었다.

"전신을 보호하는 방어구를 착용하면 내구도가 남아 있는 동안은 문제없이 움직일 수 있다고 해요."

"아니, 설마 그걸 시험해본 녀석이 있단 말이야?"

신이 작은 목소리로 중얼거린 말을 슈니가 듣고 대답해주었다. 신은 실험자의 담력과 무모함에 놀랄 수밖에 없었다.

"그분은 전설급 전신 갑옷을 입고 있었어요. 마력이 작용했는지 갑옷 안으로 용암이 들어오지는 않았다고 하네요. 30분쯤 지나자 갑옷이 녹아버리기 시작했지만요."

"괜찮았대?"

"방어력이 높은 선정자여서 간신히 살아남았다고 해요. 신이라면 아마 용암이 피부에 닿아도 괜찮을 거예요. 비늘로 뒤덮인 드래곤보다도 방어력이 높으니까요."

"괜찮다고 해도 절대로 시도하고 싶지는 않군."

신은 고개를 가로저으며 말했다. 맨손으로 용암을 만지는 일 따윈 절대로 사양하고 싶었다.

그와 동시에 자신이 이미 인간의 영역을 완전히 벗어났다는 생각도 들었다. 단순히 방어력이 높은 수준이 아니기 때문이다.

"그렇다면 우리 같은 선정자는 칼에 베여도 상처가 나지 않는 거야?"

용암 옆을 걸어가면서 신이 슈니에게 질문했다.

신은 이 세계에 온 뒤로 제대로 된 대미지를 입은 적이 없었다. 지라트와 싸울 때조차도 방어구가 관통되며 대미지를 입긴 했지만 이렇다 할 부상은 없었던 것이다.

"경우에 따라 다르지만 그렇다고 할 수 있겠죠. 피부에 칼을 대고 그어도 우리 같은 수준이 되면 웬만한 흉기로는 대미지를 입지 않아요. 피부조차 찢지 못하겠죠. 물론 자해는 가능한 것 같지만요."

"아아, 그래서 길드 카드를 만들 때 바늘이 들어갔던 거구나."

신은 길드에서 카드에 핏방울을 떨어뜨린 일을 떠올렸다. 높은 방어력 때문에 상처가 나지 않는다면 피 한 방울 흘리기 위해서도 강력한 무기가 필요해진다.

"뭐, 그 이야기는 나중에 하자. 아무래도 용암 속에도 몬스터가 있는 것 같아."

용암 속을 이동하는 반응을 감지한 신이 주의를 주었다.

"어, 그게 정말이야?"

눈앞에서 끓어오르는 용암을 바라보던 티에라가 믿을 수 없다는 듯이 되물었다.

"아마 마력으로 몸을 지키고 있거나 할 거야. 몬스터에게는 일반적인 동물의 법칙 따윈 적용되지 않을 테니까 말이지."

게임에서는 현실의 물리 법칙을 무시하는 생물들이 자주 등장한다. 바로 마력이라는 불가사의한 힘으로 생겨난 몬스터들이다.

이미 익숙해진 신과 서포트 캐릭터들은 그냥 그러려니 하며 받아들였다. 하지만 지식과 경험이 풍부하지 않은 티에라와 무네치카는 긴장하는 것 같았다.

"강철마저 녹이는 액체 속에서 사는 몬스터라. 카구츠치에게서 듣긴 했지만 참 기괴한 일이로군."

"뭐, 용암만 조심하면 다른 몬스터하고 크게 다를 건 없어. 그리고 어류 타입이면 제법 맛도 있다고."

"후훗, 그 말을 들으니 안심이 되는군. 그렇다면 정확히 뼈를 발라내주지."

무네치카는 작게 웃으며 검을 앞으로 겨누었다.

신 일행은 각자 무기를 든 채로 통로를 나아갔다. 5분 정도 걸어갔을 때 흐르는 용암 속에서 물고기의 지느러미 같은 것이 나타났다.

금속 같은 광택을 띠는 그것은 용암 위로 드러난 부분만 1메르나 되었다.

"키랄 라바로군. 지느러미를 보니 몸길이가 4메르는 되겠어. 공중에 뛰어오르면 입에서 【파이어 볼】을 발사하니까 조심해!"

키랄 라바는 돌고래형 몬스터였다.

거대한 몸을 활용한 돌격과 물어뜯기, 그리고 입에서 토해내는 【파이어 볼】이 주된 공격 수단이었다. 용암 속에 서식하는 만큼 불 속성 공격은 효과가 미미했고 물리 공격에도 내성이 있었다.

그리고 가장 성가신 것은 그것들이 무리를 이루어 습격해 온다는 점이었다.

"네 마리로군. 내가 붙잡아두겠소. 그사이에 공격하시오!"

탱커 담당인 슈바이드가 즉시 도발 스킬로 키랄 라바의 주의를 끌었다.

키랄 라바 네 마리 중 두 마리가 공중에 뛰어올랐고 나머지 두 마리는 슈바이드를 향해 돌진해왔다.

공중에 떠오른 두 마리는 아군이 휩쓸리든 말든 슈바이드를 향해 【파이어 볼】을 발사했다.

"고작 이 정도로!"

슈바이드는 날아드는 【파이어 볼】과 키랄 라바에 맞서서 『대충각(大衝殼)의 큰 방패』를 앞으로 내밀며 돌진했다. 그리고 키랄 라바와 부딪치기 직전에 방패술 무예 스킬 【나후추(羅睺墜)】를 발동했다.

『대충각의 큰 방패』를 중심으로 3메르 크기의 투명한 에메 랄드색 방패가 생겨나면서, 달려들던 키랄 라바를 【파이어 볼】과 함께 튕겨냈다.

신의 서포트 캐릭터 중에서 AGI가 가장 낮은 슈바이드도 평범한 선정자와 비교하면 훨씬 빨랐다. 게다가 적의 공격을 받아내는 역할인 만큼 STR도 높았다.

체격이 크고 메인 직업이 성기사인 만큼, 키랄 라바의 몸집 이 아무리 크다 해도 슈바이드를 밀어낼 수는 없었다.

암석 같은 비늘이 박살나며 키랄 라바가 공중으로 솟구쳤 다.

【파이어 볼】을 사용한 두 마리는 다시 용암으로 떨어지고 있어 도움을 줄 수 없었다.

"그래, 예상대로군."

공중에 뜬 상태라면 【파이어 볼】을 발사하는 정면 외에는 빈틈투성이였다. 필마가 그것을 놓치지 않고 공격해 들어갔 다.

그리고 무네치카도 손에 든 검을 휘둘러 키랄 라바를 단칼 에 양단해냈다.

두 동강이 난 키랄 라바는 몇 초 동안 몸을 미세하게 경련 하다가 더 이상 움직이지 않았다.

"나머지는 도망가는군."

키랄 라바 두 마리는 동료가 쉽게 쓰러지자 이길 수 없다고 판단했는지 흐르는 용암 속으로 모습을 감추었다.

신이 미니맵으로 반응을 확인하자 용암의 강에서 벗어나듯이 멀어지고 있었다.

"용암 속 길은 일직선이 아닌가 보네."

"무슨 뜻이야?"

"지금 도망치는 두 마리는 용암이 아닌 곳을 헤엄쳐 갔어. 아마 여기서 보이지 않는 용암 밑에 다른 장소로 연결된 동굴 같은 곳이 있을 거야."

의아하게 묻는 티에라에게 신은 키랄 라바의 움직임을 통해 추측한 사실을 이야기해주었다.

"그래서 다시 싸우러 나오지 않았던 거구나. 아무리 그래도 저 안으로 도망치면 어떻게 쫓아가겠어……. 애초에 싸우고 싶지도 않지만."

"그야 보통은 싸우는 것 자체가 어려운 녀석들이니까 말이지. 그런데 난 끝까지 싸울 줄 알았는데 저런 레벨이어도 도망을 가는구나."

키랄 라바의 평균 레벨은 500 정도였다.

이 정도 레벨이 되면 마지막 한 마리까지 맞서 싸우는 경우가 많았다. 신은 분명 다시 싸우러 돌아올 거라고 생각했기에 약간 허무한 기분이 들었다.

"싸울 일이 적다면 그만큼 좋은 일은 없다. 이제 슬슬 중간층이군. 마기의 영향도 강해지고 있다. 다들 조심해라."

"그래. 지금부터가 진짜 시작이군."

무네치카의 충고에 신 일행도 마음을 다잡았다.

앞으로 나아갈수록 주변 분위기가 달라지는 것을 모두가 느끼고 있었다. 바위도 곳곳이 거무스름하게 변색되어 있었다.

신이 시험 삼아 작은 돌멩이를 던져보자 변색된 부분에 부딪친 돌멩이가 순식간에 검게 변하더니 가루가 되었다.

"완전히 침식당했군."

"그래, 이 기척은 틀림없는 마기다."

신의 판단에 무네치카도 동의했다. 던전 일부가 검게 변색되는 것은 게임 시절의 설정과 똑같았다.

앞으로 더 나아가자 신의 감지 범위 내에 또 몬스터 반응이 나타났다. 숫자는 여섯이었지만 아무래도 움직임이 이상해 보였다.

"이 앞에 몬스터가 있어. 그런데 왠지 상태가 이상한 것 같아."

"무슨 뜻이지?"

"반응이 가깝게 붙었다 떨어졌다 해. 아마 몬스터끼리 싸우고 있는 걸 거야."

"흐음. 몬스터끼리 영역 다툼을 하는 일은 그렇게 드문 일도 아니지 않나?"

신이 사정을 설명하자 무네치카가 의문을 표했다. 몬스터끼리도 적대 관계가 존재했기에, 플레이어를 무시한 채 자기들끼리만 싸우는 경우도 있었다.

"그야 그렇지만……."

"아니요. 던전 내부의 몬스터들은 자기들끼리 싸우지 않아요. 던전에 서식하는 몬스터들은 종류가 달라도 동족으로 취급된다는 말도 있고요."

무네치카의 의견에 말문이 막힌 신을 대신해서 슈니가 대답해주었다.

몬스터끼리 다투는 건 야외 필드에서였다. 던전 내부의 몬스터는 필드를 활보하는 몬스터와 달리 서로 적대 행동을 취하지 않는다.

하지만 신은 게임 시절의 지식만 가지고 있었기에 확신할 수 없었던 것이다.

"지상에서 대립하는 종족들도 던전에 들어가면 서로 연계해서 싸우니까요. 그걸 고려하면 확실히 이상한 일이군요."

"이대로 나아가면 어쨌든 만나게 될 거야. 직접 확인해보자고."

기척을 숨긴 채 나아가자 신 일행의 귀에 무언가가 서로 부딪치는 소리가 들렸다. 마침 숨기 좋은 바위가 있었기에 일행은 그곳에서 얼굴만 내밀어 전방을 살폈다.

"저건……."

그들의 눈앞에서는 몸이 반쯤 검게 변색된 거대한 전갈형 몬스터 슈페르크와, 복수의 몬스터를 억지로 융합한 존재가 서로 싸우고 있었다.

"키메라 인베이드인가."

키메라 인베이드는 마기에 잠식당한 몬스터의 말로라고 할 수 있었다.

마기로 변형된 몬스터들이 융합해서 생겨나며 특유의 추악한 모습 때문에 여성 플레이어들의 혐오감을 불러일으켰다.

"저건 대체……."

"마기 때문에 몬스터가 변하는 건 알고 있겠지?"

"그래, 카구츠치에게 들었다. 실제로 잠식된 몬스터를 보는 건 처음이다만."

"저건 그런 몬스터들이 융합해서 생겨난 존재야. 어째서 굳이 움직이기 불편하게 변했는지는 모르지만 말이야."

키메라 인베이드는 정해진 모습이 없고 융합된 몬스터에 따라 달라졌다.

슈페르크와 싸우는 키메라 인베이드는 키랄 라바를 중심으로 몸통 오른쪽 뒷부분에 골렘의 팔, 등지느러미 옆에 개의 머리, 입 옆에는 뱀의 하반신, 몸통 왼편에서는 거미의 다리가 여덟 개 돋아나 있었다.

어떻게 평가해야 좋을지 알 수 없을 만큼 혼돈스러운 형상이었다.

게다가 그것이 싸우는 방식에는 약간의 규칙성도 없었다.

골렘의 팔과 거미 다리로 능숙하게 뛰어올라 뱀의 하반신으로 슈페르크를 내려치기도 하고, 개의 머리로 불을 뿜거나 몸통 박치기를 하는 척하면서 골렘 팔로 주먹을 내뻗는 등 엉망진창이었다.

가장 큰 문제는 키메라 인베이드의 공격을 받을 때마다 슈페르크의 갑각을 잠식한 마기가 더욱 퍼지고 있다는 점이었다. 이대로 방치해두면 인베이드로 변한 슈페르크가 키메라 인베이드에게 흡수될 것이 틀림없었다.

"키메라 인베이드는 융합된 몬스터가 많을수록 레벨과 전투력이 올라가게 돼. 슈페르크가 흡수되기 전에 정리하자."

신의 말에 모두가 고개를 끄덕이며 앞으로 달려 나갔다.

맨 먼저 슈바이드가【나후추】를 발동하며 돌진했다.

난전 양상을 보이던 몬스터 두 마리가 한꺼번에 튕겨져 나가며 멀리 떨어졌다.

"견제할게. 무네치카는 슈페르크를 해치워줘. 우리 목표는 키메라야!"

지시를 내리는 것과 동시에 신의 주위로 빛의 구슬이 출현했다. 고속으로 발사된 광탄(光彈)은 키메라 인베이드의 골렘 팔을 부수고 거미 다리를 잘라냈다.

키메라 인베이드는 몸을 비틀며 어떻게든 거리를 벌리려 했지만, 빗나갔던 광탄이 예각을 그리며 돌아와 격추했다.

신이 발사한 빛 마법 스킬【레이 스팅거】는 원래 대공(對空)

용 마법이었다. 일직선으로 튕겨나가는 키메라 인베이드를 명중시키는 일은 그리 어렵지 않았다.

"흡!"

슈페르크와 대치하던 무네치카도 거의 일방적인 공격을 퍼붓고 있었다.

레벨과 능력치 차이도 있었지만 무엇보다 신이 강화해준 『미카즈키 무네치카 · 진타』의 위력이 엄청났다.

슈페르크가 치켜든 거대한 집게발을 무네치카의 『미카즈키 무네치카 · 진타』가 깔끔하게 베어냈다. 잘려나간 부분은 반듯한 단면이 보일 정도였다.

"이 검에 익숙해지면 원래 몸이 불만스러워질 것 같군."

무네치카는 허를 찌르듯 머리 위에서 뻗어온 꼬리를 잘라내며 슈페르크와의 거리를 좁혔다.

곤충계 몬스터는 생명력이 높았다. 몸의 일부가 잘려나간 정도로는 좀처럼 약화되지 않았다.

슈페르크는 몸을 돌진해 무네치카를 튕겨내려고 했다.

하지만 갑각에 싸인 몸이 무네치카에게 부딪치는 것보다, 도약과 함께 뽑힌 칼날이 슈페르크의 머리를 베어내는 것이 더 빨랐다.

몸의 절반 부분까지 두 동강이 난 슈페르크는 잠시 경련을 일으키다가 움직임을 멈췄다.

"신 쪽도 끝난 건가."

무네치카가 고개를 돌리자 신과 슈니가 내쏜 광탄에 지면에 발이 묶인 키메라 인베이드가 필마의 대검 『홍월』에 난도질을 당하고 있었다.

"음?"

하지만 몸이 절반으로 잘려나간 상태에서도 키메라 인베이드는 죽지 않았다. 두 동강 난 몸체가 각자 몸을 비틀며 신 일행을 공격해왔다.

"모두가 말해준 대로네!"

광탄 사이를 가로지르며 허공에 떠오른 반쪽 몸을 향해 티에라가 번개를 두른 화살을 내쏘았다.

바르멜에서 보여준 것보다 더욱 강력해진 화살은 키메라 인베이드의 반쪽 몸에 박히며 폭발을 일으켰다.

나머지 반쪽도 필마의 공격으로 불타고 있었다.

키메라 인베이드가 검은 모래로 흩어지자 신 일행은 조금이나마 긴장을 놓을 수 있었다.

"역시 끈질긴 생명력은 여전하구먼. 그건 그렇고 티에라가 쏜 화살의 위력이 굉장하던데. 인베이드의 약점은 빛 마법이나 신성 마법이었을 텐데……."

"나한테 물어봐도 몰라. 일단 말해두지만 난 화살에 마법을 담는 일은 거의 못 해. 방금 전 번개는 신이 빌려준 활과 카게로우 덕분이었어."

빛을 흡수한 효과인지 레벨업의 혜택인지 모르지만 티에라는 이번에 몇 가지 스킬을 익혔다. 하지만 그중에 활에 마법을 불어넣는 기술은 없었다.

어째서 높은 대미지가 나오는지는 몰랐지만 나름대로 충분한 도움은 될 수 있었다.

"그건 그렇고 이 앞부터는 인베이드 계열 몬스터들이 우글댈 것 같군."

"그런 게 잔뜩 있는 거구나. 솔직히 징그러웠어."

티에라가 인베이드 계열 몬스터를 떠올리며 표정을 찡그리자 신도 고개를 끄덕거렸다.

"키메라 외에 모습이 변하는 녀석도 있어. 강해지기만 하는 게 아니라 무기까지 상하게 하지."

신 일행이 가진 고대급 무기라면 괜찮을 테지만 전설급 무기로 장기전에 돌입할 경우는 무기가 망가질 수 있었다.

"무네치카. 야스츠나가 있는 곳까지 여기서 얼마나 걸려?"

"아직은 거리가 있다. 아래층인 것만은 분명하다."

던전 내의 대략적인 층수는 카구츠치가 가르쳐주고 있었다. 현재 신 일행이 있는 곳은 중간층에서 하부로 넘어가는 경계선쯤 되었다.

마기의 영향은 하부 쪽이 가장 강한 것 같았고 신 일행이 나아가면서 조우하는 몬스터는 전부 인베이드 계열이었다.

키메라 타입이 여러 마리 출현하는 경우도 있어서 중간층까지와는 달리 좀처럼 속도를 낼 수 없었다.

"이대로 가면 하부에는 밤쯤에나 도착하겠군. 키메라가 자주 출몰하는 구역에서 노숙은 위험할 테고 그나마 안전한 중간층으로 돌아가서 쉬지 않겠어?"

"그렇군. 현재의 진행 속도 자체는 상당히 빠른 편이다. 굳이 서두를 필요는 없겠지."

만약의 사태에 대비해서 마기의 영향이 적은 중간층에서 휴식을 취하자는 신의 의견에 무네치카를 비롯한 모두가 동의했다.

눈에 보일 정도로 마기의 영향을 받지 않는 곳은 상부밖에 없었다. 하지만 거기까지 돌아가면 시간이 너무 오래 걸리기 때문에 불침번을 서며 조금이나마 자두기로 했다.

높은 능력치 덕에 신체 능력이 향상되더라도 정신은 별개였다. 적당한 휴식을 취하지 않으면 집중력이 유지될 수 없었다.

"일단 【월(장벽)】하고 【배리어(방벽)】는 쳐둘 테니까 괜찮을 거야. 무슨 일이 생기면 바로 깨워줘."

"알겠다. 푹 쉬어라."

"웬만큼 대단한 녀석이 오지 않는 이상 나하고 슈바이드가 한 방에 해치울 거야."

2시간씩 교대로 돌아가는 첫 불침번은 슈바이드와 필마였다. 다음은 신과 슈니, 마지막으로 무네치카와 티에라였다.

먼저 쉬는 일행은 결계 스킬 안에 간이 텐트를 설치해서 눕기로 했다.

무네치카는 무기였기에 휴식이 별로 필요하지는 않았지만 쉬는 시간 동안 카구츠치와 연락을 취하겠다고 했다.

휴식을 취한 지 4시간이 지나고 무네치카와 티에라가 불침 번을 설 때였다.

"티에라 공. 잠시 묻고 싶은 일이 있는데 괜찮겠나?"

"저한테요? 저기, 뭔데요?"

신 일행이 잠든 것을 확인하고 무네치카가 티에라에게 말을 건넸다.

무네치카가 무엇을 궁금해하는지 알 리 없는 티에라는 고개를 갸웃거릴 뿐이었다.

"티에라 공. 그대는 단순한 엘프가 아니로군?"

"네……?"

무네치카의 말에 티에라가 말문이 막히며 그대로 굳어버리고 말았다. 그 반응만 봐도 본인에게 짚이는 데가 있음을 충분히 알 수 있었다.

"그대에게서는 파트너인 그루파지오 카게로우의 힘 외에도 다른 힘이 느껴진다. 그중 하나는 내가 잘 아는 지맥의 힘과 유사하지. 추측하건대 그대는 무녀가 아닌가? 그것도 능력 면에서 상당한 고위 무녀 같다."

"……"

무네치카의 질문에 티에라는 대답하지 않았다. 그리고 침묵이 의미하는 것은 곧 긍정이었다.

"오해할까 봐 말해두지만 추궁하려는 건 아니다. 다만 나처럼 지맥의 힘과 가까운 자라면 감지할 수도 있다는 사실을 알려주고 싶었을 뿐이다."

"아니요, 괜찮아요. 단둘일 때 말을 꺼내신 건 신이나 다른 사람은 모르게 해주려는 거죠?"

"그렇다. 나는 무녀에 대한 이야기를 카구츠치에게서 들은 것뿐이다. 하지만 무녀가 무척이나 귀중한 존재라는 건 잘 알고 있고, 그 존재가 드러나선 안 된다는 것도 안다."

"……고맙습니다. 제가 무녀라는 사실은 저희 일족 외에는 스승님만 알고 있어요."

티에라는 아기 늑대로 변한 카게로우를 끌어안으며 힘없이 대답했다. 걱정스럽게 우는 카게로우를 티에라의 손이 부드럽게 쓰다듬었다.

"뭐, 사정이 있다는 건 짐작이 간다. 무녀가 원래 위치를 벗어나 싸움에 나서는 일은 흔치 않을 테니까 말이지."

"저는 무녀의 힘을 갖고 있었을 뿐이지, 엄밀히 말하면 이제 무녀가 아니에요. 신에게서 받은【애널라이즈】스킬로 상태를 확인했을 때도 무녀라는 직업은 표시되지 않았으니까요."

티에라는 슬프면서도 쓸쓸해 보이는 표정으로 말했다.

"그리고 저를 대신할 사람은 있어요. 아마 고향에서는 제가 이미 죽었다고 생각할 거예요."

"……그런가. 미안하다. 싫은 기억을 떠올리게 한 모양이군."

"아니요. 저도 한 번쯤은 이야기를 해야 한다고 생각하던 참이었어요. 하지만 좀처럼 결심이 서지 않아서요."

티에라는 다른 동료들도 적지 않은 위화감을 느낄 거라 생각했다. 레벨업 때의 높은 성장률과 스킬 획득, 지맥의 힘을 흡수한 일이나 화살 공격에 부여된 마기 정화 능력까지.

게다가 사람에게 협력하는 경우는 있어도 결코 종속되지 않는 신수를 길들였다.

신처럼 전설적인 인물이라면 가능할 수도 있겠지만 티에라에게 그 정도의 힘이 없다는 사실은 본인이 가장 잘 알고 있었다.

카게로우는 어린 시절의 은혜를 갚기 위해서라고 했지만 티에라에게는 그 외에도 짚이는 구석이 있었다.

"오늘 밤 나눈 이야기는 내 가슴속에 묻어두겠다. 내가 할 말은 아닌 것 같지만 너무 깊이 고민하진 말거라."

"네. 고맙습니다."

티에라의 감사 인사를 마지막으로 주위에 침묵이 내려앉았다. 이따금씩 별것 아닌 대화를 나누는 사이 휴식 시간은 빠르게 지나갔다.

†

　다음 날 아침 모두가 기상하자 간단한 식사를 한 뒤에 던전 공략이 재개되었다. 이미 길은 알고 있었기에 어제 내려갔던 곳까지는 금방 되돌아갈 수 있었다.

　어제 몬스터를 닥치는 대로 쓰러뜨리며 온 덕분인지 중간에 마주치는 일은 없었다.

　"자, 오늘 중에 끝내자."

　신의 선언에 모두가 고개를 끄덕였다.

　『정점의 파벌』의 거점 공략 때 사용했던 신의 【매직 소나(마력파 탐지)】가 미니맵의 미탐색 지역을 채워나갔다. 마기의 영향 때문인지 본래의 효과 범위보다는 약간 좁았지만 【매직 소나】는 충분히 제 몫을 해주었다.

　일행은 미니맵이 채워지는 것을 확인하며 앞으로 나아갔다. 당연히 던전 내부를 배회하는 인베이드 계열의 몬스터들도 습격해왔다.

　하지만 신, 슈니, 티에라의 마법과 화살에 저격당하고 필마, 슈바이드, 무네치카의 공격에 쓰러지면서 이렇다 할 저항도 못한 채 사라져갔다.

　600레벨에 근접한 키메라도 많이 나타났기에 오늘도 티에라의 레벨이 신나게 오르고 있었다.

　"설마 내가 200레벨에 도달할 줄이야……. 성실하게 레벨을

올리는 사람들에게 미안해지네."

"그래? 약간 광속 레벨업 느낌이긴 해도 일방적으로 도움만 받는 건 아니니까 미안해할 필요는 없을 것 같은데. 키메라에게도 제대로 된 대미지가 들어가고 있고 아까는 일격에 즉사시켰잖아. 이렇게 말해도 될지 모르겠지만 티에라에게 딱 맞는 사냥터 같아."

신의 말처럼 티에라의 화살은 마기에 잠식당한 몬스터들에게 발군의 위력을 발휘했다. 대미지는 물론이거니와 티에라의 화살에 맞은 인베이드 계열 몬스터들은 마비된 것처럼 움직임이 둔해졌다.

키메라처럼 움직임을 예측하기 힘든 상대에게는 티에라의 화살이 매우 효과적이었다.

던전에 들어온 뒤로는 별로 입을 열지 않던 슈바이드도 티에라가 충분한 전력이 되고 있다는 사실을 어필했다.

"신의 말처럼 우리도 티에라 공 덕분에 편하게 싸우고 있소이다. 부담 갖지 마시오."

"네…… 고맙습니다."

던전 하부로 더욱 내려가자 공간이 서서히 좁아지기 시작했다.

"이거, 야스츠나는 맨 밑층에서 보스 몬스터랑 같이 있는 거 아닐까?"

"그렇겠군. 출발 전에 이야기했던 것처럼 우리도 최하층에 있을 가능성이 높다고 생각했다. 깊은 곳까지 내려온 지금도 반응은 아래쪽에서 느껴지니까 말이지. 아마 예상이 맞을 것 같다."

무네치카는 통로를 걸어가면서 신의 생각에 동의했다.

『염옥의 최심부』는 밑으로 내려갈수록 좁아지는 역피라미드 형태의 구조였고 최하층에는 보스만이 기다리고 있었다.

야스츠나는 이 던전의 보스 몬스터보다 훨씬 강하기 때문에 최하층에서 보스 대신 기다리고 있을 수도 있었다.

"왠지 마기가 짙어진 것 같지 않아? 조금 불쾌한 느낌이 드는데."

걸어가는 도중에 티에라 혼자 마기의 변화를 감지하고 신에게 물었다.

"나는 별로 달라진 것 같지 않은데 말이지. 하지만 티에라는 마기에 민감하니까 대책을 세워두자. 내가 나눠준 카드 중에서 이것과 똑같은 걸 실체화해줘."

티에라는 『정점의 파벌』의 거점에서도 마기나 죽은 사람의 목소리 같은 것에 민감하게 반응했다.

그것을 떠올린 신은 아이템 박스에서 카드를 꺼내 티에라에게 보여주었다.

"다른 사람들도 한 장 실체화해서 먹어둬. 무네치카에게도 효과가 있을지는 모르겠지만 일단 먹어봐. 짙은 마기 안에서도 1시간은 평소처럼 행동할 수 있어. 이 앞이 어떻게 되어 있을지 모르니까 지금부터 정기적으로 먹어두자."

카드에서 실체화된 아이템은 직경 1세메르도 되지 않는 하얀 알약이었다.

이름은 『성천(聖天)의 영약』이었고 일정 이상의 마기에 침식된 장소에서는 필수적인 아이템이었다.

이것을 복용하면 마기가 유발하는 상태 이상을 1시간 동안 무효화할 수 있었다. 사용 방법에 따라서는 공격 수단이 될 수도 있다.

고대급 아이템을 집어삼킬 정도의 마기가 발생했다는 말을 듣고 신이 이번에 제작한 것이다.

"신기하네. 굉장히 편해졌어. 혹시 신이 전에 키메라에게 던졌던 게 이거야?"

"맞아. 유사시에는 이 영약을 그냥 상대에게 던져. 인베이드 계열 몬스터라면 그것만으로도 상당한 대미지를 입을 거야."

신은 급하게 숫자를 맞추느라 지금까지 효과를 확인할 기회가 없었다. 그래서 인베이드 계열 몬스터를 상대로 시험해본 것이다.

신은 마기에 대한 내성이 강했기에 직접 『성천의 영약』를 시험해볼 수 없었다. 하지만 효과가 있을 거라는 슈니의 말을 믿고 먹으라고 지시한 것이다.

"이것도 나에게까지 효과가 있는 건가. 티에라 공의 말대로 참 신기하군."

티에라보다 놀란 건 무네치카였다. 무네치카의 정체는 무기였지만 마기에 나쁜 영향을 받는 것은 사람과 다르지 않았다.

하지만 영약을 먹자 신 일행과 마찬가지로 증상을 억제할 수 있었다.

"마기를 신경 쓰지 않고 싸울 수 있다는 건 역시 큰 도움이 되는군."

전투에서 도움이 되지 못할 경우를 염두에 두던 무네치카는 안심하고 있었다.

"무네치카에게도 효과가 있다는 건 예상 밖이었지만 말이지. 어, 아무래도 목적지에 도착한 것 같아."

신 일행의 눈앞에는 원래 아래층으로 내려가기 위한 계단이나 통로 같은 것이 있어야 했다.

하지만 통로를 조금 더 나아간 곳에는 카구츠치로 보이는 거대한 몬스터의 그림이 그려진 문 하나가 있을 뿐이었다.

문의 좌우에는 촛대가 놓여 있었고 양초도 없이 까만 불꽃이 일렁이고 있었다.

거대한 문은 보통 보스 공간의 입구에 설치된다. 말하자면 표식이라 할 수 있었다. 게임에서는 강적이 기다리고 있음을 알려주는 연출이었다.

그러나 현실로 변한 지금은 방문자에게 강한 위압감과 압

박감을 주고 있었다. 이곳을 지나가려면 죽음을 각오하라는 무언의 경고 같았다.

"그러면 연다."

모두가 고개를 끄덕이자 신이 문을 밀었다.

무거운 문은 처음엔 잘 움직이지 않더니 어느 정도까지 밀리자 자동적으로 안쪽으로 열렸다. 금속이 삐걱거리는 소리와 함께 문 안쪽의 광경이 신 일행의 눈앞에 들어왔다.

"요란한 웅대로군."

【애널라이즈】를 발동하기도 전에 신의 시야에 여러 생물의 형체가 들어왔다.

몸의 대부분이 검게 변색된 오우거 무리였다. 겉모습을 보면 단순한 오우거가 아니라 하이 오우거와 오우거 워리어 같은 다양한 종류가 섞여 있었다.

그리고 가장 안쪽에 다른 오우거들과는 명백히 이질적인 존재가 있었다.

흑귀. 모습을 확인한 신의 뇌리에 가장 먼저 떠오른 단어였다.

그것은 다른 오우거들보다 압도적으로 컸다. 벌거벗은 상반신은 근육의 갑옷으로 뒤덮였다는 표현이 어울릴 정도였다. 몸은 마기 때문인지 새카맣게 변색되었고 두 눈만이 형형한 붉은빛을 내고 있었다.

야차. 그렇게 표현할 수밖에 없는 얼굴의 이마에는 두 개의 뿔이 뻗어 있었다.

하반신에는 노란색과 검은색 줄무늬 천을 감고 있을 뿐이다.

복사뼈까지 내려간 천은 마기 탓인지 꽤나 해져 있었다.

"⋯⋯신. 저 녀석이 오른손에 들고 있는 게 『야스츠나』다."

까만 아우라에 뒤덮인 일본도를 본 무네치카가 감정을 억누르며 말했다.

"⋯⋯?!"

신의 눈이 한순간 크게 떠지더니 눈빛이 날카로워졌다.

그 일본도의 검신은 이가 심하게 빠지고 금도 가 있었다. 날밑과 칼날 일부에는 녹까지 슬어 있었고, 원래는 훌륭했을 칼자루의 장식도 지금은 변색되어 알아볼 수 없었다.

성능 이전에 무기로서의 정체성마저 의심스러운 상태였다.

이미 일본도로서는 죽은 거나 마찬가지였다. 고대급 무기였기에 부러지지 않은 것뿐이다.

"뭐야, 저거⋯⋯. 감히 이런 짓을!"

신의 입에서 평소와는 달리 살벌한 목소리가 터져 나왔다. 같은 천하오검인 무네치카가 무슨 생각을 할지 잘 알았기 때문이다.

무기를 든 무네치카의 손이 희미하게 떨리고 있었다.

동료가 저런 꼴로 이용당하고 있다면 화가 날 수밖에 없을 것이다.

―【오우거 인베이드 레벨 723】.

【애널라이즈】로 표시된 인베이드라는 글자가 신의 화를 더욱 돋웠다.

의지를 가졌다는 걸 알기 때문일 수도 있고 무네치카, 미츠요와 친해졌기 때문일 수도 있었다. 신은 엉망진창이 된『도지기리 야스츠나』를 보며 스스로도 놀랄 만큼 분노가 솟구쳤다.

신은 이 세계에 온 뒤로 이만큼 마기에 잠식된 무기를 보는 것은 처음이었다.

하지만 그것만으로는 설명하기 힘들 만큼 신은 눈앞의 광경이 마음에 들지 않았다.

신 일행이 방에 들어오자 등 뒤의 문이 닫혔다. 하지만 신과 무네치카를 비롯한 동료들은 누구 하나 신경 쓰지 않았다.

"『야스츠나』를 건드리지 않고 오우거만 해치워야 해. 지금까진 후방을 맡았지만 이번만큼은 내가 직접 갈게."

"알겠소. 저 모습은 나도 마음에 안 드는군."

"그래, 그게 좋겠어."

분노 탓에 말투가 약간 달라진 신에게 슈바이드와 필마가 대답했다.

잠자코 있는 무네치카와 슈니, 티에라도 같은 심정이었다.

"……고맙다."

"신경 쓸 것 없어. 대장장이라면 저런 꼴을 가만히 두고 볼

순 없지. 이 정도로 화가 치미는 건 처음이야."

신의 의지에 호응하듯이 손에 들린『무월』의 칼날이 날카롭게 번득였다.

"주변 오우거들은 저희가 상대하겠습니다. 신과 무네치카 씨가 보스를 맡아주세요."

슈니가 신과 무네치카에게 마음 놓고 돌진할 것을 권했다.

보스를 쓰러뜨리는 것은 슈니 본인은 물론이고 슈바이드나 필마도 할 수 있었다. 티에라도 카게로우의 도움을 받으면 어느 정도는 대미지를 줄 수 있을 것이다.

하지만 지금 중요한 문제는 그런 것이 아니었다.

쓰러뜨리는 것은 단순한 전제 조건일 뿐이다. 슈니도 그것을 잘 알았기에 대장장이인 신과 무기인 무네치카가 보스를 상대해야 한다고 판단했다.

"빨리 가서 구해줘."

"맡겨둬! 가자, 무네치카!"

"그래. 미카즈키 무네치카, 지금 간다!"

오우거 무리 안쪽에서 홀연히 선 보스 몬스터를 향해, 신과 무네치카가 땅을 박차며 뛰어올랐다.

거대한 보스 공간 안의 오우거 무리를 전부 무시한 두 사람은 보스를 공격하기 시작했다.

"무기 상태가 어떨지 몰라. 만약 공격을 받더라도 강하게 맞부딪치지는 마!"

"알겠다!"

착지와 동시에 신이 상반신, 무네치카가 하반신을 노리고 공격했다.

좌우에서 동시에 들어가는 공격이었다.

평범한 오우거라면 반응조차 하지 못하고 3등분이 되었을 테지만 상대는 숨겨진 던전의 보스였다.

오우거 인베이드는 민첩하게 뒤로 물러나며 신의 『무월』을 『야스츠나』로 받아냈고 무네치카의 『미카즈키 무네치카 · 진타』는 발을 들어 회피했다.

그러나 발을 든 상태에서 신의 공격을 받아낸 것이 실수였다.

『야스츠나』가 밀려나며 자세가 무너지자 『미카즈키 무네치카 · 진타』의 칼날이 그 틈을 놓치지 않았다.

"—!!"

다리를 노렸던 칼날의 궤적이 예각으로 꺾이며 보스 몬스터의 왼팔을 파고들었다.

왼쪽 손목이 잘려나간 보스 몬스터가 비명을 지르며 한 걸음 더 물러났다. 그러나 오른손에는 아직 『야스츠나』를 쥐고 있었다.

제아무리 고대급 무기라 해도 현재의 내구력이 어떤 상태인지는 신도 장담할 수 없었다. 그래서 보스 몬스터가 『야스츠나』로 막아서는 순간에 힘을 뺀 것이다.

덕분에 큰 대미지는 입히지 못했지만 대신 알아낸 사실이 있었다.

"손에 전해지는 느낌을 보니 내구력은 어느 정도 남아 있 군."

직접 검을 맞대본 신은 대장장이 기술 덕분인지 『야스츠나』 가 보기보다 망가지지 않았다는 사실을 순간적으로 알 수 있 었다.

겉모습만 보면 10퍼센트의 내구도가 남아 있는 것 같았지 만 실제로는 30퍼센트 정도였다.

"알 수 있는 거냐?"

"그래. 대충 30퍼센트 남았어. 적어도 검을 맞부딪치는 정 도로 부러지진 않을 거야. 위험할 때는 마음껏 힘을 써도 괜 찮아."

"그 말을 들으니 마음이 놓이는군. 하지만 고작 이런 녀석 의 공격이 내게 맞을 리도 없고, 여기서 시간을 끌 생각도 없 다."

가장 큰 걱정이었던 『야스츠나』의 내구도가 괜찮다는 것을 알게 되자 신과 무네치카의 움직임이 달라졌다.

보스 몬스터를 쓰러뜨린다 해도 만약 『야스츠나』가 부러진 다면 고칠 수 있으리란 보장이 없었다. 조심해서 손해 볼 것 은 없었다. 그러나 내구도가 위험하지 않다면 이야기가 달라 진다.

신과 무네치카의 표정이 바뀐 것을 눈치챘는지, 오우거 인베이드는 더욱 경계하면서 두 사람에게서 거리를 벌렸다.

"느려!"

신과 무네치카의 목소리가 동시에 나왔다.

이동 무예 스킬【축지】로 두 사람의 모습은 눈 깜짝할 사이에 보스 몬스터의 바로 앞까지 이동했다.

애초에 마기로 강화된 보스 몬스터 정도로는 두 사람의 발끝에도 한참 미치지 못했다. 검을 주저없이 휘두를 수 있다면 고전할 일이 없는 상대였다.

"쉿!!"

신의 검이 보스의 왼팔과 왼쪽 다리를…….

"흡!!"

그리고 무네치카의 검이 보스의 오른팔을 잘라냈다.

공중에 뜬 『야스츠나』는 무네치카가 힘 있게 잡아냈다.

"이제 네게 볼일은 없어. 빨리 사라져!!"

오른쪽 다리를 잃고 땅에 쓰러지는 보스 몬스터를 향해 신이 검을 휘둘렀다.

스킬 발동을 나타내는 하얀 시각 효과가 공중에 세 줄의 선을 그려냈다.

검술 계열 무예 스킬【연화차(連花車)】였다.

올려 베고 내려 벤 뒤에 다시 한 번 올려 베는 기술이었다. 원래는 첫 번째 공격이 상대의 무기를 튕겨내고 이어지는 2연

격으로 해치워야 하지만, 처음부터 자세가 무너진 보스 몬스터는 신의 3연격을 그대로 맞을 수밖에 없었다.

신의 검에 보스의 몸통과 목이 양단되었다.

아무리 인베이드화되었다고 해도 이 정도로 토막이 나면 회복이나 부활도 불가능했다. HP가 0으로 떨어지는 것과 동시에 몸이 모래처럼 흩어지며 무너져 내렸다.

"다른 녀석들은 이미 끝난 건가."

보스 몬스터에게 공격을 가했음에도 부하 오우거들이 도우러 오지는 않았다. 왜냐하면 슈니를 비롯한 다른 동료들이 이미 전멸시켰기 때문이다.

보스 공간에는 부하 오우거들의 쇠방망이나 대검 같은 무기만 뒹굴었다.

"끝난 것 같네요. 『야스츠나』의 상태는 어떤가요?"

"일단 내구도는 괜찮아. 하지만 마기에 잠식되었으니까 정말 괜찮을지는 좀 더 자세히 확인해야 될 것 같아."

신은 슈니에게 그렇게 말하며 무네치카가 든 『야스츠나』를 돌아보았다. 바로 그때였다.

"으…… 아무래도 아직 안심하긴 일렀던 모양이다."

"……?! 이봐, 왜 그래?!"

무네치카가 들고 있던 『야스츠나』에서 탁한 아우라가 뿜어져 나왔다. 그리고 마치 살아 있는 것처럼 무네치카의 팔을 휘감았다.

대미지를 입은 것처럼 얼굴을 찡그리는 무네치카의 손에서 『야스츠나』가 떨어졌다.

"으윽…… 던전을 잠식한 마기의 발생원은 야스츠나였던 것 같다."

무네치카는 그 말과 함께 무릎을 꿇었다. 『야스츠나』에서 손을 뗐음에도 마기는 여전히 남아 있었다.

"잠깐 기다려봐. 지금 없애줄게."

신이 무네치카의 손을 잡고 신성 마법 스킬 【액막이】를 발동했다. 데몬이나 마기가 발생한 곳에서는 필수적인 스킬이었다.

스킬 발동과 동시에 생겨난 투명한 빛이 무네치카의 팔에 들러붙은 마기를 소멸시켰다. 하지만 무네치카의 안색은 여전히 어두웠다.

"어때?"

"고맙다. 설마 야스츠나가 이 정도까지……."

무네치카는 바닥에 꽂힌 『야스츠나』를 바라보고 있었다. 겉모습은 낡아빠진 일본도일 뿐이었다.

신이 『야스츠나』의 칼자루에 손을 대자 무네치카가 만졌을 때처럼 탁한 마기가 발생했다. 그러나 그것은 신이 장비한 팔 덮개에 닿자 튕겨나가듯 소멸했다.

신이 장비한 『명왕의 팔 덮개』의 보조 효과 덕분이었다.

강력한 고대급 장비는 마기도 쉽게 잠식할 수 없었다.

특히 신 같은 최상급 대장장이가 제작한 고대급 장비라면 닿기만 해도 마기를 소멸시킬 정도였다.

그렇기 때문에 신은 아무렇지 않게 『야스츠나』를 들 수 있었다.

"역시 이 장비라면 영향을 받지 않는군. 그렇다면 이건 어떨까?"

신은 손에 든 『야스츠나』에 【액막이】를 발동했다. 그러자 검신에 남아 있던 마기가 소멸되었다.

그러나 신이 스킬을 중단하자 마기가 다시 꿈틀거리듯 배어나왔다.

신이 쥐고 있는 부분만 『명왕의 팔 덮개』의 효과로 마기가 나오지 않았다.

신이 손을 놓으면 자루 부분까지 마기에 뒤덮일 것이다.

"신이 스킬을 계속 사용해도 안 되는 거냐? 이제 파괴할 수밖에 없는 건가?"

"모르겠어. 이대로 【액막이】를 계속 사용하면 마기가 사라질지, 아니면 『야스츠나』 자체를 파괴해야 할지. 솔직히 말하면 판단이 서지 않아."

무네치카가 애원하는 눈빛으로 바라보지만 신은 섣부른 추측을 삼갔다.

검을 분석하는 거라면 몰라도 마기에 관해서는 문외한이나 다름없었다. 신은 어떤 방법을 써야 할지 짐작조차 할 수 없었다.

다른 동료들 역시 마기를 정화하는 것 외의 방법은 떠오르지 않았다.

【액막이】를 사용해도 마기가 계속 발생하는 경우에는 발생원이 되는 물체를 파괴해왔기 때문이다.

"저기, 할 이야기가 있는데."

"티에라?"

모두가 침묵하는 가운데 티에라가 살짝 손을 들며 입을 열었다.

"저기, 무네치카 씨에게 물어볼 게 있는데요. 이 공간은 지맥의 바로 위에 있는 거죠?"

"음? 왜 그걸……. 아니, 지금은 굳이 따지지 않기로 하지. 이곳은 틀림없는 지맥 위다."

"그렇다면 가능할지도 몰라요. 단언은 할 수 없지만요."

"티에라?"

무네치카에게 확인을 받은 티에라는 신에게 다가서더니 『야스츠나』를 든 손 위로 자신의 손을 겹쳤다.

"내 고향에 전해지는 마기 정화 방법이 있어. 신은 이대로 계속 스킬을 사용해줘."

"괜찮겠어?"

"맡겨줘. ……괜찮아. 이번이 처음은 아니니까."

티에라는 살짝 슬픈 표정으로 고개를 끄덕였다.

그녀의 눈동자는 신을 똑바로 바라보고 있었다.

"……알았어. 난 티에라를 믿어. 무네치카는 어떻게 생각해?"

"동료를 구해준다는데 안 된다고 할 순 없겠지."

"그럼 정해졌군. 다른 사람들은 만약의 사태에 대비해서 주변을 경계해줘."

"알겠습니다."

슈니와 다른 동료들은 각자의 무기를 들고 주위를 경계했다. 마기에서 데몬이 생겨나는 경우도 있었기에 결코 방심할 수는 없었다.

"시작할게."

티에라가 작게 중얼거렸다.

그리고 『야스츠나』의 정화가 시작되었다.

"—. —."

티에라의 입에서는 명확하게 알아들을 수 없는 맑은 선율이 흘러나왔다. 이곳이 던전 안이라는 것을 까맣게 잊을 만큼 기묘한 매력이 있는 울림이었다.

"……!!"

선율에 맞춰서 티에라의 몸이 빛나기 시작했다. 바람을 맞은 것처럼 흑발이 나부끼고 투명한 빛이 넘쳐 흘렀다.

티에라의 몸에서 생겨난 빛은 손을 겹치고 있던 신에게도 영향을 미쳤다. 투명한 빛이 신의 몸을 뒤덮기 시작한 것이다.

"뭐지……?"

신이 작은 소리로 중얼거렸다. 따뜻하면서도 차가운, 명확하게 설명하기 힘든 감각이 신을 감싸고 있었다.

상태 표시에도 변화는 없었고 기묘한 감각을 제외하면 모든 것이 그대로였다.

"이건……."

변화가 일어난 것은 『야스츠나』 쪽이었다. 검신에서 새어 나오던 마기가 갑자기 요란스럽게 꿈틀거리기 시작했다.

신은 마치 괴로워하는 듯한 움직임을 보며 더욱 주의 깊게 상황을 주시했다.

신과 티에라의 손을 경유해서 이동한 빛이 마기에 닿았다. 처음에는 서로 반발하듯이 튕겨나갔지만 이내 빛이 마기를 밀어내며 검신을 뒤덮었다.

"――음 읍――."

빛과 마기가 부딪칠 때마다 티에라의 입에서 새어 나오던 선율이 흔들렸다. 이마에는 땀방울이 잔뜩 맺히고 표정도 괴로움으로 일그러졌다.

그럼에도 티에라는 선율을 멈추지 않았다.

"음……?"

신은 티에라를 도울 방법이 없는지 고민 중이었다.

그런 신의 눈앞이 갑자기 흔들렸다.

숲 속이었다.

사람이 쓰러졌다.

그 옆에서 누군가가 엎드렸다.

—마! ……마! 싫—! 나— 혼— 두—마!

불안정한 영상이 신의 눈앞에 나타났고 이곳에 없는 누군가의 목소리가 들렸다.

시야에 나타났다 사라지는 영상은 초점이 맞지 않아서, 등장하는 사람들의 얼굴을 알아볼 수 없었다.

목소리도 잡음이 뒤섞여 단편적으로만 알아들을 수 있는 정도였다.

갑작스러운 사태에 신이 혼란에 빠지자 영상과 소리는 시작될 때와 마찬가지로 갑작스럽게 사라져버렸다.

"으……."

"이런!!"

정신이 들자 빛은 사라진 뒤였고 티에라가 중심을 잃고 쓰러지고 있었다.

신은 즉시 그녀의 몸을 부축했다.

숨을 헐떡이던 티에라는 신의 가슴에 기대며 천천히 일어섰다.

"이제…… 괜찮을 거야."

"……그런 것 같군."

정화가 잘 마무리되었는지, 신이 『야스츠나』에서 손을 떼도 검신에서 마기가 새어 나오지는 않았다.

신은 다른 사람도 자신과 똑같은 체험을 했나 싶어서 동료들을 살폈지만 특별히 당황한 기색은 없었다. 그렇다면 그 영상은 신과 티에라에게만 보였던 것일까?

"어쨌든 『야스츠나』를 회수했으니까 일단 던전 밖으로 나가자. 이곳에서는 편히 이야기할 수도 없을 테니까."

"그, 그래. 나도 동의한다. 『야스츠나』는 괜찮을까……?"

"자세히 살펴보기 전에는 몰라. 부러지지는 않았고 겉보기만큼 내구도가 줄어들지는 않았으니까 괜찮다고 말하고 싶지만…… 솔직히 확실하진 않아."

무네치카는 『야스츠나』를 걱정스럽게 바라보았다.

소기의 목적을 달성한 신 일행은 보스 공간에 혹시 마기를 발산하는 물건이 또 있나 확인한 뒤에 『염옥의 최심부』에서 벗어났다.

✝

던전을 나온 신 일행이 후지의 사당 안으로 순간이동하자 기다리며 앉아 있던 미츠요가 바로 달려왔다.

"빨리 왔네. 무슨 일이라도 있었어?"

무네치카의 안색이 안 좋은 것을 보고 사고가 있었음을 짐작한 듯했다.

"있긴 있었지. 일단 『야스츠나』는 회수해 왔어."

신은 애매하게 대답하며 『야스츠나』를 보여주었다. 검신과 자루의 상태는 마기가 사라진 뒤에도 심하게 훼손되어 있었다.

"이게 뭐야……."

『야스츠나』를 본 미츠요가 할 말을 잃었다.

"우리가 발견했을 때는 이미 이런 상태였어. 마기는 정화했지만 의식이 남아 있을지는 아직 몰라. 카구츠치라면 뭔가 알 수 있지 않을까?"

"이쪽이야!"

미츠요가 신의 손을 잡아끌며 달리기 시작했다. 그녀의 눈에서 투명한 눈물이 흘러내렸다.

순간이동한 장소에서 카구츠치의 본체가 있는 곳까지 이동하자 발소리를 들은 유즈하가 달려왔다. 그 뒤에는 아기 카구츠치와 츠네츠구도 있었다.

"카구츠치 님, 야스츠나가! 야스츠나가……."

카구츠치에게 달려간 미츠요가 말을 잇지 못했다.

미츠요가 눈물을 뚝뚝 흘리자 카구츠치와 츠네츠구의 표정도 심각해졌다.

"진정하거라, 미츠요. 무슨 일이 있었던 게냐?"

"설명은 제가 하죠. 일단 이것부터 봐주세요."

미츠요 뒤에서 걸어 나온 신이 손에 든 『야스츠나』를 내밀었다.

"흐음, 그렇게 된 건가."

"삐……."

"쿠우, 엉망진창."

한 사람과 두 신수는 미츠요가 왜 우는지 금방 이해했다.

야스츠나는 미츠요와 츠네츠구의 몇 안 되는 동족이었다. 그런 존재가 심하게 망가진 모습을 보면 흥분하는 것도 당연했다.

"저는 이 상태에서 야스츠나의 의식이 남아 있는지 알 수 없어요. 카구츠치라면 뭔가 알 수 있지 않을까 생각하지만요."

"삐!"

"더 자세히 보여달라는구먼. 그래, 여기 있는 장식대 위에 놓아보게."

츠네츠구가 카구츠치의 지시를 통역해주었다. 신이 시키는 대로 하자 카구츠치는 작은 날개를 뻗어 검신을 만졌다.

"삐약! ……삐."

"그게 정말입니까?! 아니, 그나마 희망은 남아 있는 것이 다행이구먼."

"……."

몇 분 동안 『야스츠나』를 살피던 카구츠치가 큰 소리로 울었다. 그러자 츠네츠구는 안심인지 낙담인지 모를 반응을 보였다. 미츠요는 눈을 내리깔고 아무 말도 하지 않았다.

"유즈하, 뭐라고 한 거야?"

"상당히 상했대. 이대로라면 의식이 사라진대. 하지만 아직 방법이 있대."

"그 방법이 뭔데?"

"……한 자루 더. 의식을 옮겨갈 수 있는 칼이 있다면 구할 수 있다는구먼."

유즈하를 대신해서 츠네츠구가 대답했다. 무기에 깃든 의식은 이동할 수 있다고 한다.

"한 자루 더? 아아, 그런 거였―."

"부탁해! 네가 가진 『도지기리 야스츠나』를 넘겨줘!"

츠네츠구가 차마 꺼내지 못하던 말을 미츠요가 대신 해주었다.

그녀는 그 자리에서 땅에 양손을 짚고 넙죽 엎드리며 고개를 깊이 숙였다.

"잠깐, 뭐 하는 거야! 나도 당연히 달라고 할 줄 알았다고. 이런 상황에서 어떻게 안 도울 수가 있겠어?"

신은 계속 엎드려 있는 미츠요를 일으키며 말했다.

"하지만 고대급 무기는 더 이상 구할 수 없을지도 모르는 귀중한 물건이잖아. 대장장이인 너라면 얼마나 가치 있는 물건인지 모를 리 없어. 그런데 그걸 양보해준다고?"

미츠요도 고대급 무기가 얼마나 귀중한지 알고 있었다. 그래서 사무라이라면, 그리고 대장장이라면 결코 넘겨줄 리 없다고 생각했던 것이다.

"귀중하다는 건 나도 알아. 하지만 지금은 단순히 수집품으로만 갖고 다니는 상황이라고. 그리고 『미카즈키 무네치카』를 강화한 나를 다른 대장장이들과 똑같이 취급하면 곤란하지. 고대급 무기가 필요해지면 새로운 걸 만들면 돼. 이 녀석도 내가 직접 만든 거라고."

신은 허리에 찬 검을 가리키며 말했다. 칼집에 꽂힌 그 검은 틀림없는 고대급 일본도 『무월』이었다.

"옮겨갈 수 있다면 바로 시작하자. 일단 확인부터 해줘."

신은 야스츠나가 놓인 장식대 위에 실체화한 『도지기리 야스츠나』를 올려놓았다.

아기 카구츠치가 즉시 날개를 뻗어 확인하기 시작했다.

"삐……."

주의 깊게 살피던 아기 카구츠치가 몇 분 뒤에 작게 울며 몸을 옆으로 돌렸다. 신도 그게 무슨 의미인지 통역 없이 알아들을 수 있었다.

"그럴 수가?! 어째서?!"

"삐약……."

"맙소사……."

아기 카구츠치가 뭐라고 더 이야기했는지 미츠요와 츠네츠구가 힘없이 고개를 숙였다.

"카구츠치가 뭐라고 한 거야?"

신이 꺼낸 『도지기리 야스츠나』를 사용할 수 없다는 사실은 아기 카구츠치의 몸동작만 봐도 알 수 있었다. 하지만 그 이유가 궁금했다.

"이 검에는 신의 마력이 침투해버려서 의식이 옮겨갈 그릇으로 사용할 수 없나 봐. 무네치카처럼 본체가 따로 존재하면서 일시적으로 의식을 옮기는 정도는 가능한 것 같지만 말이야."

"그런 거구나. 결국 필요한 건 아무것도 섞이지 않은 『도지기리 야스츠나』였어."

"그래, 맞아. 하지만 그걸 대체 어디서 구하느냐고!!"

미츠요가 참지 못하고 장식대를 내려쳤다. 강력한 능력치 탓에 장식대는 그대로 부서져버렸다.

하지만 부서진 것은 장식대의 일부뿐이었고 『야스츠나』는 무사했다. 미츠요가 『야스츠나』까지 상하게 할 만큼 이성을 잃은 것은 아니었다.

"신, 방법이 없는 거야?"

티에라가 입을 열었다. 신이 그쪽을 돌아보자 슈니와 다른 동료들도 신을 바라보고 있었다.

"……한 가지 방법이 있긴 해."

"어?"

미츠요가 신의 말을 듣더니 멍하니 중얼거렸다. 진지한 표정을 짓는 신에게 모두의 시선이 집중되었다.

그리고 신은 단호히 말했다.

"『도지기리 야스츠나』를 한 자루 더 만드는 거야."

"그런 일이 가능한 겐가?"

츠네츠구가 놀라면서도 미심쩍은 시선을 보냈다. 그만큼 고대급 무기는 제작이 어렵고 희귀했다.

"솔직히 말하면 확실히 할 수 있는 건 아냐. 『도지기리 야스츠나』는 이벤트 아이템이라 제작 레시피가 없거든. 그래서 아무것도 없는 상태에서 시행착오를 겪어야 해. 하지만 다른 고대급 무기의 레시피가 있으니까 그걸 참고하면 조금은 도움이 될 거야. 무엇보다도 실물 『야스츠나』가 있으니까 말이지. 이걸 잘 분석하면 근접한 물건은 금방 만들 수 있어."

사실 『야스츠나』를 갖고 다니는 동안 그 구조를 어느 정도는 파악할 수 있었다.

검을 맞부딪치는 것만으로 『야스츠나』의 내구도를 알아낸 것처럼 스킬이 예상치 못한 효과를 발휘한 적은 많았다.

신은 어째서 그런 일이 일어나는 것인지 궁금하기도 했지만 지금은 굳이 신경 쓰지 않기로 했다.

"처음 해보는 일이니까 시간이 얼마나 걸릴지는 몰라. 일단 분석하고 시험 제작을 하는 데 며칠만 시간을 줘."

"우리는 신을 돕지 못할 테니까 좋은 아이디어가 없나 생각하면서 대기해야겠네."

"그렇소. 우리가 무기에는 문외한이지만 뭔가 도움이 될 수 있을지도 모르오."

신은 즉시 달의 사당을 실체화해서 대장간에 틀어박혔다.

필마와 슈바이드는 도움이 될 만한 일을 찾으면서 츠네츠구, 미츠요와 함께 후지 정상을 방어하기로 했다.

슈니는 따로 티에라의 특훈을 돕기로 했다.

"그러면 티에라는 레벨업한 신체 능력을 파악하는 일부터 시작하는 게 좋겠네요. 새로 익힌 스킬도 확인해보고요."

"어…… 아니, 그게, 굳이 스, 스승님을 귀찮게 하지 않아도 그 정도는 저 혼자서―."

티에라는 그렇게 말하면서 천천히 슈니에게서 뒷걸음쳤다. 이마에서 흘러내리는 땀이 티에라의 심정을 여실히 드러냈다.

"무슨 소리예요. 여러 가지로 확인해야 할 일이 많은걸요. 자, 일단은 저와 대련부터 해봐요."

"히익! 스승님, 잠깐만요! 잠깐만 기다려보세요오오오!!"

질질 끌려가는 티에라의 비명이 메아리치는 가운데, 다른 사람들은 마음속으로 심심한 애도를 표했다.

"자, 그러면 시작해볼까."

대장간에 온 신은 바로 『야스츠나』의 분석부터 시작했다.

일단 칼자루와 칼밑을 분리해서 검신만 남은 상태로 만들었다. 이어서 손바닥 정도 크기의 작은 쇠망치로 가볍게 검신을 두드렸다.

끼잉 하는 금속음이 대장간에 메아리쳤다. 신은 요란하게 울리는 소리를 유심히 들은 뒤 다음 작업으로 넘어갔다.

신은 아이템 박스에서 각종 금속 주괴를 꺼내 하나씩 차례대로 『도지기리 야스츠나』에 갖다 댔다. 그러자 몇몇 금속 주괴는 갖다 댈 때마다 빛이 났다.

"내구도 회복이 없는 걸 보고 예상은 했지만 역시 히히이로카네의 비율이 적군."

발광 정도를 통해 포함된 금속의 종류와 양을 대략적으로 알아내고 마지막으로 양손 위에 『도지기리 야스츠나』를 올려놓고 눈을 감았다.

이러한 일련의 작업은 게임 시절과 동일한 레시피 입수 방법이었다.

무기 레시피를 입수하는 방법은 몇 가지가 있는데 레시피를 구입하거나 타인에게 양도받을 수도 있고, 던전의 보물상자에서 얻거나 무기를 분석해서 자력으로 찾아내는 방법도 있었다.

신기하게도 눈을 감은 신의 뇌리에 검의 재료와 구조가 어렴풋이 떠올랐다. 게임에서는 눈앞에 레시피가 출현했지만 현실은 약간 다른 모양이었다.

"손상이 심하군. 아니, 고대급 무기의 내구도가 갑자기 60

퍼센트 넘게 깎인 거니까 오히려 양호한 편인가."

무기를 분석하는 것만으로는 완전한 레시피를 얻을 수 없다. 손상된 상태에서 얻어낸 레시피를 시행착오를 통해 보완해야만 했다.

이 작업을 위해서는 동일한 공정을 끊임없이 반복하는 끈기와, 재료의 비율을 알아내기 위해 귀중한 금속과 아이템을 낭비할 수 있는 자금력이 필요했다.

"오리할콘— 60퍼센트…… 아니, 62퍼센트인가? 아다만틴은…… 20퍼센트— 아니, 30……으로 수치를 바꾸고……."

신은 혼자 중얼거리며 주괴를 화로에 던져넣었다.

사용하는 재료는 달의 사당 생성기에서 만들어낸 것이었다. 아이템 박스에 들어 있던 금속 주괴는 신의 마력이 이미 침투해 있어 사용할 수 없다.

신은 레시피를 확인하며 불확실한 부분을 감과 경험으로 메꾸었다.

작업을 시작한 지 2시간 만에 비로소 첫 번째 완성품이 최종 단계에 도달했다.

신은 아이템 박스에서 『계(界)의 물방울』을 꺼내 실체화했다. 투명하면서도 일곱 색으로 빛나는 광석이 신의 손안에 나타났다.

"역시 일본도 타입은 코팅 처리를 해야 하는군."

고대급을 제작할 때 필수적인 아이템이 『계의 물방울』이었다. 이것을 어떻게 처리하느냐에 따라 무기 자체의 성능이 바뀐다.

표면을 코팅하면 물리 공격 중시, 중심의 핵으로 사용하면 마법 중시, 재료와 함께 녹여서 사용하면 밸런스 중시가 된다.

신의 『진월』과 슈니의 『창월』이 밸런스를 중시해서 만들어진 무기였다. 필마의 『홍월』과 슈바이드의 『지월』은 물리 공격 중시였다.

신은 손에 든 『계의 물방울』을 특수한 액체에 투하했다. 그러자 『계의 물방울』이 액체에 녹으며 액체 전체가 무지갯빛으로 반짝이기 시작했다.

"……문제는 없는 것 같군."

신은 그렇게 말하며 완성된 검신을 액체에 담갔다. 그러자 빛이 검신에 빨려 들어가더니 액체가 원래의 투명한 상태로 돌아왔다.

빛이 사라진 것을 확인한 신은 검신을 액체에서 꺼내 천으로 닦았다.

액체를 닦아낸 검신은 마치 날을 새로 간 것처럼 빛을 반사하며 날카롭게 번쩍였다.

시험 제작품 1호의 완성이었다.

"……글렀군."

하지만 완성된 검신을 본 신은 한숨을 내쉬었다. 【애널라이즈]를 통해 표시된 『도지기리 야스츠나·둔(鈍)』이라는 이름이 신의 말을 뒷받침했다.

레시피를 그대로 답습했기에 『야스츠나』로 인식되긴 한 것 같았다. 그러나 뒤에 붙은 『둔』이라는 글자가 모든 것을 부정하고 있었다.

"뭐, 처음엔 어쩔 수 없겠지. ─응? 열려 있으니까 들어와!"

그때 마침 노크 소리가 들렸다. 거주구와 대장간을 이어주는 문은 잠겨 있지 않았기에, 신이 말하자 문이 천천히 열렸다.

안으로 들어온 사람은 미츠요였다.

"……야스츠나에게 무슨 일이라도 있는 거야?"

"그런 건 아냐. 괜찮아. 카구츠치도 한 달 정도는 지금 상태가 유지될 거라고 했으니까."

신은 그 말을 듣자 마음이 놓였다. 작업을 서둘러 시작하느라 어느 정도의 여유가 있는지 아직 확인하지 못했던 것이다.

"그렇군. 그러면 다른 볼일이야?"

"응. 방해해서 미안하지만…… 저기, 작업은 잘되고 있어?"

"일단 60퍼센트 정도 진행됐어. 대략적인 방법은 알아냈으니까 이제 미세 조정만 남았지. 뭐, 그게 가장 오래 걸리는 일이지만 말이야."

어느 금속이 얼마나 쓰였는지를 알아내는 것이야말로 가장 어려운 일이었다.

동일한 계통의 무기라면 작업 공정 자체는 거의 비슷했다. 그래서 금속의 배합 비율에 비하면 상당히 쉽게 알아낼 수 있었다.

"시간 내에 꼭 완성할게. 그러니까 조금만 더 시간을 줘."

사실은 신도 무기를 재현하는 일이 정말 가능한지 알지 못했다. 하지만 신은 단호히 선언했다. 미츠요를 안심시키기 위함이었지만 대장장이로서의 자존심 때문이기도 했다.

"……응. 이제 의심 안 해. 그러면 난 이제 가볼게."

미츠요는 그렇게 말하며 대장간의 문손잡이를 잡았다. 그녀에게서 처음 만났을 때의 미심쩍은 눈빛은 더 이상 찾아볼 수 없었다.

미츠요는 대장간을 나오며 문을 닫을 때 뒤를 살짝 돌아보았다.

"여…… 열심히 해."

기어 들어가는 목소리로 말한 후 문을 닫았다.

신은 시험 제작한 검을 내려다보고 있었기에 듣지 못할 거라 여긴 모양이다.

하지만 대장간은 특별히 시끄럽지 않았다. 미츠요가 작게 전한 격려의 말은 신에게도 정확히 들렸다.

"……그래, 열심히 해보자."

의욕이 오른 신은 시험 제작품을 화로에 넣어 다시 녹였다. 달의 사당에 설치된 특별한 화로는 실패작이지만 고대급인 검을 녹여 재료의 주괴로 바꾸어주었다.

사용한 양의 3분의 1도 회수할 수 없지만 그냥 버리는 것보다는 나았다. 아이템 박스와 달의 사당 창고에는 아직 대량의 재고가 남아 있지만 아직은 새로 구할 방법이 없다.

시험 제작을 위해서는 대량의 재료가 소모된다. 신은 최대한 절약하기로 마음먹으며 다시 한번 검을 만들기 위해 금속 주괴를 손에 들었다.


『도지기리 야스츠나』의 재현에 성공한 것은 작업을 시작한 지 2주 뒤였다.

"해…… 해냈어."

시행착오를 거듭한 끝에 드디어 만족할 만한 작품이 완성되었다. 카구츠치에게 확인을 받아야 했지만 신에게는 완벽하다는 느낌이 왔다.

다만 무기를 들고 히죽 웃는 신의 모습은 아무래도 정상적으로는 보이지 않았다.

"저기, 괜찮으세요……?"

"핫핫핫, 졸려서 죽을 것 같아……."

때마침 상황을 보러 온 슈니가 말을 건넸다. 그러자 히죽 웃던 신은 갑자기 힘없이 비틀거렸다.

신은 눈 밑에 선명한 다크서클이 생겨날 만큼 상당한 무리를 한 것 같았다.

"어쨌든 이걸 카구츠치에게 보여줘. 아마 괜찮다고 할 거야."

"알았어요. 알았으니까 빨리 쉬세요!"

『도지기리 야스츠나』를 건네받은 슈니는 더 이상 지켜볼 수 없다는 듯이 말했다. 그 말이 방아쇠를 당겼는지, 아니면 검이 완성되면서 긴장의 실이 끊어졌는지 모르지만 신의 눈꺼풀이 갑자기 무거워졌다.

"또 너무 무리했나 보네요⋯⋯."

슈니의 중얼거림이 신에게 들렸는지는 알 수 없다.

신은 재빨리 부축해준 슈니의 가슴에 얼굴을 파묻은 채로 이미 기분 좋게 잠들어 있었다. 먹고 자는 일도 잊은 채로 작업에 열중한 탓인지, 도무지 일어날 기미가 보이지 않았다.

"⋯⋯푹 주무세요."

슈니는 미소를 지으며 신을 사랑스럽게 끌어안았다.

†

"응⋯⋯?"

신은 햇빛을 느끼며 눈을 떴다. 달의 사당에 있는 자신의 방에 누워 있다는 것을 금방 알 수 있었다.

몸을 일으키자 시야 한쪽에 은색의 무언가가 보였다.

"슈니네⋯⋯. 왜, 왜 여기 있지?"

침대에 엎드린 자세로 잠든 슈니를 보자 신은 잠이 확 깼다.

자기 전의 기억은 약간 애매했다. 『도지기리 야스츠나』를 완성한 것까지는 기억이 났지만 그 뒤로는 전혀 생각나지 않았다. 부드러운 무언가에 파묻힌 느낌이 어렴풋이 떠오를 뿐이다.

신은 몇 분을 더 고민한 끝에 슈니에게 검을 건네주었던 것까지 생각해냈다.

"어떻게 됐지?"

새로 만든 『도지기리 야스츠나』를 의식의 그릇으로 사용할 수 있는지 궁금했다. 신이 느끼기에는 완벽했지만 카구츠치가 확인해줄 때까지는 안심할 수 없었다.

신은 별수 없이 슈니를 깨워 물어보기로 했다.

"슈니. 일어나 봐, 슈니."

"음……? —앗?!"

신이 이름을 부르며 어깨를 흔들자 슈니가 눈을 떴다. 잠결에 멍하니 중얼거리던 슈니는 신이 깨어난 것을 확인하자 용수철처럼 몸을 일으켰다.

"저, 저기…… 모, 몸은 괜찮으신가요?"

"괜찮아. 그러니까 진정해. 내가 얼마나 잔 거야?"

실내에 오래 틀어박혀 있다 보면 밤낮의 구분이 힘들어진다. 신도 어느 시점부터는 지금이 몇 시인지 전혀 알 수 없었다.

"글쎄요. 어제 아침부터 쭉 잤으니까 꼬박 하루를 잔 셈이네요. 그리고 카구츠치가 신이 만든 검을 그릇으로 쓸 수 있다고 했어요. 이미 의식을 옮기는 작업에 들어갔을 거예요."

"그렇구나…… 하아~ 힘들어 죽는 줄 알았네!"

신은 크게 한숨을 쉬며 침대에 다시 드러누웠다.

슈니가 상황을 설명해준 덕분에 신은 어깨의 짐을 내려놓은 기분이었다. 지금으로서는 더 이상 좋은 검을 만들 자신이 없었기 때문이다.

신은 대장장이 기술을 한계까지 발휘한 덕분에, 자신에게도 아직 부족한 부분이 있다는 사실을 알 수 있었다.

"마침 아침 먹을 시간이네요. 신도 먹으러 갈 건가요?"

"그야 고맙지. 실은 배가 엄청 고팠거든."

신은 배에 손을 갖다 대며 고개를 끄덕였다.

대장간에 있을 때는 신경조차 쓰지 않았던 공복감이 뒤늦게 대공세를 펼치고 있었다. 배에서 꼬르륵 소리가 나는 것도 시간문제였다.

신과 슈니가 식당으로 이동하자 미츠요가 마침 식탁 위에 접시를 놓는 중이었다. 미츠요는 신과 눈이 마주치자 무슨 일인지 시선을 피했다.

"음…… 좋은 아침……이라고 해도 되겠지?"

"맞아— 좋은 아침."

미츠요는 무뚝뚝하게 인사하더니 부엌 쪽으로 들어가버렸

다. 신은 도무지 영문을 알 수 없었다.

"왠지 갑자기 분위기가 바뀐 것 같지 않아?"

"그러네요. 저희를 대할 때는 똑같았던 것 같은데요."

슈니도 짐작 가는 바가 없는지 고개를 갸웃거렸다.

"아, 신! 벌써 일어나도 괜찮은 거야?"

티에라가 미츠요와 엇갈리듯이 부엌에서 나왔다. 손에 든 접시에는 베이컨과 달걀 프라이가 담겨 있었다.

"이제 괜찮아. 슈바이드와 필마의 모습이 안 보이는데—."

"카구츠치가 의식을 옮기는 작업을 구경하고 있어. 미츠요는 아침 준비를 도와줬고. 카구츠치 쪽도 작업이 거의 끝났을 거야."

신이 식당을 둘러보자 말하자 티에라가 대답했다. 유즈하도 그 작업을 보러 가서 이곳에 없다고 했다.

"그렇구나. 식사 준비를 못 도와서 미안하지만 나도 그쪽에 가봐도 될까?"

"미츠요가 있으니까 충분해."

"그러면 제가 안내할게요."

웃으며 배웅해주는 티에라를 남긴 채 신은 슈니와 함께 후지의 사당으로 향했다.

사당 내부의 갈림길을 몇 번 지나 도착한 곳은 다섯 평 남짓한 방이었다.

방의 중심에 놓인 작은 탁자 위에 두 자루의 『도지기리 야스츠나』가 놓여 있었다.

탁자 위에는 아기 카구츠치와 유즈하의 모습도 보였다. 탁자를 둘러싸듯이 필마, 슈바이드, 무네치카, 츠네츠구가 작업 상황을 지켜보고 있었다.

"삐야─악!!"

작업은 이미 막바지인 듯했다. 아기 카구츠치가 큰 소리로 울자 손상된 『도지기리 야스츠나』에서 희미한 빛이 빠져나와 공중에 떠올랐다. 빛이 빠져나간 『도지기리 야스츠나』는 영상을 빨리 재생한 것처럼 녹이 슬더니 흑갈색의 쇳덩이로 바뀌었다.

빠져나간 빛은 천천히 공중을 떠다니며 이동하더니 신이 새로 만든 『도지기리 야스츠나』에 빨려 들어갔다.

"삐이~야악……."

빛이 완전히 흡수되자 아기 카구츠치가 완전히 지쳐 벌렁 누웠다. 몸이 둥근 탓에 탁자 위에서 앞뒤로 흔들렸다.

"쿠우, 열심히 했어."

유즈하가 그런 아기 카구츠치를 격려해주며 흔들리지 않도록 몸을 받쳐주었다. 지금까지는 두 신수의 사이가 별로 좋아 보이지 않았지만 서로 통하는 것은 있는 모양이다.

"그래서, 성공한 겐가?"

"삐……."

츠네츠구의 질문에 아기 카구츠치가 대답하자 그때 마침

변화가 일어났다.

신품『도지기리 야스나』가 저절로 공중에 뜨더니 빛에 휩싸였다. 빛이 걷히자 그곳에는 일본식 갑옷을 입은 흑발의 청년이 서 있었다. 허리에는 『도지기리 야스츠나』를 차고 있었다.

꽃미남 같은 외모였지만 등을 꼿꼿이 세운 자세에서는 무예자로서의 늠름한 분위기가 풍겼다.

"야스츠나!"

"……음? 무네치카와 츠네츠구로군. 이곳은…… 음, 저자들은 누구요? 카구츠치 공은 어찌 되었소?"

무네치카의 부름을 듣고 청년 야스츠나가 눈을 떴다. 의식은 또렷한지 무네치카와 츠네츠구를 확인한 뒤에 신 일행을 날카롭게 쏘아보았다.

카구츠치를 걱정하는 것을 보면 마기에 삼켜지기 전의 기억도 남아 있는 것 같았다.

"진정해라, 야스나. 이분들은 네 구출에 힘써준 은인들이다."

무네치카는 야스츠나를 타이른 뒤에, 신 일행이『야스츠나』를 회수하기 위해 던전에 들어갔던 일부터 야스츠나를 살리기 위해 고대급 검을 재현하게 된 사정을 간략히 설명했다.

"뭐라?! 아무리 몰랐다지만 은인께 실례되는 짓을 했소이다. 정말 죄송하오!"

사정을 알게 된 야스츠나는 빠르게 고개를 숙였다. 성실한 성격인지 허리까지 90도로 꾸벅 숙이고 있었다.

"신 공, 슈니 공, 필마 공, 슈바이드 공, 그리고 신수분들. 이번에 나와 내 벗들을 위해 힘을 빌려주셔서 감사합니다. 만약 제 힘이 필요하다면 얼마든지 말씀해주십시오."

야스츠나는 고개를 들며 말했다.

마침 그때 티에라와 미츠요가 방에 들어왔다.

"성공했구나. 잘됐어."

"……정말, 그렇게 걱정을 끼치면 어쩌자는 거야?"

티에라는 처음 보는 청년이 있는 것을 보고 카구치의 작업이 성공했음을 알았다. 그 옆에서는 미츠요가 눈살을 찌푸리며 투덜댔다.

"미안하오, 미츠요. 난 이제 괜찮소. 거기 계신 분은 티에라 공이십니까? 이번 일을 다시 한번 감사드립니다."

"아니에요. 무사해서 다행이네요."

야스츠나는 두 사람에게 웃으며 말을 건넸다. 신 일행의 이름을 미리 알려주었기에 소거법을 통해 미츠요 옆에 있는 사람이 티에라라는 것을 알아낸 것 같았다.

"그런데 무네치카. 쿠니츠나의 모습이 보이지 않소만."

"그 녀석은 여기 없다. 기억할지 모르겠지만 너와 똑같이 마기에 삼켜졌지. 이제부터 구출하러 갈 예정이다."

"……그렇소이까. 그때……."

야스츠나는 기억이 났는지 슬프게 중얼거렸다.

"내가 도울 일이 없겠소이까?"

"그렇게 서두를 것 없네. 자네는 이제 막 새로운 몸으로 옮겼으니 위화감이 있을 게야. 일단 몸을 완벽히 장악하는 것부터 하는 게 좋을 걸세."

츠네츠구가 돕겠다고 나서는 야스츠나를 타일렀다. 의식이 막 옮겨간 상태에서는 예전처럼 움직이기 힘들었다. 아기 카구츠치도 일단 익숙해져야 한다고 말해주었다.

"음, 확실히 아직 위화감이 있군. 이 상태로 따라가봐야 짐만 되겠소이다."

"괜찮아. 다음번엔 내가 갈 테니까."

미츠요가 낙담하는 야스츠나에게 말했다.

"무슨 소리지? 다음에도 당연히 내가 가야 한다."

"무네치카는 마기에 잠식당한 『야스츠나』를 만져서 몸이 안 좋잖아. 내 『오오덴타 미츠요』도 강화할 수 있다고 하니까 내가 갈게."

지난번 미츠요가 신에게 무기 강화에 대해 물은 것은 이런 사태를 대비해서였다고 한다.

마기 때문에 무네치카에게 무슨 일이 생길 경우 자신이 대신 동행하기 위해, 굳이 던전에 따라가지 않고 남았던 것이다.

"윽, 아픈 곳을 찌르는군."

"그렇다면 나도—."

"츠네츠구는 빠져!"

"……농담이 안 통하는 녀석들이구먼."

자기가 가겠다고 나서려던 츠네츠구는 미츠요와 무네치카의 기세에 눌려 식은땀을 흘렸다.

"어이쿠 무서워라."

"어…… 카구츠치도 지친 것 같으니까 일단 밥부터 먹지 않을래?"

신의 제안에 여전히 누워 있던 아기 카구츠치에게 모두의 시선이 집중되었다. 역시 이대로 둘 수는 없었기에 본격적인 이야기는 식사 뒤에 하기로 했다.

티에라마저도 미츠요와 무네치카의 분위기에 눌려 기가 죽어 있었다.

"그래서 결국 누가 가기로 한 거야?"

식후에 대화를 끝낸 두 사람이 신 일행에게 다가왔다. 하지만 분한 표정의 무네치카와 웃는 얼굴의 미츠요만 봐도 결과는 일목요연했다.

"내가 갈 거야. 뻔뻔한 부탁이지만 『오오덴타』를 강화해주면 좋겠어."

미츠요는 사뭇 진지한 얼굴로 고개를 숙였다.

마기 때문에 무네치카의 상태가 안 좋아도 『미카즈키 무네치카 · 진타』로 의식을 옮기면 본체보다는 강한 전투력을 낼 수 있었다. 게다가 최고 전력인 츠네츠구도 건재했고 야스츠나까지 부활했기에, 미츠요가 빠져도 후지의 수비는 걱정할 필요가 없었다.

"알았어. 나도 무네치카를 강화하면서 대충의 요령은 익혔으니까 금방 끝날 거야. 조금만 기다려줘."

신도 미츠요의 부탁을 거절할 이유는 없었다. 바로 대장간으로 가서 강화 작업을 시작했다.

그리고 진타(眞打)가 된 『오오덴타』에 미츠요의 의식이 옮겨 갔다.

빛에 휩싸이며 나타난 미츠요는 원래의 모습보다 약간 성장해 있었다.

헤어스타일은 포니테일로 바뀌었고 앳된 소녀에서 성인 여성이 되기 직전의 외모로 변했다. 행동하기에 따라서 어리게 보일 수도 있고 성숙해 보일 수도 있었다.

"어, 어째서……."

하지만 정작 미츠요가 기대한 것만큼 성장하지는 않았는지 가슴에 손을 댄 채 복잡한 표정을 짓고 있었다.

"커지긴 했는데……. 커지긴 했는데……."

몸의 성장에 맞춰서 갑옷도 조금 더 커지고 디자인도 새로워졌다.

무네치카의 갑옷이 전국 시대 무사가 입을 만한 실용적인 디자인이라면, 미츠요는 애니메이션 캐릭터를 코스프레한 느낌을 주는 디자인이었다.

상반신은 갑옷에 단단히 싸여 있었지만 하반신의 복장은 치마에 가까웠고 다리 쪽은 무릎과 정강이가 간신히 보호되는 정도였다. 버선도 스타킹처럼 길어서 무릎 위까지 올라왔다.

"혹시라도 오해할까 봐 말해두는 거야. 그 외모와 갑옷 디자인은 내가 정한 게 아니라고."

"으으, 나도 알아! 능력치도 확실히 올라갔으니까 고맙게 생각해! 정말로 감사합니다!"

신은 약간의 짜증이 섞인 미츠요의 감사 인사를 받으며 쓴 웃음을 지었다. 그리고 다른 동료들과 합류하기 위해 미츠요를 달래며 달의 사당 밖으로 나왔다.

"흐음, 무사히 끝났나 보구먼."

"미츠요도 무네치카처럼 모습이 바뀐 것 같소이다."

이미 준비를 끝내고 기다리고 있던 츠네츠구와 야스츠나가 미츠요의 모습을 보며 각자 한마디씩 했다.

"미츠요가 기대한 수준은 아닐지도 모르겠구먼. 갑옷 형태도 꽤나 바뀌었네그려."

"본인이 싫어하던 앳된 느낌도 많이 사라진 것 같고, 저 정도면 충분하지 않겠소이까. 흐음. 갑옷은 꽤나 흥미롭소이다."

"나도 이렇게 다리가 추운 복장이 될 줄은 몰랐는걸!"

동족들의 시선이 자신의 다리에 집중된 것을 의식한 미츠요가 옷자락을 잡아당겨 최대한 가리려고 했다.

빨갛게 달아오른 얼굴은 틀림없이 부끄러움 때문이었다.

"하지만 그것도 나쁘지 않을 수도 있으이. 무네치카 같은 성숙한 매력은 없더라도 그런 차림이면 신 공의 시선을 끌 수도…… 어이쿠!!"

츠네츠구의 말이 채 끝나기도 전에 미츠요가 『오오덴타』를 뽑아 들었다.

"츠네츠구, 갑자기 무슨 소릴 하는 거야?"

"농담 좀 한 것 가지고. 예전이라면 또 모를까, 그런 모습이면 신 공도 어린애 취급하진 않을 게야."

"……미안, 야스츠나. 이곳의 수비는 무네치카와 둘이서 맡아줘."

"우옷?! 미, 미츠요, 진정하시오!! 미안하오, 신 공. 좀 말려주지 않겠소이까?!"

츠네츠구의 계속된 농담에 미츠요의 얼굴에서 웃음기가 싹 사라졌다. 야스츠나는 근처에 있던 신에게 황급히 도움을 청했다.

미츠요의 눈빛이 워낙 진지했기에 신은 미츠요가 움직이지 못하도록 뒤에서 끌어안았다.

"잠깐, 잠깐, 잠깐! 귀중한 수비 전력을 공격하면 어쩌자는 거야!"

"크윽, 이거 놔, 신! 이 녀석을 벨 수 없잖아!"

"베면 어쩌려고?!"

"해도 되는 말과 안 되는 말이— 아니, 넌 또 어딜 만지는 거야?!"

"우옷?!"

미츠요의 후두부가 말리던 신의 얼굴을 그대로 들이받았다.

"아, 아무리 갑옷을 입었다지만 여자 가슴을 그렇게 만지면 어떡해?!"

신이 황급히 떨어지자 미츠요는 양손으로 몸을 감싸며 외쳤다.

신에게 그럴 의도는 조금도 없었다. 애초에 갑옷 위에서 만진다 해도 무슨 느낌이 오겠는가.

"뭘 하는 건가요?"

"오히려 내가 묻고 싶어……."

신은 어이가 없다는 듯이 묻는 슈니에게 그렇게 대답할 수밖에 없었다.

그런 소동도 겨우 마무리되고 일행은 아기 카구츠치, 무네치카, 츠네츠구, 야스츠나의 배웅을 받으며 후지 정상에서 내려왔다.

†

숲을 빠져나와 마차가 달릴 수 있는 가도로 나오자 신은 즉시 아이템 카드를 꺼내 마차를 실체화했다. 그리고 미츠요의 탐지 능력에 의지해서 일단은 북쪽으로 진로를 잡았다.

야스츠나는 바로 코앞인 후지의 숨겨진 던전에 있었다. 그러나 미츠요와 무네치카의 말에 따르면, 쿠니츠나는 그렇지 않았다.

"조금 시원해졌네."

"그렇군. 밤에는 오히려 추울 정도야."

티에라와 신은 북쪽으로 나아갈수록 기온이 점점 떨어지는 것을 느꼈다. 후지의 사당은 산 정상에 가까웠지만 그렇게 춥지는 않았다.

"동북 지방이나 홋카이도랑 비슷한 느낌이군."

"동북? 홋카도? 그게 무슨 말이야?"

신이 중얼거리는 말이 들렸는지 바깥 풍경을 내다보던 미츠요가 물었다. 티에라도 신을 쳐다보고 있었다.

"내가 전에 살았던 섬나라의 지명이야. 북쪽으로 갈수록 춥고 남쪽일수록 따뜻해지지. 히노모토와 비슷한 나라라고 할 수 있어."

신은 자세히 이야기할 수도 없었기에 일본에 대해 대략적인 설명을 했다. 장소는 잘 기억나지 않는다고 얼버무렸다.

"확실히 히노모토는 북쪽이 춥고 남쪽으로 갈수록 따뜻하다는 말을 들은 적이 있어. 나야 이야기만 들었지, 실제로 가본 적은 없지만 말이야."

미츠요가 아는 지식은 카구츠치에게 전해 들은 것이 대부분이라고 한다. 토지에 속박된 존재가 각지를 돌아다닐 수는 없기 때문이다.

"신이 이야기했던 눈이라는 것도 보고 싶어. 그러고 보니 스승님의 가명이 유키(雪)였지? 눈하고 관련이 있는 거야?"

티에라가 문득 생각났다는 듯이 말했다.

"슈니라는 이름도 원래 눈을 의미하는 말에서 유래된 거거든. 난 정확히 읽는 법을 모르지만 슈니 아니면 슈네였을 거야."

신은 티에라에게 서포트 캐릭터에 관해 자세히 설명한 적이 없었기에, 마치 슈니에게 전해 들었다는 투로 이야기했다.

신이 대답하면서 돌아보자 마부석에서 말고삐를 쥔 슈니의 귀가 이따금씩 쫑긋거렸다. 마차 안에서 나누는 두 사람의 대화는 당연히 마부석까지 들렸다.

그런 슈니의 반응을 본 신은 약간의 장난기가 발동되었다.

"스승님이 얼음 마법을 잘 쓰시는 것도 그래서 그런가?"

"제일 먼저 익힌 게 얼음과 관련된 물 마법과 번개 마법이었으니까 말이지. 라이자라는 성도 번개를 뜻하는 말에서 유래되었다고 들었어. 내가 이런 말 하는 것도 좀 우습지만 예

쁜 이름이지 않아? 머리카락, 눈동자 색하고 잘 어울리는 것
같은데."

신은 티에라에게 대답하면서 슈니 쪽을 슬쩍 쳐다보았다.
더 이상 쫑긋거리는 움직임은 없었지만 대신 귀 전체가 새빨
개져 있었다.

"그렇구나. 그런 식으로 이름에 의미가 있다는 건 멋진 일
같아."

신을 바라보느라 슈니의 변화를 감지하지 못한 티에라는
신이 왜 웃는지 모르면서도 맞장구를 쳤다.

"칫."

"헤에."

동료들은 그런 신을 보며 각자 다른 반응을 보였다.

신의 시선이 어디를 향하는지 알아챈 미츠요는 불만스러운
표정이었다.

반대로 필마는 재미있어서 견딜 수 없다는 표정이었다.

슈니 옆에 앉은 필마는 신의 의도를 정확히 파악했는지, 신
에게만 보이도록 엄지를 치켜 올렸다.

슈바이드는 질렸다는 표정으로 그런 모습을 지켜보았고,
유즈하는 귀를 쫑긋 세운 채로 신의 무릎 위에 엎드려 있었
다.

생이별한 자매 │ C h a p t e r   3

"추, 추워……."

"이거라도 걸쳐."

신은 벌벌 떠는 티에라에게 새로 꺼낸 웃옷을 입혔다. 그 반대편에서는 유즈하가 티에라에게 꼭 붙어서 몸을 덥히고 있었다.

마차는 카게로우의 엄청난 체력에 힘입어 자동차보다 빠르게 달렸다. 덕분에 이미 상당한 거리를 이동해 있었다.

미츠요의 말에 따르면, 이미 절반 넘게 달려왔다.

이동을 시작한 지 사흘째 되는 오늘부터 주변 풍경이 눈에 띄게 바뀌었다.

이틀 전에는 북상을 계속하는 도중에 눈발이 날렸다. 지금은 주변 전체가 은빛으로 물들어 있다.

눈에 뒤덮여서 땅은 보이지 않았지만 카게로우는 아무렇지 않게 달렸다.

"마차에 썰매 기능을 추가하게 될 줄은 몰랐어."

"눈이 많이 쌓인 곳까지 온 것 같네요."

마부석으로 이동한 신과 슈니는 각자 두꺼운 외투를 걸친 채로 대화를 나누었다.

두 사람은 털이 풍성한 웃옷과 두꺼운 바지를 입고 있었다. 게다가 장갑과 털부츠, 외투까지 완전 무장을 했다.

신 일행에게 추위에 대한 내성이 있어서 행동에 지장이 없다고 해도 추운 것은 어쩔 수 없었다.

슈니는 괜찮은 것 같았지만, 보는 사람이 춥다는 의견이 압도적이라 옷을 갈아입었다.

또한 눈 속에서 방한복도 입지 않은 채로 마차를 달리는 것은 사람들의 눈에 이상하게 보일 수 있다. 복장의 노출도가 높은 필마의 경우는 특히 그렇다.

마차 내부도 새롭게 개조되어 외부보다는 높은 온도였지만 방한재가 쓰인 것은 아니기에 추위는 느껴졌다. 그래서 티에라와 필마도 따뜻한 복장으로 갈아입은 것이다.

한편 변장용으로 하급 전신 갑옷을 입은 슈바이드는 외투 하나만 걸쳤을 뿐이었다.

무기인 미츠요는 아무것도 필요 없다고 했지만 신 일행의 강요로 옷을 갈아입고 외투를 걸쳐야 했다. 기모노 위로 걸친 서양식 외투가 영 어울리지 않았다.

"어, 스노우 팡 무리로군. ……도망쳤네."

신의 감지 범위에 나타난 늑대형 몬스터 집단이 카게로우의 기척에 겁을 먹고 도망갔다. 지금까지도 그런 일만 몇 번 반복되었을 뿐, 신 일행은 한 번도 전투를 치르지 않고 목적지를 향해 일직선으로 나아갔다.

"미츠요. 방향은 이쪽이 틀림없는 거지?"

"그래. 이대로 똑바로 전진해. 그런데 왜?"

"숲을 통과해야 할 것 같아. 다들 일단 내려봐."

신 일행은 숲 앞에서 마차를 세우고 걸어가기 시작했다.

높이 쌓인 눈 탓에 천천히 걸어가는 그들을 숲 속과 눈 속의 몬스터들이 주시하고 있었다. 하지만 이길 수 없다는 것을 아는지 잠시 바라보다 도망칠 뿐이었다.

그런 가운데 일정한 거리를 유지하며 쫓아오는 반응들이 있었다.

"포위당했군."

"네. 포위한 상태를 유지하고 있네요. 도적치고는 기척도 잘 숨겼고 움직임도 좋은데요."

신과 슈니는 걸음을 멈추지 않으며 추적자의 숫자를 확인했다.

필마와 슈바이드, 미츠요는 자연스럽게 걸어가면서도 언제든 무기를 뽑을 수 있도록 준비했다.

"이 근처에는 마을이 없다고 하지 않았어?"

타인의 시선에 민감한 티에라도 자신들이 감시당하고 있다는 사실을 알고 있었다. 그녀는 호흡을 일정하게 유지하면서 활을 쥔 손의 감촉을 확인하고 있었다.

"목적지 근처에 무언가가 있는 걸 수도 있고 단순한 도적일 수도 있지. 가보면 알게 될 거야. 이대로 나아가다 보면 저쪽에서 먼저 반응을 보일 테니까."

신은 낙관적인 판단을 내리며 동료들과 함께 숲 속 길을 나아갔다.

15분 정도 포위된 상태가 계속되다가 일행이 산에 가까워졌을 때 신의 발밑으로 한 자루의 화살이 날아와 박혔다.

"더 이상은 못 가게 하려나 보군."

"흥, 도적들이라면 얼마든지 해치워주겠어."

"뭐, 일단 이야기라도 들어보자고. 한 명이 이쪽으로 오고 있어."

신은 혈기왕성한 미츠요를 진정시키며, 접근해오는 기척을 향해 시선을 돌렸다.

나무들 사이에서 모습을 드러낸 것은 무녀복 위로 일본식 겉옷을 걸친 어려 보이는 여성이었다. 얼굴 생김새는 단정했고 머리 위로 뾰족한 동물 귀가 나 있었다. 목 뒤로 한데 묶은 연갈색 머리카락과 동일한 색의 귀가 긴장한 탓인지 쫑긋 서 있었다.

"『청명(淸明)의 겉옷』인가. 이쪽에서 음양사는 처음 보는군."

"역시 단순히 길을 잃은 사람들은 아닌가 보군요."

까만 무녀복을 입은 소녀는 신의 혼잣말을 알아듣고 경계심을 드러내며 말했다.

―【린도 스즈네 레벨 210 음양사】.

신의 【애널라이즈】가 상대의 정보를 표시해주었다. 레벨로 보면 신 일행을 포위한 자들 중에서 가장 강한 것 같았다.

"우리는 이 앞에 있는 어떤 검을 찾아왔어. 너희들과 적대할 생각은 없으니까 그냥 보내주지 않겠어?"

"검? ……앗?! 설마 그걸 노리고? 그렇다면 절대 보내줄 수 없어."

스즈네는 갑자기 품에서 부적을 꺼내 전투 태세를 취했다.

신 일행은 스즈네의 반응을 보고 일이 성가시게 되리라는 것을 직감했다.

"갑자기 싸우려 하다니 살벌하군."

"『오니마루』를 노리는 자가 나타날 줄은 알고 있었어. 하지만 우리가 있는 이상 마음대로는 안 될 거야!"

스즈네는 혼자서 정의감을 불태우고 있었다. 『오니마루』라는 이름을 알고 있는 것을 보면 스즈네와의 충돌은 피하기 힘들 것 같았다.

게다가 포위까지 당한 상태였기에 신은 어쩔 수 없다고 생각하며 스즈네에게 말을 걸었다.

"넌 혹시 『흑무녀 신사』의 멤버인 거야?"

"뻔뻔하군. 이 옷을 보면 뻔히 알 텐데!'

『흑무녀 신사』란 게임 시절에 존재했던 길드의 이름이었다. 신은 다시 한번 물었다.

"확인해본 거야. 아닐 수도 있으니까 말이지. 그럼 한 가지만 더 물을게. 쿠치나시 씨는 아직 계셔?"

"······?! 그 이름을 어떻게 아는 거야?"

놀란 스즈네는 더욱 경계심을 드러냈다.

신이 말한 쿠치나시는 『흑무녀 신사』의 길드마스터 이름이었다. 데스게임 시절에 사망한 사람 중 한 명이었고 신은 혹시나 하는 마음에 물어본 것이다.

스즈네의 반응을 보면 적어도 모르는 눈치는 아니었다.

"아무튼 우리도 무리하게 통과할 생각은 없어. 그 대신······ 그래, 『데미에덴』의 주인이 부하들을 데리고 왔다고 전해줘."

신은 그렇게 말하며 무기에 걸쳤던 손을 떼서 적의가 없음을 나타냈다. 무기를 아예 집어넣지는 않았지만 말이다.

"······좋아. 아야메, 들었지? 다녀와!"

"괜찮으시겠어요?"

"상관없어. 내 권한으로 허가할게."

신 일행을 포위한 인원 중 한 명이 스즈네의 명령을 받고 북쪽으로 사라졌다.

"보내줘도 되는 거야?"

"내가 아는 쿠치나시 씨라면 강경하게 나오지는 않을 거야. 일단 쉬자."

"······네가 그렇게 말한다면 어쩔 수 없지 뭐."

미츠요는 신이 편한 자세를 취하자 괜히 긴장했다는 듯이 한숨을 쉬었다.

"그러면 몸이 따뜻해지도록 차를 끓일게요."

슈니는 그렇게 말하며 아이템 박스에서 주전자와 찻잔을 꺼냈다.

스즈네가 그것을 보고 놀랐지만 슈니는 신경 쓰지 않고 불을 피워 물을 끓이기 시작했다.

신이 의자와 테이블을 꺼내자 동료들이 편히 앉아 쉴 수 있었다. 다만 티에라는 아직도 약간 경계하는 것 같았다.

"뭐야, 당신들……."

눈앞에서 무기를 겨누고 있는데도 전혀 신경 쓰지 않자 스즈네는 영문을 모르겠다는 표정을 지었다.

"싸울 마음은 없다고 했잖아. 너희들도 마실래? 따뜻할 텐데."

"마실 리가 없잖아!"

놀린다고 생각했는지 스즈네는 위협하듯 소리쳤다.

그리고 30분 정도 기다리자 아야메라 불린 여성이 돌아왔다.

"……정말이야? 알았어. 고마워."

아야메는 신 일행에게 들리지 않도록 스즈네에게 정보를 전달한 뒤 물러났다.

"쿠치나시 님이 만나시겠대. 따라와."

스즈네는 납득하지 못하겠다는 뜻을 표정에 드러내며 등을 돌려 달리기 시작했다.

"안내해주겠다니까 따라가자."

"쿠치나시 님도 (이쪽)에 와 계신 걸까요?"

"눈치를 보니 아마 그런 것 같아. 쿠치나시 씨의 종족은 슈니와 똑같은 하이 엘프였어. 이쪽에 온 지 100년이 넘었어도 충분히 살아 있을 수 있겠지."

신 일행은 그런 대화를 나누며 스즈네를 따라갔다. 스즈네는 숲 속 지리를 잘 아는지 신 일행이 걸어가기 쉬운 길을 골라 나아가고 있었다.

숲을 빠져나오자 주변 풍경이 확 바뀌었다.

"뭐야, 이게······."

"길드하우스가 그대로 남아 있는 것 같은데."

눈앞의 광경에 넋을 잃은 티에라에게 신이 침착하게 설명했다.

티에라가 놀란 이유는 한 가지였다. 기둥문을 경계로 해서 보이지 않는 벽이 존재하는 것처럼 전혀 다른 풍경이 펼쳐지고 있었다.

기둥문 너머로는 따뜻한 봄날이었다.

논밭 같은 생산 설비와 대장간 같은 건물이 눈에 띄었다. 신 일행이 조금 높은 위치에 서 있었기에, 안쪽에 위치한 신사의 본당과 배례당까지 볼 수 있었다.

"미츠요, 쿠니츠나는 어느 쪽이야?"

"이대로 똑바로 나아간 곳에 있어. 저 커다란 건물 너머야."

미츠요가 신사 본당을 가리키며 말했다. 신은 지나는 길에

길드하우스가 있다는 사실이 결코 우연은 아니라는 생각이
들었다.

적어도 스즈네가 뭔가 알고 있는 것만은 분명했다.

"기둥문이 입구인 건 바뀌지 않은 것 같소이다."

"복장도 그대로였잖아."

길드하우스를 본 슈바이드와 필마가 별것 아니라는 듯 말
했다. 슈니를 포함한 신의 서포트 캐릭터들은 게임 시절에
『흑무녀 신사』의 길드하우스에 가본 적이 있었던 것이다.

"쿠우, 신사 좋아."

유즈하는 자신의 영역에 신사가 있었기 때문인지 기분이
좋아 보였다.

스즈네를 따라 기둥문을 지나자 추위가 갑자기 누그러졌
다. 방한복을 입으면 더울 정도였기에 신 일행은 걸치고 있던
두꺼운 외투를 벗었다.

"이 안에서 쿠치나시 님이 기다리고 계셔. 무례한 행동은
삼가는 게 좋을 거야."

스즈네가 안내한 곳은 신이 예상한 대로 신사의 배례당이
었다.

하지만 겉모습만 배례당일 뿐, 내부는 전혀 딴판이었다. 길
드하우스인 만큼 함정과 창고 같은 다양한 시설이 갖춰져 있
었다.

신은 자신들에게 집중된 시선을 느끼며 배례당 내부의 미

니맵을 채워나갔다.

모퉁이를 몇 번 돌면서 미로 같은 길을 나아간 끝에 도착한 곳은 길드하우스의 가장 깊은 곳에 위치한 길드마스터의 방이었다.

스즈네가 호위 무녀에게 뭐라고 이야기하자 무녀는 몇 초 뒤에 문을 열어주었다.

일본풍의 물건들이 곳곳에 놓인 방은 매우 조용했다. 신 일행의 발소리와 옷 스치는 소리마저 크게 느껴질 정도였다.

그리고 방의 주인은 작은 책상 앞에서 서류와 씨름하고 있었다.

"어서 와. 신 군을 사칭한 가짜인 줄 알았는데 본인인가 보네. 다른 서포트 캐릭터들도 건강해 보여서 다행이야. 처음 보는 아이들도 두 명 있네."

전 플레이어이자 『흑무녀 신사』 길드마스터인 쿠치나시가 서류 작업을 마치며 말을 꺼냈다.

허리까지 내려오는 긴 붉은 머리가 자리에서 일어설 때 부드럽게 물결쳤다. 역반무테 안경 안쪽의 흑요석 같은 눈동자가 신을 조용히 주시하고 있었다.

쿠치나시의 피부가 원래 하얗긴 했지만 신은 그녀의 안색이 더욱 창백해졌다는 느낌을 받았다.

─【쿠치나시 레벨 255 불제(祓除) 무녀】.

【애널라이즈】로 표시된 정보는 신이 기억하는 것과 동일했

다.

"오랜만이네요. 또 만나게 될 줄은 몰랐어요. 살이 조금 빠지신 것 같네요?"

"그게 아니라 예전보다 더 예뻐지셨네요, 라고 해야지."

쿠치나시는 눈을 살짝 치켜뜨며 주의를 주었다. 그런 지적을 받을 줄은 몰랐다는 표정이었다.

"그런데 저를 여기 들여보내도 괜찮으신 겁니까? 쿠치나시 씨가 기억하는 제 모습은 상당히 위험한 상태였을 텐데요."

"글쎄. 마지막으로 본 네가 그랬던 건 사실이야. 하지만 그게 증오심 때문만은 아니라는 걸 나도 알았거든."

쿠치나시는 신이 변하기 전의 모습과 변한 뒤의 모습을 비교해서 그렇게 판단했다고 한다.

"설령 가짜였더라도 길드하우스 안에서 나를 해치려면 슈니 정도의 능력은 있어야 하잖아. 지금의 세계에서는 그런 사람이 한 파티에 몇 사람이나 있을 리가 없어. 있으면 금방 유명해졌겠지. 그리고 뭐, 여자로서의 직감도 있었고."

쿠치나시는 검지를 세워 보이며 살짝 웃었다.

길드하우스 안에서는 길드마스터의 능력이 강화된다. 신이 진짜인 것을 알아본 것도 강화된【애널라이즈】스킬로 이름과 레벨을 확인했기 때문이었다.

완전한 상태의 길드하우스 안에서 길드마스터에게 정면으로 도전하려면 상당한 능력치가 필요했다.

"그런데 검을 찾고 있다며?"

신은 쿠치나시와 약간의 친분이 있었고 어떤 사람인지도 잘 알았기에, 천하오검이 이 근처에 있다는 사실을 간략하게 이야기했다.

"그렇구나. 저기 있는 포니테일 여자애의 이름을 봤을 때 혹시나 싶었거든. 그런 일이라면 내가 정보를 줄게. 본론부터 이야기하자면 어디 있는지 알고 있거든. 하지만 그 검 때문에 우리도 많은 실패를 겪었어. 어떻게 해야 할지 고민하던 차에 너희가 와줘서 다행이야."

"맡겨주세요. 그러고 보니 아까 안내해준 아이도『오니마루』에 대해 아는 것 같던데요."

스즈네는『오니마루』라는 이름을 듣고 강한 적개심을 드러냈다. 뭔가 사연이 있는지도 몰랐다.

"스즈네 말이구나. 좋아, 그 아이에 관해서도 함께 설명할 테니까 잠시 내 얘기를 들어줘."

쿠치나시는 신 일행을 앉히고, 밖에 있던 무녀에게 마실 것을 가져오라고 부탁했다.

차와 과자를 가져온 무녀가 방에서 나가자 쿠치나시는 이야기를 시작했다.

"일단 천하오검 중 하나인『오니마루 쿠니츠나(鬼丸国綱)』가 확인된 건 지금으로부터 5년 전쯤이야. 위치는 길드하우스 근처에 출현한『시체의 역계(礫界)』라는 던전의 최심부였어. 이 던전은 인원수 제한이 있어서 한 번에 네 명까지만 들어갈 수 있어."

게임 시절에도 인원수 제한이나 무기 제한 같은 특정한 조건을 맞춰야 도전할 수 있는 던전이 존재했다. 『오니마루』가 있다는 던전도 그런 유형인 것 같았다.

『흑무녀 신사』의 멤버들이 던전에 들어갈 때만 해도 『오니마루』의 존재를 몰랐다고 한다.

"신 군은 혹시 선정자라는 말을 알고 있어?"

"네. 환생 보너스를 가진 사람들을 말하는 거죠? 능력치는 사람마다 다르지만요."

"맞아. 그때 던전에 들어간 멤버들은 전원이 선정자였어. 특히 전투 무녀인 코토네라는 아이는 STR과 DEX가 700이 넘었지. 결코 부족하지 않은 전력이었을 텐데······."

그러나 살아 돌아온 것은 단 한 사람뿐이었다.

생존자의 말에 따르면, 희생자를 내면서도 『오니마루』를 들고 있던 보스 몬스터를 쓰러뜨렸지만, 까만 안개 같은 것이 보스의 사체에서 뿜어져 나와 『오니마루』와 코토네를 집어삼켰다.

"그 뒤에 멤버들을 다시 꾸려서 보스 공간을 확인해봤는데 『오니마루』를 든 코토네가 있었대. 아무래도 던전의 새로운 보스가 되어버린 것 같아. 말을 걸어봤더니 공격해왔다나봐."

조사하러 간 멤버들은 무슨 일이 생기면 바로 도망치기로 되어 있었기 때문에 빠르게 물러났다고 한다.

쓰러뜨리면 제정신으로 돌아올지도 모르지만 코토네의 능력치와 『오니마루』의 성능이 합쳐지면서 그들 중에는 맞서 싸울 수 있는 멤버가 아무도 없었다. 쿠치나시 본인도 상급 플레이어에 속하지만 장비의 성능이 너무 달라서 차마 싸울 수가 없다고 한다.

또한 쿠치나시가 코토네와 똑같은 일을 당할 수도 있었기에, 길드마스터가 싸우러 가는 것 자체를 반대하는 목소리가 높은 모양이었다.

"자기가 가겠다고 나서는 아이들은 많지만 능력이 될 만한 아이는 세 명밖에 없어. 신 군을 안내해준 스즈네가 그중에서도 가장 뛰어난 실력자야. 스즈네는 코토네의 동생이라 언니를 구하기 위해 필사적으로 실력을 갈고닦았거든."

"그렇군요. 그래서 우리를 포위한 사람들 중에서 유독 그 아이만 예민한 반응을 보였나 보네요."

『오니마루』를 해방시키기 위해서는 코토네를 쓰러뜨려야만 한다. 사정을 잘 모르는 신 일행이 싸우게 되면 코토네가 단순한 몬스터인 줄 알고 해치워버릴 수도 있었다.

그에 대한 위기감이 스즈네의 태도에 나타난 것 같았다.

"내가 알려줄 수 있는 정보는 이게 다야. 그리고 신 군에게 부탁할 게 있어."

"『오니마루』를 회수하고 코토네를 구출해달라는 거겠죠?"

"그래. 그리고 스즈네를 데려가줬으면 해. 능력치는 이곳에서 1, 2위를 다툴 만큼 뛰어난 선정자고 【액막이】를 사용할 수 있으니까 코토네를 구출할 때도 도움이 될 거야."

음양사였기에 식신을 이용한 정탐부터 전투까지 폭넓게 활용할 수 있었다. 쿠치나시는 적어도 던전의 몬스터에게 밀리진 않을 거라고 보장해주었다.

"되도록이면 네 명 전부 제 동료들로 채우고 싶은데요."

신은 물론 가야 하고 만능 타입인 슈니, 천하오검인 미츠요, 그리고 야스츠나의 마기를 정화한 티에라가 베스트 멤버일 것이다.

"천하오검은 무기로 취급되지 않을까?"

"……글쎄요. 그건 저도 잘 모르겠네요. 만약 미츠요가 사람으로 인식되지 않으면 스즈네라는 아이를 데려가도 괜찮겠죠. 조종당하던 사람이 가족의 목소리를 듣고 제정신으로 돌아왔다는 이야기도 있잖아요. 지금 제가 처한 상황을 생각해보면 그런 걸 무시할 수는 없을 것 같거든요."

신은 게임과 꼭 닮은 세계에 오게 된 놀라운 체험을 하고 있었다.

따라서 그런 기적 같은 일이 벌어져도 이상할 것은 없다는 생각이 들었다.

"그렇다면 일단 스즈네가 동행할 수 있을지부터 확인해보

자. 만약 함께 갈 수 있으면 어떻게 연계하면서 싸울지 회의
해보도록 하고."

쿠치나시는 문 밖에 있던 무녀를 불러 신 일행을 던전에 안
내하라고 지시했다.

신 일행은 안내를 맡은 무녀 아야메를 따라 길드하우스 입
구의 반대편에 있는 기둥문을 지났다.

확인에 많은 시간을 낭비할 필요는 없었기에 던전까지 빠
르게 달려갔다.

던전에 도착한 것은 15분 뒤였다.

숲 속에서 폐허로 변한 요새가 나타났다. 마기의 영향을 막
기 위해서인지 주변 나무를 금줄로 이어놓고 부적까지 붙여
놓은 상태였다.

"저 요새에 들어가서 정면으로 난 길을 따라가면 던전 입구
가 있습니다."

신 일행은 아야메에게 자세한 위치를 듣고 입구에 다가갔
다.

미츠요가 어떻게 인식되는지를 확인하기 위해 신, 슈니, 티
에라, 슈바이드, 미츠요가 안으로 들어가보았다.

"······괜찮은 것 같은데?"

"역시 미츠요 공은 인원수에 포함되지 않는 것 같소."

신의 말에 슈바이드가 주변을 둘러보며 대답했다.

들어온 멤버는 미츠요를 포함해서 다섯 명이었다. 하지만

던전은 네 사람과 무기 한 자루로 인식한 것이다.

"이걸로 스즈네를 데려가는 게 확정되었군. 안에서 뭐가 나올지 궁금한데."

신이 던전에서 나오며 중얼거렸다.

『시체의 역계』 입구는 그런 신 일행을 유인하듯이 입을 크게 벌리고 있었다.


던전을 확인한 신 일행은 바로 『흑무녀 신사』의 길드하우스로 돌아왔다.

"함께 갈 수 있겠어요. 지금 당장 전투 연계에 대해 상의하고 싶은데요."

지금까지의 파티 멤버는 신과 슈니, 슈바이드처럼 서로 잘 아는 사이거나 지원 사격에 특화된 티에라였기에 면밀한 연계 훈련을 해본 적은 없었다.

무네치카와 미츠요는 워낙 뛰어난 검술의 달인들이었기에 다른 사람들의 움직임에 쉽게 맞출 수 있었다. 게다가 직접 싸워본 신이 두 사람의 움직임을 잘 알고 있어서 서로 연계하면서 어려운 점은 없었다.

그러나 이번에 참가할 스즈네는 음양사라는 조금 독특한 직업을 갖고 있었다.

그래서 전투 스타일이 어떻고 구체적으로 어떤 능력을 발휘하는지 미리 확인해둘 필요가 있었다.

"알았어. 잠시만 기다려줘."

쿠치나시가 스즈네를 불러오라고 지시하자 몇 분 뒤에 문을 노크하는 소리가 들렸다.

그리고 스즈네가 방 안으로 들어왔다.

"혹시 동행 허가를 내려주시려고 부르신 건가요?"

스즈네는 방에 모인 멤버들을 보고 부른 이유를 짐작한 듯했다. 쿠치나시는 고개를 끄덕였다.

"맞아. 넌 이 아이들과 함께 가게 될 거야. 단, 돌출 행동은 절대 금지야."

"말씀하시지 않아도 알아요."

"어머, 8일 전에 혼자 숨어들려고 한 주제에 무슨 소리니?"

스즈네가 퉁명스럽게 대답하자 쿠치나시가 면박을 주었다. 이미 주의받을 만한 일을 몇 차례나 저지른 것 같았다.

두 사람의 대화를 듣던 신은 너무 섣부른 결단을 내렸나 싶어 조금 후회했다.

언니가 잡혀갔으니 다급해지는 것도 이해는 갔다. 그러나 던전에서 혼자 멋대로 행동하면 다른 파티원들에게 민폐가 될 뿐이다.

신은 그 점을 분명히 해두어야겠다고 생각했다.

스즈네는 자기소개를 한 뒤 자신의 전투 방식을 설명했다.

"기본적으로는 공격용 식신과 방어용 식신을 한 마리씩 사용해서 싸워. 부적으로 엄호를 해줄 수도 있어."

"그리고 짧은 시간 동안【식신 빙의】를 사용할 수도 있지."

"쿠, 쿠치나시 님!"

"비장의 카드를 숨겨두고 싶은 마음도 이해하지만 신은 음양사의 스킬에 대해 거의 알고 있거든. 어설프게 숨겨봐야 소용없단다."

쿠치나시는 단념하라는 듯이 스즈네의 어깨를 토닥거렸다. 스즈네는 당황하는 표정을 지었다.

"어, 사무라이라고 하지 않았던가요?"

"쿠치나시 씨에게 들어서 아는 거야. 아, 난 검으로 근접 전투를 하지만 마법도 마법사과 비슷한 수준으로 사용할 수 있으니까 위험할 때는 마음껏 도움을 청해도 돼."

"뭐? 그게 무슨……. 아, 쿠치나시 님. 이 사람들도 선정자인 거네요?"

스즈네는 말도 안 되는 일을 할 수 있다고 주장하는 신을 미심쩍게 바라보았지만 이내 납득한 듯했다.

"뭐, 비슷한 거지. 저기 있는 슈니도 신 군처럼 만능 타입이야. 미츠요는 근접전 타입 같고. 티에라는 사냥꾼 맞지?"

"저기, 정확히 말하면 조련사예요. 이 아이가 파트너인 카게로우고요."

"그루."

티에라의 그림자 속에서 아기 늑대 모습의 카게로우가 나왔다.

그러자 쿠치나시와 스즈네가 눈을 동그랗게 떴다.

"신기하네. 신수가 길들여진다는 이야기는 처음 들어보는데."

"능력치가 안 보여……."

"저기, 착한 애예요. 이렇게 해도 화내지 않고요."

쿠치나시가 놀라고 스즈네가 경계하자 티에라는 왼팔로 카게로우를 안아 들고 오른손으로 카게로우의 앞발을 잡아 위아래로 흔들어 보였다.

카게로우는 놀아주는 걸로 생각했는지 티에라의 뺨을 핥았다.

겉모습만 보면 강아지가 따로 없었다.

"신 군의 파티 멤버는 여전히 비상식적이구나."

"그런 말로 넘어가면 안 될 것 같은데요."

"똑똑한 아이라 제 말의 의도를 정확히 알아들어요. 저도 직접 활로 엄호할 수 있고요. 단검과 체술도 약간 익혔어요."

티에라가 겸손하게 말했다. 하지만 슈니가 직접 단련시킨 만큼 약간 익힌 정도의 실력은 아니었다.

"마지막으로 한 가지 확인해둘 게 있어."

"뭔데?"

신은 대화가 끝나기를 기다렸다가 말을 꺼냈다.

지금까지의 훈훈한 분위기와는 달리 신은 진지한 표정으로 스즈네를 쳐다보았다.

스즈네는 자기도 모르게 한 걸음 물러났다가 그것을 자각하고는 신을 매섭게 노려보았다.

"지금 던전의 보스는 스즈네의 언니인 코토네 씨라고 들었어. 나도 구하고 싶고 구하기 위해서 움직일 거야. 하지만 만약 구할 수 없는 상황이라면 넌 우리를 방해하지 않겠다고 맹세할 수 있어?"

신은 스즈네에게 코토네를 죽일 수 있느냐는 질문까지는 하지 않았다. 가족의 목숨을 빼앗는 일을 시키고 싶지는 않았을뿐더러 스즈네와 코토네의 전투력 차이도 극명했다.

만약 해치우게 된다면 신이나 슈니의 몫이 될 것이다.

그래서 물은 것이다. 구할 수 없는 상황일 때도 배신하지 않을 자신이 있느냐고 말이다.

"……맹세할게. 마기에 삼켜져서 몬스터가 된 언니를 보고 싶진 않으니까."

신의 질문에 잠시 침묵하던 스즈네는 흔들리는 눈빛으로 대답했다.

아직 망설임은 있었다. 하지만 신은 알았다고 대답한 뒤 이야기를 마무리 지었다. 스즈네의 각오가 진짜인지는 그런 상황이 닥칠 때까지는 알 수 없었다.

하지만 지금 굳이 물어보는 것에는 나름대로의 의미가 있었다.

언니의 죽음에 직면했을 때 어떻게 행동할지는 아무도 모른다. 하지만 미리 생각해둬야만 하는 일이었다.

아무 생각 없이 그런 상황과 맞닥뜨려서 망설임 때문에 움직이지 못하게 된다면 오히려 스즈네의 목숨이 위험해질 수 있기 때문이다.

"그러면 남은 시간에는 훈련소에서 모의 전투라도 해보자."

신은 분위기를 바꾸며 일부러 밝게 말했다.

일행은 쿠치나시의 안내를 받으며 시설 내에 있는 훈련소로 향했다. 문 앞에 대기하던 무녀도 호위 명목으로 그들을 따라왔다.

서로의 능력을 확인하는 모의 전투를 거듭한 끝에 그날의 일정은 종료되었다.

다음 날에는 현재 밝혀진 범위 내에서 던전의 정보를 정리하고 식량과 장비를 점검했다.

신 일행은 아이템 박스라는 반칙 기술을 사용할 수 있었기에 준비는 순식간에 끝났다.

남은 시간에는 휴식을 취하며 내일 일정에 대비하기로 했다.

"그러면 다녀오겠습니다. 그쪽에서 무슨 일이 생기면 메시지를 보내주세요."

"신 군, 스즈네를 잘 부탁할게."

"쿠, 쿠치나시 님!"

"알겠습니다."

"너도 대답하지 마!"

어느새 친근한 이미지로 바뀐 스즈네가 신과 쿠치나시의 대화에 끼어들었다.

그걸 보던 미츠요와 티에라는 어이가 없다는 표정을 지었다.

"이걸로 조금은 긴장이 풀렸을 거야. 쿠치나시 씨도 널 걱정하는 거라고."

"어머, 이야기하면 어떡해."

"크윽, 알겠습니다. 앞으론 조심하죠."

자신이 긴장했다는 것을 자각한 스즈네가 뺨을 살짝 붉히며 고개를 돌렸다.

"쿠우, 또 안 데리고 가……."

그런 세 사람을 지켜보던 유즈하가 힘없이 중얼거렸다.

길드하우스에는 몬스터나 마기를 막는 결계가 쳐져 있지만 카구츠치 같은 존재는 없었다.

그래서 무슨 일이 벌어졌을 때 지맥에 간섭할 수 있도록 유즈하를 남긴 것이다.

"미안, 유즈하. 돌아오면 꼭 갚을게."

신은 빗질 정도로는 안 끝날 것 같다고 생각하며 유즈하에게 약속했다.

"다녀와. 빨리 와야 해. 쿠우."

"그래. 좋은 소식을 기다릴게."

유즈하와 쿠치나시, 호위 무녀들의 배웅을 받으며 신 일행은 『시체의 역계』 안으로 들어섰다.

†

『시체의 역계』는 후지의 던전 『염옥의 최심부』처럼 바위투성이의 동굴이었다.

다른 점이라면 증기나 열기가 없다는 것 정도였다.

동굴 안의 벽이나 천장에는 스스로 빛을 내는 광석이 있어서, 조명을 밝히지 않아도 시야를 확보할 수 있었다.

"의외로 잘 보이는군."

현재의 진형은 신과 미츠요가 전방, 티에라와 스즈네가 중앙이었고 슈니가 후방을 맡고 있었다.

스즈네는 동굴에 들어가자마자 식신을 불러냈다. 어깨 높이에 30세메르 정도 크기의 일본식 인형이 떠 있었고 발밑에는 종이접기로 만든 늑대가 주위를 경계했다.

던전에 들어간 지 5분이 지났을 때였다. 이미 신의 감지 범위 안에는 몬스터의 반응이 있었다.

동굴은 폭이 6메르, 높이가 5메르 정도였고 적은 인원이 전투를 벌이기에 지장은 없었다.

처음 모습을 드러낸 것은 동굴에는 꼭 있는 박쥐 타입의 몬스터였다.

이름은 엣지 셰이드였다.

어둠이 박쥐의 형상으로 뭉친 것 같은 겉모습에 붉은 핵이 이마에서 빛나고 있었다. 커다란 날개를 펼치면 1메르 정도였고 레벨은 422로 높은 편이었다.

공격 방법은 주로 두 종류인데 날카로운 날개로 베기 공격을 하거나 플레이어의 머리 위를 날아다니며 상태 이상을 유발하는 마법을 사용한다.

그래서 광범위 마법으로 빨리 처리하지 않으면 귀찮아지는 몬스터였다. 다행히 HP가 높은 것은 아니었다.

"인베이드화되지는 않았군. 마기에 심하게 잠식당했다고 하지 않았던가?"

"아직까지는 평범한 던전과 다르지 않아 보이네요. 원래는 어둠 속성의 던전이었던 거겠죠. 바닥에 떨어져 있는 광석도 전부 어둠 속성이었고 엣지 셰이드는 어둠 속성이 강한 곳에서만 출현하니까요."

던전에는 다양한 속성이 존재한다. 『염옥의 최심부』도 이름이나 내부 환경만 봐도 불 속성임을 알 수 있는 좋은 예였다.

"마기의 영향을 받지 않은 게 신경 쓰이지만 어쨌든 쓰러뜨리지 않으면 앞으로 갈 수 없겠지. 여전히 숫자가 많군. 여기는 내가 처리할게."

티에라와 스즈네는 상태 이상에 대한 내성이 강하지 못했기에 신은 마법으로 한꺼번에 해치우기로 했다.

선택한 마법은 어둠 속성을 상대로 자주 쓰이는 빛 마법 스킬【플래시 봄】이었다.

마법의 발동과 동시에 신의 손바닥 위로 빛이 모여들기 시작했다.

완전한 구체를 이루었을 때 다가오는 엣지 셰이드 무리를 향해 광탄이 발사되었다.

광탄은 몬스터 무리를 향해 똑바로 날아들더니 몇 초 뒤에 흰색 시각 효과를 발산했다. 투명한 백색 빛이 5메르 정도 퍼져나갔고 엣지 셰이드는 그 빛에 갉아먹히듯이 소멸해갔다.

빛은 천천히 희미해지며 사라졌지만 효과는 아직 남아 있었고 빛이 사라지기 전에 날아든 엣지 셰이드도 추가로 소멸시켰다.

빛의 지속 시간은 5초였다.【플래시 봄】너머에 나타난 새로운 몬스터 무리를 발견한 신은 추가 광탄을 연속으로 발사해서 다가오는 엣지 셰이드를 전면시켰다.

신 일행 앞에는 몬스터에서 나온 보석이 수없이 떨어져 있었다.

"아이템이 드랍되는 건가…… 어라?『염옥의 최심부』에서는 이렇지 않았는데?"

던전 내부의 몬스터는 쓰러지면 바로 소멸하며 일정 확률로 아이템을 떨어뜨린다.

그 법칙이 지금의 세계에서도 남아 있다는 이야기를 들었지만 후지의 던전에서는 보지 못한 현상이었다.

"카구츠치는 마기 때문이라고 하던걸요. 죄송해요. 신이 대장간에 틀어박혀 있을 때 들은 이야기였는데 미처 전해드리지 못했네요."

"아아, 그때였구나. 뭐, 어쩔 수 없지. 아이템이 드랍되든 말든 우리하고는 상관없는 일이니까 말이야."

애초에 이런 곳의 몬스터가 좋은 아이템을 떨어뜨릴 리가 없었기에 신은 신경 쓰지 말라고 지시했다.

대화가 마무리되자 스즈네가 입을 열었다.

"여기도 지난번에는 아이템이 드랍되지 않았어. 이건 내 사견이지만 아마 언니가 있는 곳에 마기가 집중되는 것 같아."

"마기가 집중되다니, 그게 무슨 말이야?"

"이 던전의 원래 보스는 숫자로 밀어붙이는 타입이라고 생존자가 말했어. 즉 각 개체의 능력 자체는 그렇게 높지 않았다는 뜻이야. 마기의 양이 무한할 리는 없으니까, 언니가 사로잡힌 뒤에는 보스에만 마기가 집중되어서 던전이 원래대로 돌아온 것 같아."

스즈네의 추론을 듣고 신도 고개를 끄덕였다.

【THE NEW GATE】에서는 게임 밸런스 때문인지, 부하를 많이 거느린 보스의 능력치는 그리 높지 않았다. 예외가 있긴 하지만 그것도 부하를 먼저 쓰러뜨린 뒤에 보스와 싸우게 되

는 경우가 대부분이었다.

"언니는 굉장히 강한 선정자야. 의지가 강한 사람일수록 마기가 쉽게 침투하지 못해. 언니를 보스 몬스터 대신 붙잡아두게 되면서 더 이상 던전에 관여할 여력이 없는 걸 거야."

"그렇구나. 일리가 있네. 그렇다면 마기만 처리하면 코토네 씨를 구할 수도 있다는 거로군."

마기의 영향으로 몬스터가 된 사례는 본 적이 있어도 던전의 보스가 된 경우는 처음이었다. 하지만 조금이라도 가능성이 높은 방법이 있다면 당연히 시도해봐야 했다.

신 일행은 일단 보석을 몇 개 회수하고 앞길을 서두르기로 했다.

『시체의 역계』는 지금 신 일행이 지나는 통로와 폭 50메르 정도의 넓은 공동(空洞)이 수없이 뒤얽힌 구조였다.

전체 지도를 보면 마치 개미집을 연상시켰다.

하나의 공동에도 비슷한 통로가 여러 개 연결되어 있어서, 길을 잘못 들면 지상으로 쉽게 돌아갈 수 없었다.

"저기, 초반에 마력을 너무 소모하면 안 되는 거 알지?"

순조롭게 나아가다 스즈네가 그런 충고를 꺼낸 것은 다섯 번째 공동을 지나 늑대형 몬스터인 블랙 하운드를 스무 마리가량 쓰러뜨렸을 때였다.

"그게 무슨 말이야?"

"뒤에서 전투하는 걸 보니까 스킬만 쓰고 아츠는 전혀 사용하지 않잖아. 넌 근접전에서도 스킬을 사용하니까 그렇게 마구 마법을 쏴대면 마력이 금방 바닥날 거야."

영문을 몰라 당황하는 신에게 스즈네가 말을 이었다. 마력의 페이스 조절을 걱정했던 모양이다.

"그런 거였구나. 하지만 마력은 자연 회복되는 양으로 충분히 보충되고 있으니까 걱정하지 않아도 돼."

"뭐어? 넌 휴먼 아냐? 엘프나 픽시도 아니고 그런 식으로 스킬을 써대면 자연 회복되는 마력으로 따라갈 수 있을 리가 없잖아. 던전에서는 보스나 강적에게 스킬을 쓰고, 그 외의 적에게 아츠로 대응해서 MP 소비를 줄이는 게 기본 전략이야. 훈련 때는 일부러 스킬만 쓰는 줄 알았는데 혹시 던전에 처음 들어오는 건 아니지?"

마력의 자연 회복량은 최대 MP에 따라 바뀐다.

종족으로 따지면 스즈네가 말한 것처럼 엘프와 픽시가 가장 빠르고 드워프와 드래그닐이 가장 느리다. 휴먼과 로드는 중간 정도였고 비스트는 동물 타입에 따라 차이가 컸다.

"정말로 괜찮으니까 안심해. 기본 마력이 높으면 회복량도 늘어난다는 거 몰라? 그리고 마력의 회복량과 회복 속도를 증가시키는 스킬도 있다고."

신이 지금까지 만난 사람들은 아무렇지 않게 스킬을 연발했기에 그걸 딱히 의식해본 적이 없었다.

그리고 애초에 신은 아직 아츠를 사용할 수도 없다. 이 세계의 독자적인 기술이기 때문인지, 마음먹은 것처럼 습득이 되지 않았다.

"마력량이 대체 어떻길래 그래? 너 혹시 본업이 마법사인 거 아냐?"

"아쉽지만 메인 직업이 사무라이고 서브 직업은 대장장이야. 앞으로도 잔챙이들은 내가 처리할 테니까 스즈네는 마력 사용을 회복량에 맞춰서 잘 조절해줘."

"그럴게. —혹시나 해서 묻는 건데 설마 네 동료들은 다 그런 거야?"

스즈네는 어이가 없다는 표정으로 두 식신 중에 늑대 모양 식신에 대한 마력 공급을 중단했다. 식신은 평범한 부적으로 돌아왔고 스즈네는 그것을 품에 넣었다.

"그건 상상에 맡길게. 적어도 이곳에 있는 멤버들은 마력이 바닥날 만한 짓은 안 할 테니까 안심해도 돼."

"뭐, 괜찮다면 됐어."

대답을 얼버무리는 신과 슈니를 번갈아 바라본 스즈네는 더 이상 추궁하지 않았다.

"너희들, 이제 잡담 시간은 끝났어."

앞을 주시하던 미츠요가 입을 열었다. 고개를 돌리자 새로운 몬스터가 다가오고 있었다.

신도 적의 접근을 당연히 느끼고 있었기에 바로 요격 태세에 들어갔다.

"스컬페이스인가. 오랜만에 보는군."

"그때와 비교하면 꽤나 얌전하네요. 장비도 다른 것 같고요."

신이 자신도 모르게 중얼거리자 슈니도 예전 생각이 난다는 듯이 대답했다.

유즈하와 만났을 때도, 슈니와 재회했을 때도 스컬페이스가 대규모로 출현했다. 그래서 신의 인상에 깊이 남아 있었다.

새롭게 등장한 적은 잭 급을 비롯해서 퀸, 킹 급의 스컬페이스였다.

슈니의 말처럼 원래 서양식 갑옷과 장검, 카이트 실드나 타워 실드 등을 장비하지만, 이곳의 스컬페이스는 달랐다. 사무라이가 쓸 법한 창과 일본도 같은 무기를 들고 있었다.

지금 신 일행은 공동에서 이어지는 조금 넓은 공간에 들어서 있었다. 폭은 200메르가 넘었고 천장까지의 높이도 10메르 이상이었다.

거대한 덩치를 자랑하는 킹 급 스컬페이스도 전혀 불편하지 않게 움직일 수 있을 정도였다.

마치 그들을 기다리고 있었다는 듯이 진형을 갖추는 스컬페이스를 보며 스즈네의 손이 무의식적으로 품 안의 부적에 뻗었다.

"흠, 저 녀석들의 갑옷 때문에【플래시 봄】은 별로 효과가 없겠어. 나와 미츠요가 검으로 공격할 테니까 세 사람은 엄호를 부탁해."

"이제야 겨우 차례가 왔네. 적이 나타날 때마다 마법으로 순식간에 해치우니까 얼마나 몸이 근질근질했는지 몰라."

『오오덴타 미츠요 · 진타』를 뽑은 미츠요의 눈동자가 전의로 불탔다.

지금까지는 신과 슈니의 마법, 티에라와 화살로 몬스터를 해치우며 나아가고 있었다. 미츠요는 주위를 경계하면서도 가만히 지켜볼 수밖에 없었기에 내심 답답했던 것이다.

"조금은 몸을 움직여둬야겠지. 너무 무리하지 말라고."

"준비 운동이라도 되면 다행이야."

말이 채 끝나기도 전에 미츠요의 몸이 빠르게 가속했다.

미츠요가 몸을 살짝 앞으로 기울인 순간에 벌어진 일이었다. 그 모습을 눈으로 인식한 사람은 신과 슈니 정도였고, 선정자인 스즈네조차 미츠요의 모습이 흐릿해졌다고 느낀 순간에 시야에서 사라져 있었다.

그런 움직임을 당연히 스컬페이스가 감지할 수 있을 리 없다.

바로 앞까지 근접했다는 것을 스컬페이스가 깨닫기도 전에 미츠요의 팔이 움직였다.

마침 선두에 서 있던 킹 급 스컬페이스의 몸을 은빛 섬광이 갈랐다.

"……?!"

한 순간 뒤에 킹 급 스컬페이스의 몸이 두 동강이 났다.

미츠요의 키보다 훨씬 큰 일본도와, 정교한 문양이 그려진 갑옷도 함께 잘려나갔다. 내부의 코어도 당연히 둘로 갈라졌다.

킹 급 스컬페이스는 무기와 갑옷의 잔해만 남긴 채 소멸했다.

"우와, 빠르다."

미츠요의 공격을 지켜보던 티에라가 감탄한 듯이 중얼거렸다. 그녀가 신과 슈니에 필적하는 속도를 내자 순수하게 놀란 것이다.

무네치카도 빨랐지만 미츠요 정도의 움직임을 보여줄 수 있는 존재는 이 세계에 그리 많지 않았다.

"사람이 낼 수 있는 속도가 아니야."

티에라 옆에 있던 스즈네는 놀라움보다도 위기감이 큰 듯했다.

스즈네의 언니 코토네도『오니마루』를 들고 있었다. 그래서 미츠요와 비슷한 능력을 보여줄까 봐 불안해진 것이다.

실제로는 신이 강화해준 덕분에 가능한 움직임이었지만 그것을 모르는 스즈네의 표정은 딱딱하게 굳어 있었다.

"역시 천하오검이군. 이 정도로는 상대가 안 되겠어."

그런 스즈네의 심정을 모르는 신은『무월』을 휘둘렀다. 전

력을 다한 것은 아니었지만 미츠요에 버금가는 공격이 스컬페이스를 쉽게 베어냈다.

예전에 『카즈우치(數打)』로 유니크 몬스터인 잭 급 스컬페이스와 싸울 때는 한 개체를 상대로 상당한 시간을 소모했다. 그러나 고대급 무기를 사용하는 지금이라면 킹 급을 상대로도 한두 번의 공격으로 승부가 났다.

튼튼한 갑옷을 입고 무기로 방어한다 해도 신의 공격을 받아낼 수는 없었다.

"흡!"

신은 스쳐 지나가는 퀸 급을 두 동강 내고 칼끝을 돌려 다른 퀸 급을 해치웠다.

쓰러지는 퀸 급 스컬페이스의 등 뒤에서 킹 급의 공격이 날아왔지만 신은 무기 자체를 베어버리며 막아냈다.

그리고 무방비 상태가 된 몸통을 찔러 코어를 관통한 감촉이 사라지기도 전에, 다음 스컬페이스를 향해 뛰어들었다.

얼마 전 카린에게 검술 지도를 받은 덕분에 신의 기량은 더욱 향상되었다. 그래서인지 검술의 달인인 미츠요만큼 빠르게 적을 섬멸할 수 있었다.

그런 신의 움직임이 믿기지 않는다는 듯이 스즈네는 눈을 비볐다.

"이상해…… 신의 움직임이 흐릿하게 보여……."

지금까지도 일방적으로 몬스터를 유린해왔지만 대량의 스

컬페이스가 나타나자 스즈네는 자신이 나설 차례가 왔다고 생각하며 싸울 준비를 했다.

스컬페이스는 신 일행과 비교하면 레벨이 크게 높은 것도 아니었다. 스즈네가 경계한 것은 기본 장비인 『칠흑의 무구(武具)』가 스컬 페이스에게 더욱 큰 힘을 부여하기 때문이다.

등급이 높을수록 무구의 성능도 올라가고 무기를 다루는 기술도 높아진다.

단순한 언데드 몬스터로 치부할 수 없는 존재가 되어버리는 것이다.

지금까지 싸워온 동물 타입의 몬스터와는 근본적인 싸움 방식이 달랐다.

그런데도 미츠요와 신은 말도 안 되는 속도로 스컬페이스를 해치우고 있었다. 그것은 지금까지의 전투와 크게 다를 것 없는 일방적인 유린이었다.

갑옷이 종이처럼 잘려나갔다. 검과 창이 나뭇가지처럼 부러졌다. 이 싸움에서는 레벨과 등급이 아무 의미가 없었다.

신과 미츠요에게 상처 하나 없는 것은 당연한 일이었다. 두 사람은 경쟁하듯이 스컬페이스를 해치웠다.

전투가 시작된 지 10분도 되지 않아 모든 스컬페이스가 땅에 쓰러져 있었다.

"역시 근접전은 생각보다 시간이 걸리는군. 다음번엔 마법으로 날려버리는 게 나으려나."

"그게 좋겠어. 너무 쉬우니까 차라리 안 싸우느니만 못해."

"어…… 저기, 두 사람 다 그쯤 해두면 안 될까?"

두 사람의 대화를 듣고 경악하는 스즈네를 보며 티에라가 쓴웃음을 지었다.

신과 슈니의 싸움을 가까이서 지켜본 티에라는 스즈네의 심정을 잘 알 수 있었다.

"쿠치나시 님이 전혀 걱정하지 않던 이유를 이제야 알겠어……."

스즈네가 힘없이 말했다. 선정자로서는 따라갈 수 없는 움직임을 보고 적지 않은 충격을 받은 듯했다.

"설마 너도 저 사람들처럼 싸울 수 있는 거야?"

"스승님이라면 몰라도 난 무리예요."

티에라는 말도 안 된다는 듯이 고개를 가로저었다. 그림자 속에서 보호해주는 카게로우라면 모를까, 티에라는 신 일행과 비교하면 일반인이나 마찬가지였다.

"신의 힘은 저희를 훨씬 능가하죠. 아직 진짜 능력을 보여준 것도 아니에요."

"방금 저게 대충 싸운 거라고요……?"

슈니가 웃으며 말하자 스즈네는 어이가 없다는 듯이 한숨을 쉬었다. 하지만 동시에 안심이 되는 것도 사실이었다.

신과 미츠요 정도의 전투력이라면 코토네가 강하게 저항해도 제압할 수 있을 것 같았기 때문이다.

"서두르자. 다음 층부터는 등장하는 몬스터의 종류가 늘어나니까 조심해줘."

신은 주의 사항을 알려주며 앞길을 재촉했다.

『염옥의 최심부』에서는 던전 구석구석까지 탐색하며 진행하느라 시간이 걸렸지만 이번에는 『흑무녀 신사』의 정찰 부대가 제공해준 지도가 있었다. 『오니마루』와 코토네가 최하층에 있다는 것을 알았기에, 아래층으로 통하는 통로나 계단을 발견하면 바로 내려가고 있었다.

"응? 잠깐 스톱!"

통로를 내려가던 중에 선두에 있던 신이 소리쳤다.

미츠요는 신이 제지할 것을 알았다는 듯이 바로 멈춰 섰고 조금 늦게 티에라와 스즈네가 걸음을 멈추었다.

"왜 그래?"

"이 앞 통로 출구에 몬스터가 있어."

신은 전방에 있는 몬스터의 반응을 정확히 감지했다. 미츠요도 동요하지 않고 신의 말에 고개를 끄덕였다.

"숫자는 많지 않네. 세 마리인가?"

"맞아. 기습해올 가능성이 높겠어. 여기는 나와 슈니가 모습을 감추고 앞으로 갈게. 나머지 인원은 뒤에서 따라와줘."

신은 티에라와 스즈네를 미츠요에게 맡기고 슈니와 함께 【하이딩】 스킬로 모습을 감추었다. 주변을 경계하면서 통로를 빠져나오자 정면에 두 마리의 몬스터가 보였다.

"누에(鵺)로군. 몬스터가 일본식인 건 히노모토이기 때문인가?"

신은 몬스터의 모습을 보고 【애널라이즈】를 발동하기도 전에 정체를 간파해냈다.

누에는 원숭이 머리와 호랑이의 몸, 뱀의 꼬리를 가진 몬스터였다. 발톱과 꼬리에는 독이 있었고 공격력이 높으면서 재빠르기까지 한 성가신 상대였다.

"정면은 미끼인 것 같네요."

"기습을 걸어오기에는 딱 좋은 곳이니까 말이지."

통로에서 공동으로 나오는 출구 바로 위쪽에 나머지 한 마리의 누에가 숨어 있었다. 어떻게 신 일행을 감지했는지는 모르지만 그들이 공동으로 나온 순간에 기습할 작정인 듯했다.

기습으로 원거리 공격 멤버를 괴멸하거나 상태 이상을 유발해 자신들의 약점인 마법 공격을 봉쇄하려는 의도 같았다.

"슈니는 위쪽 녀석을 처리해줘. 난 정면의 적을 맡을게."

"알겠습니다."

신의 지시를 따라 슈니는 공동의 벽을 뛰어올랐다.

【하이딩】으로도 허를 찌르기 어려운 몬스터도 많았지만 누에는 거기에 해당되지 않았다.

게다가 슈니의 메인 직업은 쿠노이치였다. 은폐 효과 상승 보너스가 있었기에, 적의 감지 능력이 다소 높더라도 들킬 일은 없었다.

슈니는 벽에 발톱을 박은 채로 버티는 누에의 뒤로 다가가 주저없이 『창월』을 휘둘렀다.

푸른빛을 두른 칼날이 순식간에 누에의 목을 통과했고 잠시 뒤에 머리가 바닥으로 떨어졌다.

누에의 몸이 소멸한 것을 확인한 슈니가 신을 돌아보자 마침 『무월』이 누에 두 마리를 한꺼번에 두 동강 내고 있었다.

누에의 원숭이 머리는 무슨 일이 일어난 건지 모르겠다는 표정을 짓고 있었다.

누에는 사라지면서 이빨과 모피 같은 아이템을 떨어뜨렸다.

"그런데 누에가 던전에서 이런 식으로 기습을 하는 몬스터였던가?"

몬스터는 층을 잇는 통로나 공동의 입구에서 침입자를 기다리지 않는다. 이것은 게임 시절의 상식이었다.

"원래 기습이 특기인 몬스터니까 그렇게까지 이상한 일은 아닌 것 같은데요."

"그렇긴 하지. 나도 모르게 게임 시절의 습관대로 생각하는 건가 봐."

지금의 세계밖에 경험하지 못한 스즈네는 언제 어디서 공격당할지 모르는 건 던전 공략의 상식이라며 어이없어했다.

"던전에 들어온 적이 거의 없었거든."

신은 궁색한 변명을 하며, 이럴 줄 알았다면 미리 아무 던전에나 들어가서 체험해보는 게 좋았을 거라고 생각했다.

신은 아직도 이 세계만의 법칙을 많이 몰랐다. 슈니에게 어느 정도 물어보고는 있지만 이번처럼 게임 시절의 상식대로만 생각할 때가 있었다.

"그러고 보니 신은 『염옥의 최심부』가 처음 들어가는 던전이었네요."

"거긴 숨겨진 던전이니까 별로 깊이 내려가지도 않았고 전체가 마기에 잠식되었으니까 말이지. 오히려 일반 던전과 다를 게 없는 여기가 내 첫 던전이라고 할 수 있지 않을까?"

다만 『시체의 역계』도 그렇게 깊은 던전은 아니었다. 게다가 아래로 내려갈수록 마기의 영향이 나타날지도 모르는 일이었다.

그리고 그런 예상이 들어맞았는지, 지하 20층을 넘어가자 몬스터들이 더 이상 아이템을 떨어뜨리지 않았다.

"여기서부터는 마기의 영향을 받는 구역인 것 같은데."

"겉모습은 바뀌지 않은 것 같은데 뭔가 불쾌한 느낌이 들어."

티에라는 주변을 둘러보며 얼굴을 찡그렸다. 신도 피부가 따끔따끔한 느낌을 받았다.

"동감이야. 경계하면서 가자고."

벽과 천장에 마기의 흔적이 나타나기 시작했을 때 갑자기 카게로우가 티에라의 그림자 속에서 나와 큰 소리로 울기 시작했다.

"왜 그래?"

"자세한 건 모르겠지만 이 앞에 뭔가가 있나 봐."

카게로우가 굳이 밖으로 나왔을 정도면 위험할 가능성이 높았다. 신 일행은 더욱 신중하게 앞으로 나아갔다.

10분 정도 걸어가자 신의 코가 낯선 냄새를 맡았다.

"……저기, 혹시 카게로우가 경계하는 게 이 냄새인 거야?"

"그런 것 같아. 아직 거리가 있을 텐데도 지독한 냄새네."

신이 묻자 티에라는 냄새에 얼굴을 찡그리며 말했다.

아래층으로 내려가는 통로 부근에서 강렬한 악취가 풍겨오고 있었다. 썩은 내와는 다르지만 구토감과 현기증을 유발하는 냄새가 신 일행의 후각을 자극했다.

"이런 냄새가 난다는 이야기는 못 들었는데요."

"이상하네. 이런 건 나도 몰랐어."

슈니가 불쾌감을 드러내며 눈을 가늘게 뜨자 스즈네는 눈물을 글썽이며 대답했다.

높은 저항력을 가진 신이 자극을 거의 못 느끼는 것을 보면 증상은 사람마다 차이가 있는 듯했다.

"일단 내려가자. 아무래도 이 냄새에는 독도 섞여 있는 것 같아."

신이 걸음을 멈추며 말했다.

들이마신 양이 적기 때문인지, 아니면 공기에 섞이며 희석

됐기 때문인지는 모르지만 아직 상태 이상을 일으킨 사람은 없었다.

"독이라고?"

스즈네가 무녀복 소매로 입과 코를 막으며 뒷걸음질 쳤다.

선정자라 해도 신과 슈니 정도의 저항력을 가진 경우는 거의 없었다. 마비되기라도 하면 몬스터에게 일방적으로 당할 수밖에 없었기에 상태 이상에 대한 경계심이 강한 듯했다.

"이 정도 떨어져 있으면 안전해. 지금부터 대책을 마련할 테니까 진정하라고."

신은 스즈네에게 말하며 아이템 박스에서 카드 세 장을 꺼내 스즈네, 티에라, 미츠요에게 건넸다.

실체화하자 마름모꼴의 호박색 펜던트가 나타났다.

『세계수의 호박석』이야. 미리 줬던 『어영석(御影石) 반지』는 상태 이상에 대한 저항력을 골고루 끌어올리지만 상승률이 그리 높진 않거든. 하지만 이걸 착용하면 독과 마비에 대한 강한 내성을 갖게 돼."

상태 이상 무효 아이템을 줄 수도 있었지만 스즈네와 티에라가 그것을 장비할 수 없었다.

게임 시스템을 생각해보면 능력치 부족이 원인인 것 같았다.

바르멜에 있을 때 히비네코와 섀도우에게도 시험해봤지만 마찬가지로 장비하지 못했다. 신은 그들의 능력치도 대충 알고 있었기에, 역시 능력치가 부족한 탓일 거라고 생각했다.

슈니에게는 『염옥의 최심부』에 들어가기 전에 신의 『명왕의 반지』처럼 상태 이상 무효가 부여된 『천래(天來)의 반지』를 건네주었다.

건네줄 때 {약간의 소동}이 있긴 했지만 지금은 하얗고 가느다란 사슬에 걸린 청색으로 장식된 은반지가 슈니의 목에 걸려 있었다.

"왠지 냄새도 덜해진 것 같아."

스즈네는 그렇게 말하며 천천히 앞으로 걸음을 내디뎠다. 펜던트의 효과로, 방금 전까지 눈물을 글썽이던 상태가 얼굴을 찡그리는 정도로 나아져 있었다.

대책이 마련되자 일행은 즉시 통로 안쪽으로 나아갔다.

통로와 연결된 넓은 공동 바닥 곳곳에는 독늪이 있었다. 늪에서 피어오르는 보라색 연기가 악취의 원인인 것 같았다.

"그루……."

티에라 옆에 있던 카게로우는 작게 울며 그림자 속으로 들어갔다. 아이템으로 상태 이상은 예방했지만 후각이 민감한 카게로우는 냄새 자체를 견디기 힘들었던 모양이다.

어차피 전투가 벌어지면 다시 나올 것이다. 신은 그렇게 생각하며 앞으로 나아갔다.

일행은 독늪을 피해서 넓지 않은 길을 걸어갔다.

그와 동시에 신은 독늪 밑에 숨은 기척을 감지했다.

"늪 속에 몬스터가 있어. 그것도 여기저기에. 일단 조심하도록 해."

티에라가 대답했다.

"그야 있겠지. 그런데 왜 별로 위험하지 않다는 듯이 말해?"

"그야 이럴 때는 슈니의 독무대가 펼쳐지니까 말이지. 슈니, 그렇지?"

"네. 맡겨주세요."

슈니는 자랑스럽게 말하는 신에게 미소로 대답하며 앞으로 나섰다.

"광범위 마법을 사용할 테니 섣불리 움직이지 말아주세요."

슈니는 무슨 일이 벌어질지 짐작조차 못 하는 스즈네와 티에라에게 주의를 준 뒤에 천천히 오른손을 치켜들었다.

"헤에, 제법이네."

엄청난 마력이 모여들자 슈니의 실력을 몰랐던 미츠요가 감탄하며 중얼거렸다.

그 뒤에서는 경직된 표정의 스즈네가 본심을 중얼거렸다.

"⋯⋯이쪽도 괴물이잖아. 뭐야, 이 파티는."

몇 초 뒤에 슈니가 오른손을 아래로 휘두르자 발밑에서 유리에 금이 가는 듯한 소리가 들려왔다.

스즈네가 아래를 보자 독늪으로 변색된 바닥에서 하얀 안개가 피어오르고 있었다. 발밑에서 느껴지는 차가운 느낌 덕분에 그것이 한기라는 것을 알 수 있었다.

방금 전에 마법 발동과 동시에 들려온 것은 땅과 늪이 동시에 얼어붙는 소리였다.

슈니를 중심으로 공동 전체가 극한의 냉기에 휩싸였다.

"이 정도면 늪 속에서 공격해올 일은 없을 거예요."

늪 바닥까지 얼어붙었기에 신이 감지했던 몬스터들도 함께 얼어버린 모양이었다. 미니맵에서도 더 이상 적의 반응이 나타나지 않았다.

"여기서부터는 정보에 나오지 않은 것들이 등장하나 본데."

"저쪽에서도 우리의 기척을 느끼고 급하게 던전 내부를 변화시킨 게 아닐까? 자기들을 소멸시킬 수 있는 존재가 접근하고 있는 거니까 가만히 있을 리가 없잖아."

마기에게도 자아가 존재한다면 신과 티에라처럼 마기를 소멸시키는 존재에게 저항을 시도할 수도 있었다. 게다가 코토네까지 집어삼킨 상태였기에 지성 같은 것이 생겨나도 이상할 것이 없다고 미츠요가 이야기했다.

"아니면 두뇌에 해당하는 다른 녀석이 있을 수도 있겠지."

한 곳에 쌓인 짙은 마기에서는 데몬이 생겨날 수도 있었다.

신은 코토네를 구출할 때 방해받을 가능성을 고려해두자고 모두에게 이야기했다.

신 일행은 다시금 경계를 강화하며 공동을 통과하고 아래층으로 내려갔다.

다음에 도착한 공동에도 독늪이 가득했고 슈니가 마법으로 얼려서 통과했다.

"저기, 아까부터 몬스터가 전혀 안 나타나는데 이런 일이 자주 있는 거야?"

일곱 번째 공동을 빠져나올 때 미츠요가 주변을 둘러보며 신에게 물었다.

미츠요가 말한 것처럼 첫 독늪을 지난 뒤로는 몬스터와 한 번도 조우하지 않았다. 신의 감지 범위 내에도 몬스터의 기척이 없었다.

"아니, 몬스터는 항상 던전을 배회하는 법이고, 숫자가 줄어들면 벽이나 천장, 혹은 아무것도 없는 공간에서 추가로 생겨나게 돼. 몬스터를 한 번 전멸시키더라도 시간이 지나면 원래대로 돌아오지."

신은 벽과 천장을 돌아보며 대답했다.

이것은 이미 확인된 사실이었다. 던전 내에서 몬스터를 쓰러뜨리면 벽, 천장, 바닥 같은 곳을 뚫고 나오거나 한 곳에 마력이 집중되면서 몬스터가 생겨난다. 『염옥의 최심부』에서도 그랬던 것을 보면 틀림없었다.

"혹시 한 곳에 모여 있는 게 아닐까요?"

"함정 때문에 트레인이 발생한 건지도 모르지. 아니면 누군가가 의도적으로 몬스터들을 후퇴시켰을 수도 있고."

트레인이란 플레이어가 몬스터를 피해 달아날 때 중간에

마주친 수많은 몬스터들을 전부 유인하게 된 상태를 가리킨다. 대량의 몬스터에게 쫓기는 모습이 기차놀이처럼 보였던 데서 유래한 말이다.

일반적으로는 플레이어의 행동 때문에 발생하는 현상이지만 【THE NEW GATE】에서는 예외도 있었다.

대미지를 입으면 동료에게 도움을 요청하는 몬스터가 함정에 걸려 동료들을 부른 것이다. 불려간 동료들은 똑같이 함정에 대미지를 입고 다른 동료들까지 끌어들이는 식으로 사태가 확산된다.

필드에서도 서로 적대하는 몬스터들끼리 동료를 불러 모아서 발생하는 경우가 있었다.

처음에는 버그로 여겨졌지만 차후에 정상적인 현상이라는 발표가 있었다. 도망칠 곳이 제한된 던전에서는 마치 유령의 집 같은 상황이 벌어지기도 한다.

트레인에 걸린 몬스터 집단은 던전 안을 이동하다가 플레이어를 발견하면 단숨에 몰려온다. 당장 주위에 몬스터가 없다고 방심할 수는 없었다.

"던전이 변화했으니까 양쪽 모두 가능성이 있네. 만약 트레인이면 일단 물러나는 게 좋지 않을까?"

"괜찮아. 트레인이 발생했다면 전멸시키면 돼. 이 던전의 몬스터들이라면 우리에게 접근하기도 전에 전부 섬멸할 수 있을 테니까."

던전에서는 도망칠 장소가 제한적이지만 적이 공격해오는 방향 역시 제한적이라고 할 수 있었다.

신과 슈니 같은 강자가 있다면 트레인은 좋은 경험치 공급원일 뿐이었다.

"출입구가 많은 장소라면 특히 조심해야겠군."

이전에 설명한 것처럼 공동에는 아래층으로 이어지는 통로 외에도 크고 작은 다양한 통로가 있었다. 통로의 숫자가 많은 장소에서는 포위된 상태로 공격을 당할 수 있기에 조심해야 했다.

신 일행은 몇 개의 공동을 더 통과하며 앞으로 나아갔다.

쿠치나시에게 받은 사전 자료에 의하면 이제 최하층까지 3층밖에 남지 않았지만 몬스터는 거의 나타나지 않았다. 드물게 단독 행동을 하거나 무리에서 홀로 떨어진 몬스터만 보일 뿐이었다.

"최하층 바로 위에 잔뜩 모여 있군."

보스 공간까지 1층만 남겨두었을 때 신은 진심으로 귀찮다는 듯이 말했다. 감지 범위의 가장자리에서 대량의 몬스터 반응이 나타났기 때문이다.

"숫자가 많다면 처리하기 귀찮겠어."

미츠요도 어깨를 으쓱해 보이며 동의했다.

몬스터들이 모인 곳은 최하층에 들어서는 입구 앞이었기에 상당히 좁았다. 발 디딜 틈이 없을 만큼 몬스터들로 붐빌 것이 틀림없었다.

신은 차라리 자기들끼리 싸워 없어지면 좋겠다고 생각했다.

"이건 엄청나네요."

슈니도 몬스터의 숫자를 감지했는지 눈썹을 찡그리며 말했다.

"전초전치고는 엄청난 대군이잖아. 근접전으로 일일이 해치우다간 끝이 없겠어. 나와 슈니가 마법으로 날려버릴 테니까 나머지 적들을 티에라가 저격해줘. 미츠요와 스즈네는 후방을 경계하면서 기습에 대비해주고."

"할 일은 거의 없을 테지만 맡겨둬."

신과 슈니의 마법 탄막을 통과하는 것은 거의 불가능했지만 티에라는 일단 화살통에서 화살을 하나 뽑아 들며 대답했다.

"원거리 공격 수단이 부족하다는 게 이 파티의 문제점이었네. 내가 나설 차례는 아마 없겠지만 혹시라도 기습해오는 몬스터가 있으면 두 동강을 내줄게."

"아군이 너무 강한 걸 걱정하게 될 줄이야……. 뭐, 내가 할 일은 제대로 할게."

미츠요와 스즈네도 무기를 들고 대비했다.

모두의 준비가 끝난 것을 확인한 신은 아래층으로 내려가는 통로에 들어섰다.

몬스터가 밀집해 있기 때문인지 통로 앞에서는 피비린내와 동물 냄새가 뒤섞인 악취가 맴돌고 있었다.

"그럼 요란하게 가보자고."

"알겠습니다."

통로 앞에서 둑이 터진 것처럼 몬스터들이 밀려들기 시작했다.

발이 빠른 사족보행 타입이 선두에 섰고 천장에서는 벌레 타입 몬스터, 공중에서는 비행 타입 몬스터가 밀려들었다.

그 뒤쪽에서는 오우거와 누에 같은 몬스터도 보였다.

해일처럼 밀려드는 몬스터들 앞에서 신과 슈니는 천천히 손바닥을 앞으로 내밀었다.

그러자 팔을 통해 마력이 모여들었고 신과 슈니가 내민 손바닥 한가운데에서 희푸른 구체가 생겨났다.

마력이 더욱 집중되면서 구체 주위로 다섯 개의 구체가 더 생겨나자 화르륵, 하는 소리를 내며 구체에서 희푸른 불꽃이 솟아올랐다. 불꽃은 소용돌이를 치며 여섯 개의 구체를 한데 묶었고 몇 초 만에 탁구공 크기의 하얀 광구(光球)로 변화했다.

"【화이트 캐논】."

신과 슈니의 목소리가 겹쳐졌다. 스킬 이름이 두 사람의 입에서 나오는 순간, 빛의 구슬이 단숨에 가속하며 몬스터를 향해 날아갔다.

광구는 통로의 중심을 가로지르며 하얀 잔상을 남겼다.

공중을 날던 조류 몬스터들은 피할 수 있다고 생각했는지 몸을 살짝 비틀었다.

그러나 빛의 구슬이 스쳐 지나간 순간 닿지도 않은 몬스터들의 몸에서 불길이 일어나더니 순식간에 잿더미가 되고 말았다.

연소 속도가 너무 빨라서, 타버렸다기보다 사라졌다는 표현이 어울렸다.

"우와……."

엄청난 위력을 목격한 스즈네의 입에서 경악인지 감탄인지 모를 목소리가 흘러나왔다. 빛의 구슬 주변을 날던 몬스터들만 소멸된 것이 아니었기 때문이다.

협력 전용 스킬 【화이트 캐논】은 발사된 하얀 광구 주위에 보이지 않는 공격 판정이 존재했다. 해당 영역에 닿기만 해도 작열하는 화염지옥이 펼쳐지는 것이다.

원래의 범위는 그리 넓지 않았지만 두 사람의 마력에 힘입어 말도 안 될 만큼 확대된 상태였다.

몬스터들이 땅에 납작 엎드리거나 천장에 달라붙어도 통로를 가득 채운, 보이지 않는 불꽃에서 벗어날 수는 없었다.

눈앞에서 벌어진 현상에 공포를 느끼고 도망치려는 몬스터와 앞으로 나아가려는 몬스터들이 충돌하면서 통로 안은 대혼란에 빠지고 말았다.

"이렇게 되니까 몬스터들이 불쌍해 보여……."

"그루……."

아비규환에 빠진 몬스터들을 보며 티에라와 카게로우가 복잡한 표정을 지었다.

"티에라와 스즈네는 눈을 감고 있어."

"어?"

"나중에 말해줄 테니까 빨리 감아."

빛의 구슬이 몬스터를 소멸시키며 통로를 지나 이윽고 공동에 도착했을 때 신은 티에라와 스즈네에게 지시했다.

두 사람은 영문을 몰랐지만 별로 좋은 예감이 들지 않았기에 눈을 질끈 감았다.

그때였다.

공동에 도달한 빛의 구슬이 내부에 압축된 힘을 단숨에 해방했다.

순백의 화염이 공동 내부를 유린하며 통로까지 밀려왔다. 신이 전개한 마법 장벽으로 차단된 눈앞이 온통 흰색으로 물들었고 북새통을 이루던 몬스터들의 모습은 온데간데없었다.

화염이 사라지자 신도 마법 장벽을 거두었다. 그러자 차단되었던 뜨거운 바람이 눈앞에서 불어닥쳤다.

"조금 식혀야겠군."

신이 물 마법을 사용해 붉게 달아오른 통로와 공동을 식혔다.

후텁지근한 온풍이 싸늘한 냉기로 바뀐 것을 확인하자 신과 슈니는 앞으로 걸어가기 시작했다.

"왜 그래? 가자."

"어, 어어, 알았어."

【화이튼 캐논】의 위력을 목격한 스즈네는 조금 상기된 목소리로 대답했다.

불의 기세가 약해졌을 때 살짝 뜬 스즈네의 눈앞에 경악을 금치 못할 광경이 펼쳐져 있었던 것이다.

"신과 스승님에게 저 정도는 보통이에요……."

스즈네가 놀란 것을 알아챈 티에라가 어깨에 손을 얹으며 타이르듯 말했다. 그리고 이어진 "저는 이제 익숙하거든요"라는 말에 스즈네는 티에라도 그녀와 비슷한 처지라는 것을 알아챘다.

"서로 정신 똑바로 차리자."

맨 뒤에 선 두 사람 사이에 기묘한 연대감이 형성되고 있었다.

한편 신은 재빨리 앞으로 나아갔다. 공동으로 나오자 통로와 마찬가지로 벽과 바닥, 천장 일부가 융해되어 있었다.

신은 이것도 물 마법으로 식혀서 이동 경로를 확보했다.

"자, 지금부터가 진짜 싸움이야. 준비는 됐어?"

보스 공간을 나타내는 두꺼운 문 앞에서 신이 스즈네에게 물었다. 이 앞에서 코토네와 『오니마루 쿠니츠나』가 기다리고 있는 것이다.

"언제든 괜찮아."

스즈네는 부적으로 되돌렸던 식신을 다시 전개하며 고개를 끄덕였다.

공중에 뜬 인형 타입과 늑대 타입, 그리고 칼을 두 자루 든 무사 타입도 있었다.

"그러면 문을 열게."

신이 문에 손을 대고 밀었다. 그러자 더 이상 힘을 주지 않아도 문이 저절로 움직였다.

문 안쪽에는 거대한 공동이 있었다. 하지만 천장, 벽, 바닥에 이르기까지 일본도와 창 같은 무기가 빽빽이 꽂혀 있어서 제대로 걸을 수 없을 정도였다.

공동 안쪽에는 유일하게 무기가 꽂혀 있지 않은 다다미 바닥이 존재했다. 그리고 그곳에서 신 일행이 찾는 사람이 보였다.

—【린도 코토네 레벨 255 전투 무녀】.

—부여:【마기 잠식 · 대】

신의 【애널라이즈】가 그 인물의 정체를 간파했다. 아무리 던전이 변화해도 보스의 위치까지 바뀌지는 않은 모양이었다.

"……언니."

스즈네가 조용히 중얼거렸다.

코토네는 다다미 바닥 위에 검을 끌어안고 앉아 동공이 풀린 눈으로 허공을 응시하고 있었다.

다행히 『염옥의 최심부』의 보스였던 오우거처럼 마기 때문에 몸이 변질되지는 않은 것 같았다.

여기저기 찢어져서 중요한 부분만 겨우 가리는 무녀복 사이로 하얀 피부가 드러나 보였고 팔다리도 정상이었다. 몸에서 탁한 색의 아우라가 뿜어져 나오는 것만 제외하면 싸움에서 부상을 입은 정도로만 보였다.

"정신 차려! 마기에 많이 잠식됐어. 멍하니 있을 시간이 없다고."

"나도 알아. 최선을 다해 싸우겠어."

스즈네가 각오를 다지자 식신에 담긴 마력의 색이 짙어졌다. 더욱 강한 마력을 보내 식신을 강화한 것 같았다.

"……."

높아진 마력을 감지했는지, 초점이 맞지 않던 코토네의 눈이 스즈네를 응시했다. 그 순간 공동 전체가 소리를 내며 흔들렸다.

"기척이 바뀌었네요."

"그래. 저쪽도 싸울 마음이 생겼나 보군."

신은 슈니에게 대답하면서 『무월』을 앞으로 겨누었다. 코토네가 발산하던 기척이 선명한 살기로 바뀌었다.

기척이 바뀐 것에 반응했는지, 땅에 꽂힌 무기들이 하나둘씩 공중에 떠올랐고 금속이 스치는 소리와 함께 코토네의 눈앞에 모여들었다. 불과 몇 초 만에 쇠로 만들어진 섬뜩한 해골이 생겨나 있었다.

─【매드 소드 레기온 레벨 811】.

원념이 썬 검의 몬스터 매드 소드. 그것이 여러 개 모이면서 탄생하는 것이 바로 매드 소드 레기온이었다.

가장 경계해야 하는 특성은 모여든 매드 소드의 숫자와 등급에 따라 레벨이 결정된다는 점이었다. 레벨이 높을수록 좋은 무기가 많이 섞여 있는 셈이었다.

"여기서 나오는 몬스터는 스컬페이스 · 무사도라고 하지 않았어?"

"보스가 바뀌었으니까 등장하는 몬스터도 바뀐 걸 거야. 이쪽이 더 강한 것 같아."

미츠요의 말처럼 유니크 몬스터인 사무라이 타입의 스컬페이스 · 무사도보다도 매드 소드 레기온이 훨씬 강력했다.

매드 소드 레기온에 대한 사전 정보가 없었던 것을 보면, 『흑무녀 신사』에서 정찰 부대를 보낸 뒤에 탄생했는지도 몰랐다.

"공격해옵니다!"

슈니가 경고하고 나서 몇 초 뒤에 매드 소드 레기온이 공중에 뜬 무기를 탄환처럼 발사했다.

신, 슈니, 미츠요는 각자의 무기로 튕겨냈고 티에라는 카게로우의 등에 타며 회피했다. 스즈네는 무사 식신에게 요격시켰다.

튕겨나가거나 회피해서 땅에 박힌 무기 모두 금방 매드 소드 레기온 쪽으로 되돌아갔다.

"신화급 무기가 꽤나 많이 섞여 있군. 어쩌면 고대급도 있을지 모르겠어."

신은 날아오는 무기를 보고 그런 판단을 내렸다. 실제로 스즈네의 식신이 들고 있던 검은 이가 빠지고 부러지기 직전이었다.

"괜찮아! 내가 마력을 보내면 이 정도는 금방—."

원래대로 돌아온다. 그렇게 이야기하려던 스즈네가 말을 잇지 못했다.

스즈네도 경계하지 않았던 것은 아니었다.

그러나 스즈네의 의식이 다른 곳에 쏠린 한 순간의 틈을 노리고 매드 소드 레기온의 후방에 있던 코토네가 스즈네를 향해 돌진해왔다.

이동 무예 스킬【축지】를 이용한 고속 이동이었다.

선정자의 능력치와 『오니마루』를 장비하면서 얻은 능력치 상승, 그리고 마기에 의한 강화까지 합쳐지면서 스즈네가 알던 것과는 차원이 다른 속도를 보여준 것이다.

눈 깜짝할 사이. 코토네의 움직임을 굳이 표현한다면 그 말이 가장 잘 어울렸다.

스즈네가 그것을 깨달았을 때는 이미 코토네가 『오니마루

쿠니츠나』를 칼집에서 뽑아 스즈네의 목을 베기 위해 달려오
고 있었다.

"……?!"

당한다—.

스즈네가 반사적으로 눈을 감은 순간, 금속끼리 부딪치는
소리가 울려 퍼졌다.

"정찰하러 왔던 녀석들이 어떻게 도망쳤는지 모르겠군."

스즈네가 눈을 뜨자 그곳에는 검은 코트가 나부끼고 있었
다.

"멍하니 있을 때가 아냐! 이름을 불러!!"

신이 『오니마루』를 『무월』로 받아내며 외쳤다.

코토네의 장비는 근접 무기인 『오니마루』뿐이었다. 그래서
언제 돌격해올지 모른다고 생각하며 경계했던 것이다.

무네치카, 미츠요라는 천하오검을 강화해본 신은 『무월』의
무기 성능이 더 높다는 걸 알 수 있었다.

하지만 마기에 잠식된 『오니마루』는 『무월』과 힘겨루기를
하면서도 내구도가 줄어드는 것 같지 않았다.

—【린도 코토네 레벨 904】.

신의 【애널라이즈】에 방금 전과 다른 정보가 표시되었다.
플레이어의 레벨 상한은 255였고 그것을 뛰어넘는 것은 특수
한 경우를 제외하면 몬스터뿐이었다.

현재의 코토네는 사람과 몬스터 양쪽의 특성을 가진 것 같

왔다.

"흡!"

신을 밀어내려는 코토네의 등 뒤에서 미츠요가 공격해 들어갔다. 구출할 수 있다면 최선을 다하겠다고 약속한 미츠요는 【불살태도(不殺太刀)】를 발동하며 『오오덴타 미츠요·진타』를 휘둘렀다.

다시 한번 금속음이 울려 퍼졌다.

그것은 미츠요의 공격을 튕겨내는 소리였다.

코토네는 양손으로 다루던 『오니마루』를 오른손에 들고 왼손으로 새로운 무기를 꺼내 미츠요의 공격을 튕겨낸 것이다.

"신!!"

"그래!"

한 손으로 줄어들면서 『오니마루』를 잡은 힘이 약해졌다.

미츠요가 기습할 수 있도록 일부러 힘겨루기로 몰고 간 것이지만 더 이상 그럴 필요가 없어지자 신은 스킬을 발동했다.

"일단은 무기를 노려야겠지."

맹렬히 맞서던 『무월』과 『오니마루』 사이에서 강한 충격이 발생했다.

신이 발동한 것은 검술 무예 스킬 【허공 치기】였다. 상대의 무기를 강한 충격으로 튕겨내서 일시적으로 사용할 수 없게 만드는 스킬이었다.

두 검 사이에서 발생한 충격파가 코토네의 손에서 『오니마루』를 튕겨냈다. 그리고 보조 효과로 『오니마루』를 들고 있던 코토네의 팔도 일시적으로 둔해졌다.

"됐어— 아닛?!"

단숨에 거리를 좁히며 제압하려던 신은 접근해오는 살기를 느끼고 그 자리에서 『무월』을 휘둘렀다. 연속으로 금속음이 울리면서 부러진 검과 창이 신의 주위에 흩어졌다.

살기의 정체는 매드 소드 레기온을 형성한 무기의 일부였다. 검신을 따로 조종할 수 있었기에, 몇 개의 무기로 코토네를 엄호해준 모양이었다.

"조금만 더 하면 됐는데, 아까워!"

신과 마찬가지로 미츠요도 자신에게 날아드는 무기를 튕겨내고 있었다.

"슈니를 상대하면서 이쪽까지 공격해오다니. 무기의 등급이 높으면 지성도 높아지는 걸까?"

무기를 교묘하게 조종해 슈니의 마법을 피한 매드 소드 레기온이 거대한 몸으로 공격해왔다.

하나의 거대한 개체가 아니라 수많은 개체들이 모여 만들어진 군체였기에 그 공격은 신출귀몰했다.

슈니와 티에라의 공격을 받으면서 처음보다 작아지긴 했지만 쓰러뜨리려면 아직도 많은 시간이 걸릴 것 같았다.

"언니……."

스즈네는 공중에 뜬 대량의 무기를 거느린 코토네에게 무슨 말을 해야 좋을지 몰랐다.

신이 중간에 끼어들지 않았다면 지금쯤 스즈네는 목숨을 잃었을 것이다. 그녀는 그토록 따르던 언니가 동생인 자신을 죽이려 했다는 사실에 동요하고 있었다.

"멍하니 있지 말라니까!"

"앗!"

신은『무월』을 코토네에게 향한 채로 스즈네의 머리에 수도(手刀)를 날렸다. 갑작스러운 일격에 당한 스즈네는 눈을 연신 깜빡거렸다.

"동요하지 말라는 건 아냐. 희망이 사라지기 전까지는 싸움에 집중하라고."

"무, 무슨 소리를……."

"저 얼굴을 봐."

신이 칼끝으로 가리킨 것은『오니마루』를 주워 들어 이도류를 펼친 코토네의 왼쪽 눈이었다. 그곳에서 투명한 물방울이 흘러내렸다.

"이곳에 처음 들어왔을 때 눈물 같은 건 흘리지 않았어. 아직 마기에 저항하는 건지도 모른다고. 포기하지 마."

신은 그 말을 남기고『무월』을 치켜들며 코토네에게 달려들었다.

신이 멀어진 틈을 타서 공중에 떠 있던 무기가 스즈네를 향해 날아왔지만 이번에는 미츠요가 그것을 전부 막아냈다.

"이쪽은 맡겨둬!"

신은 미츠요에게 고마움을 느끼며 코토네를 공격했다.

코토네는 오른손에 든 『오니마루』와 왼손의 검을 능숙하게 움직이며 신의 공격을 막아냈다. 하지만 왼손에 든 평범한 검은 채 3합도 버티지 못하고 부러져버렸다.

"―!"

코토네는 뒤로 물러나며 부러진 검을 신에게 던졌고 허공에 떠오른 무기 중에서 다른 검 한 자루를 손에 쥐었다. 다른 무기와는 눈에 띄게 다른 아우라를 발산하는 그것은 고대급 일본도 『무도 카네미츠(無道兼光)』였다.

"고대급…… 역시 있었군."

신은 코토네의 공격을 『무월』로 쳐내며 왼팔을 내밀었다.

그와 동시에 맨손 무예 스킬 【수경충(水鏡衝)】을 발동해서 코토네의 흉부를 노렸다.

제아무리 선정자라도 호흡을 하지 못하면 움직임이 둔해질 수밖에 없었다. 그런 판단으로 시도한 공격이었지만 코토네는 『오니마루』를 방패 삼으며 아슬아슬하게 회피했다.

"뭐지?"

검신이 얇은 도검의 배 부분으로 상대의 공격을 받아낼 경우 무기에 상당한 부담을 주게 된다. 어지간히 튼튼한 무기가 아니라면 절대 시도할 수 없는 방어 방법이었다.

『오니마루』의 등급을 생각하면 불가능한 일은 아니었지만 신의 일격을 받아내기에는 약간 부족했다.

신이 그 점을 의아하게 생각했을 때 코토네의 얼굴이 고통으로 일그러졌다. 『오니마루』를 뒤덮은 마기의 색이 짙어지며, 신이 아무것도 하지 않았음에도 칼날의 일부가 저절로 떨어졌다.

"이 녀석, 일부러?!"

신은 『오니마루』를 처음 봤을 때 검신이 깨끗하게 유지된 것에 위화감을 느꼈다. 『염옥의 최심부』에서는 보스가 가진 『도지기리 야스츠나』가 엉망진창인 상태였기 때문이다.

방금 전 코토네의 행동을 보면 『오니마루』가 온전할수록 오히려 마기에 불리할지도 모른다는 가설이 설득력을 얻기 시작했다.

고대급 무기는 원래 마기에 대한 내성을 가진다. 하물며 카구츠치의 곁에 모인 천하오검이라면 마기에 강하게 저항해도 이상할 것은 없었다.

"검신에 대미지를 줄 수 없도록 마기를 없애면 어떻게 될까?"

신은 다시금 코토네에게 덤벼들었다. 『무월』을 휘두르며 대(對)마기용 검술 스킬을 발동한 것이다.

"이건 어떠냐!"

『무월』이 강한 은빛으로 빛나며 『오니마루』와 접촉했다. 그러자 『오니마루』를 뒤덮던 마기가 흩어졌다. 코토네의 몸에서도 눈에 띌 만큼 힘이 빠져나갔다.

검술/빛 마법 복합 스킬【액 자르기】로 발생한 은색 빛은 【액막이】와 동일한 효과를 갖고 있었다. 그것을 휘감은 『무월』과 맞부딪치면 『오니마루』를 뒤덮은 마기도 일시적으로나마 효과를 잃는 것이다.

신은 코토네의 손에서 다시 한번 『오니마루』를 튕겨내고 왼손에 든 『무도 카네미츠』를 『무월』의 칼자루로 튕겨냈다.

공중에 뜬 『무도 카네미츠』가 다시 코토네에게 돌아오기 전에 신은 2연속 공격을 가했다.

검술 무예 스킬【송곳니 울기】였다.

검의 궤적이 『무도 카네미츠』에게 겹쳐지듯이 브이 자를 그리자 그에 맞춰 검신이 3등분되었다.

예상보다 훨씬 무른 것에 신이 놀랄 틈도 없이, 세 동강이 난 『무도 카네미츠』는 모래처럼 무너져 내리며 사라졌다. 몬스터의 일부가 되면서 무기로서의 강도는 유지되지 못한 듯했다.

"—?!"

신이 『무도 카네미츠』를 소멸시킨 직후에 슈니와 티에라 쪽에서 금속을 마구 비벼대는 요란한 소리가 울려 퍼졌다.

신이 순간적으로 시선을 향하자 매드 소드 레기온을 구성하는 무기의 일부가 통제를 잃은 것처럼 제멋대로 움직이고 있었다.

신이 파괴한 『무도 카네미츠』는 매드 소드 레기온의 코어 역할을 일부 맡았던 것 같았다.

"미안하지만 놓칠 수는 없어."

『무도 카네미츠』를 파괴한 짧은 순간에 도망치려던 코토네를 신이 몸으로 덮치며 땅에 붙잡아두었다. 그녀의 눈에서는 지금도 눈물이 흐르고 있었다.

"움직임을 봉해둘게. 조금만 참아."

그렇게 말하는 신의 머리 위에서 일곱 색의 구체가 출현했다.

불 마법의 빨간색, 물 마법의 파란색, 흙 마법의 갈색, 바람 마법의 녹색, 번개 마법의 노란색, 빛 마법의 흰색, 어둠 마법의 검은색까지, 그것은 각 마법 스킬의 속성을 나타내는 색이었다.

"【엘레멘탈 바인드】."

구체에서 각각의 색이 띠처럼 뻗어 나와 코토네와 『오니마루』를 향해 쏟아졌다.

신의 몸을 피하며 움직인 빛의 띠는 사람 한 명과 무기 한 자루에 휘감기며 움직임을 완전히 봉인했다.

이 상태라면 일정 시간 동안 외부의 공격을 받지 않는 대신에 아무 행동도 할 수 없게 된다. 그리고 그것은 마기에 잠식당한 상태에서도 마찬가지였다.

사용자에 따라 바로 파괴될 수도 있지만, 신이 사용하면 레벨 900이 넘는 코토네조차 전혀 움직일 수 없었다.

신성 마법이 포함되진 않았지만 일곱 개의 속성 전부를 사용했기 때문인지 마기도 제압되고 있었다.

"속도가 조금만 더 빨랐다면 좋았을 텐데."

코토네의 몸 위에서 일어나며 신이 중얼거렸다.

【엘레멘탈 바인드】는 매우 우수한 스킬이지만 대상을 향해 움직이는 빛의 띠가 너무 느려서 그냥 사용하면 명중할 수 없었다.

그래서 게임 시절에는 속도가 빠른 『섀도우 바인드』나, 속도와 정확도의 밸런스가 좋은 『아크 바인드』가 많이 쓰였다.

신은 코토네가 움직이지 못하는 것을 확인하고 조금 떨어진 곳에 떨어진 『오니마루』를 회수해달라고 미츠요에게 부탁했다.

【엘레멘탈 바인드】로 마기가 봉인된 데다 『성천의 영약』을 먹은 효과 덕분인지, 미츠요가 『오니마루』를 만져도 문제가 생기지는 않았다.

코토네 쪽을 돌아보자 스즈네가 필사적으로 그녀의 이름을 부르고 있었다.

"자, 남은 방해꾼은 저 녀석뿐이로군."

신은 슈니와 티에라의 공격으로 상당히 작아진 매드 소드 레기온을 돌아보았다.

군체인 매드 소드 레기온에게도 의식이 존재하는지는 모르지만 슈니, 티에라, 카게로우의 연계 공격을 필사적으로 피하는 것처럼 보였다.

애초에 슈니가 전력으로 싸웠다면 쓰러뜨리고도 남을 만한 상대였다.

아직 소멸되지 않은 것은 밀폐된 공간에서 싸우다 보니 슈니가 광범위 공격을 자제했기 때문이다. 군체인 상대를 일일이 해치우려면 많은 시간이 걸릴 수밖에 없었다.

그러나 코토네의 신변을 확보하고 즉시 정화하고 싶었던 신은 더 이상 소모전을 벌일 생각이 없었다.

"슈니! 다른 사람들을 방어해줘!"

신은 슈니가 고개를 끄덕이는 것을 확인하고 스킬을 선택했다.

"【라피드 캐스트(연속 영창)】―【건 파이어】!"

MP가 바닥날 때까지 선택한 마법을 무한정 사용하는 스킬로 불 마법 스킬【건 파이어】를 발동한 것이다.

신의 주위에 대량의 불구슬이 생겨나더니 매드 소드 레기온을 향해 날아갔다.

불구슬 자체의 크기는 15세메르 정도였고 그렇게 빠르지도 않아서 공중에 뜬 무기들은 그것을 간단히 피했다.

하지만 불구슬이 아무것도 없는 공간을 통과한다고 생각한 순간 갑자기 폭발하면서 5세메르 정도의 작은 불구슬을 주변에 흩뿌렸다.

일제히 폭발한 불구슬은 공간을 가득 채우듯 작은 불구슬을 흩날렸고 매드 소드 레기온을 구성하던 무기들을 산산조각 냈다.

　아군과 적군을 가리지 않는 무차별 공격이었지만 슈니가 전개한 얼음 장벽이 아군의 피해를 막아주었다.

　슈니와 티에라의 공격으로 숫자가 줄어든 매드 소드 레기온의 모든 무기가 파괴되면서 『무도 카네미츠』와 마찬가지로 모래처럼 무너져 내렸다.

　남은 것은 신에게 구속된 코토네와 『오니마루』뿐이었다.

　『오니마루』에는 미츠요가 다가가 있었다.

　"티에라! 정화를 부탁해!"

　신의 외침에 티에라가 『오니마루』를 향해 달려갔다.

　"……손을 잡아줘."

　코토네 옆을 지나면서 스즈네에게 그리 말한 뒤, 티에라는 『오니마루』를 정화하기 시작했다.

　『염옥의 최심부』 때와는 달리 코토네까지 정화해야 했기에 이번에는 신이 『오니마루』에, 그리고 슈니가 코토네에게 【액막이】를 사용했다.

　"─."

　『오니마루』를 뒤덮은 마기가 사라지기 시작했다. 그에 따라 코토네의 입에서도 신음 소리가 새어 나왔다.

　"언니!"

코토네가 괴로워하자 스즈네는 필사적으로 언니의 이름을 불렀다. 코토네가 발버둥을 치려 했지만 신의【엘레멘탈 바인드】에 전부 가로막혔다.

"—휴우, 끝났어."

잠시 뒤에 티에라가 이마의 땀을 닦으며 말했다. 비틀거리지 않는 것을 보면 지난번보다 기력을 덜 소모한 모양이었다.

"신, 나머지 일은 부탁할게."

"맡겨줘."

신은 티에라가 건네준 『오니마루』의 상태를 꼼꼼히 점검했다.

내구도는 2할 정도 감소되었지만 『도지기리』와 비교하면 전체적인 손상은 놀랄 만큼 작았다. 이 정도라면 지난번처럼 긴급한 상황은 벌어지지 않을 것이다.

신이 『오니마루』의 상태를 이야기해주자, 걱정스럽게 지켜보던 미츠요는 안심하는 표정을 지었다.

"자, 다음은 이쪽이군."

신은 『오니마루』를 미츠요에게 맡기고 코토네 쪽을 돌아보았다. 마기가 어떤 영향을 끼쳤을지 몰랐기에 아직도 몸을 구속한 상태였다.

신은 만약의 사태에 대비해서 스즈네를 뒤로 물러나게 하고 코토네의 상태를 확인했다. 【애널라이즈】에는 더 이상 보스로 표시되지 않았다. 침투했던 마기도 사라진 것 같았다.

의식이 없는지 눈은 꼭 감고 있었다.

"일단 보기엔 문제가 없는 것 같아."

"이제 마기는 느껴지지 않으니까 구속을 풀어도 괜찮을 것 같아."

마기에 민감한 티에라가 확인해주었기에 신은 시키는 대로 했다.

【엘레멘탈 바인드】의 영향으로 약간 공중에 떠 있던 코토네의 몸은 가만히 두면 땅에 떨어지기 때문에 일단 신이 팔로 받아냈다.

"음······."

받아낼 때의 충격에 눈을 뜬 것인지 코토네가 신음 소리를 냈다.

"괜찮으세요?"

"으으······ 나······는······?"

"언니!"

코토네의 목소리를 들은 스즈네가 신의 반대편으로 돌아 들어왔다.

"나야! 스즈네야! 알아보겠어?!"

"그래······ 알아."

코토네는 스즈네와 이야기하면서 의식이 선명해졌는지, 동생을 안심시키려는 듯이 부드럽게 웃어 보였다.

"설 수 있겠어요?"

"죄송합니다. 아직 몸이 제대로 움—."

"움?"

미안하다는 듯이 얼굴을 숙인 코토네의 말이 이어지지 못했다.

신이 무슨 일인가 싶어 상태를 살피자 코토네의 몸이 부들부들 떨리고 있었다.

"내, 내가 어째서 이런 망측한 꼴을⋯⋯?!"

처음 눈을 떴을 때는 자신이 어떤 복장인지 몰랐던 모양이다.

구속된 상태에서는 빛의 띠가 몸을 가려주었지만 그것이 사라진 지금은 상당히 아슬아슬하게 찢어진 무녀복을 걸치고 있을 뿐이었다.

벌거벗은 것보다 오히려 선정적인 모습이었기에 코토네는 새빨개진 얼굴로 어떻게든 몸을 가리려고 온몸을 비틀었다.

"아⋯⋯."

"어⋯⋯ 아, 아니 왜?!"

일시적이지만 몬스터로 인식됐었던 탓일까.

몸을 비튼 움직임이 방아쇠를 당긴 것처럼 코토네의 무녀복이 매드 소드 레기온처럼 모래로 변해 흩어져버리고 말았다.

뒤에 남은 것은 당연히 아무것도 걸치지 않고 신에게 안긴 코토네의 모습이었다.

신은 바로 시선을 피했지만 코토네의 굴곡진 몸매가 시야 한편에 들어오는 것까지 막을 수는 없었다.

"이걸……!"

그것을 본 슈니가 즉시 옷을 꺼내 코토네를 덮어주었다.

"누구든 좋으니까 대신 들어줘."

고개를 최대한 돌리는 것도 한계에 다다른 신은 더 이상 버틸 수 없다는 듯이 도움을 요청했다.

슈니 덕분에 몸의 정면은 가려졌지만 신이 받치고 있는 등 쪽은 아직 알몸이었다. 옷이 사라지기 전에는 전혀 의식하지 않았지만, 알몸이 된 지금은 살이 닿는 감촉이 팔에 생생하게 전해져왔다.

신은 눈앞에 있던 스즈네에게 코토네를 인계하고 멀찍이 물러났다.

"신, 나중에 할 이야기가 있는데요."

"……최대한 너그럽게 부탁합니다."

지금은 마기보다도 슈니의 미소가 더 무서웠다.

의뢰를 완수했음에도 신은 아직 조금도 안심할 수 없었다.


코토네를 구하고 『오니마루』를 회수한 신 일행은 즉시 『시체의 역계』에서 탈출하기로 했다. 아직 제대로 움직이지 못하는 코토네는 스즈네의 식신을 타고 이동했다.

"그건 그렇고 아이템 박스 내용물이 무사해서 다행이네요."

코토네의 의복이 전멸했지만 지금은 자신의 아이템 박스에서 꺼낸 옷으로 갈아입은 상태였다. 코토네는 이 세계의 주민 중에는 흔치 않은 아이템 박스 소유자(홀더)였던 것이다.

"아까는…… 저기, 부끄러운 모습을……."

코토네는 새빨개진 얼굴로 대답했다. 신을 힐끔힐끔 쳐다보면서 부끄럽다는 듯이 얼굴을 숙이고 있었다.

"아…… 저기, 되도록 그건 언급하지 않는 편…… 앗!"

신은 말을 끊으며 날아오는 식신을 피했다. 돌아보니 스즈네가 약간의 살기가 담긴 시선을 보내고 있었다.

코토네가 탄 식신을 사이에 두고 신의 반대편에 있던 스즈네는 엄청난 속도로 신과 코토네 사이로 끼어들었다.

"언니의 속살을 봤다는 걸 어디 가서 이야기하면 내가 널 죽이러 갈 거야."

"말 안 한다고……. 아니, 말 못 한다고."

신은 가벼운 한숨을 쉬며 대답했다.

스즈네가 이 정도로 살기를 내뿜는 것은, 남자인 신이 알몸을 본 것 때문에 "이제 시집은 못 가겠네요"라고 말하던 코토네가 당사자인 신에게 "혹시 받아주실 수 있을까요?"라고 물었기 때문이다.

코토네가 신과 슈니의 관계를 짐작했기 때문에 나온 짓궂은 장난이었다. 그러나 스즈네는 농담으로 받아들이지 않고 계속 신을 경계하고 있었다.

고아로 자라난 두 사람은 서로가 유일한 가족이었다. 아무리 은인이라지만 알몸을 본 것 때문에 언니가 시집간다는 것은 받아들이기 힘든 모양이었다.

"너 같은 녀석한테 언니를 시집보낼 줄 알고?!"

"잠깐! 나한테는 그럴 생각이 없다고 아까도 말했잖아! 주위 시선이 신경 쓰이니까 그런 소리 좀 그만하라고!"

코토네가 진심이었다 해도 신은 받아들일 생각이 없었다. 오히려 스즈네가 크게 떠들어대는 것이 사태를 악화시키는 것 같아 걱정이었다.

"정말 좋은 분들이시네요."

코토네는 신과 스즈네의 대화를 온화한 표정으로 바라보았다.

"그렇게 생각하신다면 신을 너무 곤란하게 하지 말아주세요."

"죄송해요. 이런 저를 상대로도 당황해주시는 게 기뻐서요."

슈니가 타이르자 코토네는 순순히 고개를 숙였다.

마기에 잠식당했던 코토네는 자신이 불길한 존재라고 인식하는 것 같았다. 그녀의 표정에는 약간의 그늘이 져 있었다.

"뭐, 조금 정도는 괜찮겠죠."

"허락해주시는 건가요?"

신이 코토네의 알몸을 봤을 때 가장 험악한 분위기를 발산했던 사람이 바로 슈니였다. 그것을 느꼈던 코토네는 슈니의 반응에 놀랐다.

"그만큼 저도 어리광을 피우면 되거든요."

태연한 표정으로 슈니가 말하자 코토네는 잠시 멍한 표정을 짓다가 작게 웃었다.

"후후. 그러면 조금만 놀릴게요."

그 뒤에 "이런 더러운 몸은 건드리고 싶지도 않으신 건가요?"라고 코토네가 기어 들어가는 목소리로 말하자 신의 입장은 더욱 난처해졌다.

"아니, 더럽혀졌다니, 그건 말도 안 되잖아요? 마기는 완전히 정화했으니까 코토네 씨의 몸은 깨끗하거든요. 그건 정말 어쩔 수 없이 벌어진 일이니까 그만해주시면 안 될까요?"

신은 괴로운 표정으로 말했다. 코토네가 애원하는 표정을 지었기 때문이다. 눈가에는 투명한 눈물까지 맺혀 있었다.

이 정도면 정말 진심인가 싶은 생각이 들기도 한다.

"언니가 마음에 안 든다는 거야?!"

"넌 찬성인지 반대인지부터 분명히 하면 안 되겠냐?!"

스즈네가 갑자기 화를 내자 신은 즉시 모순된 점을 지적했다.

"스즈네하고는 사이가 좋은가 보네요."

"뭐가 좋다는 거야?! 언니, 아직도 제정신이 안 돌아온 거 아냐?!"

"그렇게 감정을 있는 그대로 드러내는 스즈네는 오랜만에 보는걸."

코토네는 그렇게 말하며 살짝 웃었다.

"크윽, 등 뒤가 따갑군."

그러는 동안에도 신의 뒤에서는 티에라와 미츠요가 엄청난 불쾌감을 드러내고 있었다.

아무리 우연이라지만 코토네의 알몸을 본 건 사실이었기에 신은 그런 반응을 감내할 수밖에 없었다.

하지만 불쾌감이 표정에 드러나는 티에라와 미츠요는 그나마 나은 수준이었고, 아무 말 없이 웃기만 하는 슈니가 가장 무서웠다.

'어째서 게임 때처럼 보스 공간에 전송 포인트가 없는 거야……'

그런 생각이 드는 것도 어쩔 수 없었다.

신은 근본적인 문제 해결이 못 된다는 것을 알면서도 한시라도 빨리 지금 상황에서 벗어나고 싶었다.

✝

"힘들었나 보구나. 여러모로."

"네, 뭐. 엄청 힘들었죠."

몬스터의 습격을 거의 받지 않고 무사히 던전에서 나온 신 일행은 『흑무녀 신사』의 길드하우스로 돌아왔다.

그곳에서는 코토네가 돌아왔다는 소식을 듣고 많은 무녀들이 모여 있었다.

신 일행은 길드마스터의 방에 가서 던전에서 무슨 일을 겪었는지 자세히 보고하는 중이었다.

"『오니마루』 덕분에 코토네 씨의 의식이 유지되었던 것 같습니다. 육체적으로도 변이를 일으키거나 손상되지는 않았던 것 같고요."

"일단 우리 쪽에서도 검사를 하고 있어. 5년이나 붙잡혀 있었으니까 많이 걱정했는데 의사도 몸에 이상은 없는 것 같다고 했어."

이 세계에는 다양한 회복 수단이 존재했지만 아무 데서나 【힐】【큐어】 같은 아츠나 포션을 찾아볼 수 있는 것은 아니었다. 그런 것에 의존하지 않는 기본적인 의료 기술도 『흑무녀 신사』에 갖춰져 있었다.

스즈네도 검사 중인 코토네를 따라가느라 자리를 비운 상태였다.

"그건 그렇고, 왜 아직도 『오니마루』의 구속을 풀어주지 않는 거야?"

코토네에 대한 보고가 끝나자 신은 미츠요에게 물었다.

『오니마루 쿠니츠나』는 던전 안에서 완전히 정화되어 이제 정상으로 돌아왔지만 무슨 일인지 미츠요가 구속을 풀지 말아달라고 한 것이다.

"어쩔 수 없지. 할 수만 있으면 이 상태로 돌아가고 싶었는데……."

"아니, 뭔가 문제가 있는 거라면 강요할 생각은 없어."

"너희가 실수한 건 없어. 천하오검끼리는 이 상태로도 의사소통이 가능하니까 쿠니츠나의 의식이 돌아온 것도 확인했고."

"그럼 왜 그러는데?"

"……그건 본인한테 물어봐."

미츠요는 자기 입으로 설명하기 싫었는지, 【엘레멘탈 바인드】에 걸린 『오니마루』를 신에게 내밀었다. 전혀 위험하지는 않다고 한다.

"……그러면 풀어도 되는 거지?"

미츠요의 태도에서 약간 불길한 예감이 들었지만 계속 구속해둘 이유도 없었다.

구속에서 풀려난 『오니마루』는 바로 빛을 내며 인간의 형상으로 변화했다. 변화한 뒤의 모습은 미츠요와 무네치카처럼 여성이었다.

나이는 스무 살 전후로 보였다. 눈을 감고 있어 눈동자 색은 알 수 없지만 어깨까지 내려오는 까만 머리카락은 무네치카 못지않게 윤기 있어 보였다.

전형적인 일본식 미인이었다. 다만 앞머리가 좌우로 한 줄

기씩 붉게 염색되어 있었다. 신은 야차의 이마에 난 두 개의 뿔을 떠올렸다.

통이 넓은 일본식 바지를 입고 있었고 어깨와 몸에 갑옷의 일부가 달린 변칙적인 복장이었다. 그러면서도 허리에는 분명히 『오니마루 쿠니츠나』를 차고 있었다.

감았던 눈을 뜨자 다른 천하오검과는 다른 붉은 눈동자가 신을 바라보고 있었다.

"처음 뵙겠사옵니다. 천하오검 중 하나인 오니마루 쿠니츠나라 하옵니다. 이번에 여러분께 많은 도움을 받은 점, 감사드리옵니다."

쿠니츠나는 그렇게 말하며 정중하게 고개를 숙였다.

엄청난 일이라도 벌어질 줄 알고 잔뜩 긴장했던 신은 약간 허무함을 느꼈다.

"그리고 한 가지 묻고 싶사온데, 코토네 씨와 검을 겨루었던 분은 어디 계시옵니까? 미츠요 말고 다른 분이옵니다."

"그건 난데."

"아아! 역시 당신이셨군요!!"

신이 대답하자 쿠니츠나는 만면에 웃음을 띠며 다가왔다. 미츠요가 빠르게 끼어들었지만 가볍게 피하고, 놀라는 신의 손을 붙잡아 자신의 가슴 쪽으로 갖다 댔다.

그리고 아무도 예상치 못한 말이 흘러나왔다.

"저의 주인님이 되어주시옵소서!"

"……네?"

신이 쿠니츠나의 말을 이해하기까지는 몇 초가 더 걸렸다.

"에잇!"

"아앗!"

생각지도 못한 말에 신 일행이 모두 굳어 있는 가운데, 유일하게 이 사태를 예측했던 미츠요가 쿠니츠나의 머리를 때렸다. 신은 자신의 손을 잡은 힘이 약해지자 바로 쿠니츠나에게서 멀찍이 물러났다.

"미츠요, 어떻게 된 일인지 설명해줘."

"설명할 게 뭐 있어? 한마디로 네가 『오니마루 쿠니츠나』를 사용해달라는 거지."

신이 쿠니츠나 대신 미츠요에게 설명을 요구하자 미츠요는 한숨과 함께 대답했다.

신은 그 말을 듣고서야 미츠요가 쿠니츠나를 계속 묶어둔 이유를 알아차렸다.

"그 정도로 격렬하게 해준 사람은 처음이었사옵니다."

"무슨 소리야?!"

쿠니츠나는 미츠요의 구박에도 굴하지 않고 신을 간절하게 바라보았다. 쿠니츠나의 눈동자가 반짝반짝 빛나는 것처럼 보일 정도였다.

"이거 또 엄청난 아이가 나타났네."

"그렇구려. 하지만 무기라면 뛰어난 주인을 원하는 게 당연하오."

"거기 두 사람, 남의 일인 양 말하지 말라고. 주인이 될 수 있는 건 너희들도 마찬가지잖아."

감탄하는 필마와 슈바이드에게 신이 항의하듯 말했다. 능력치를 보면 슈니를 포함한 신의 부하들 모두가 충분한 후보가 될 수 있었다.

덧붙이자면 슈니는 작은 목소리로 "신이 받아들일 리가 없잖아요"라고 중얼거렸다.

"쿠니츠나 씨에게는 미안하지만 내 무기는 『진월』로 정해져 있어요. 그러니까 당신의 주인이 될 수는 없을 것 같네요."

"그렇……사옵니까. 유감입—."

"자, 쿠니츠나의 헛소리도 끝났으니까 하던 이야기를 계속하자."

풀이 죽은 쿠니츠나의 말을 끊으며 미츠요가 입을 열었다. 쿠니츠나를 너무 무시하는 게 아닌가 싶기도 하지만 미츠요는 이미 이런 결과를 예측했던 모양이다.

"미츠요, 너무하옵니다."

"내가 이렇게 될 거라고 했잖아. 그래서 이제부터는 어떻게 할 거야?"

"글쎄. 여기서 해야 하는 일은 이제 끝난 거잖아."

신이 바로 후지로 돌아가도 좋다고 하자 쿠치나시가 그것을 막았다.

"그러면 축연에 참가하지 않을래?"

"축연이오?"

"희생자가 나오긴 했지만 던전에 있던 『오니마루』를 회수했고 코토네도 무사히 돌아왔잖아. 그리고 가장 큰 걱정이던 마기도 사라졌어. 너희들의 힘을 빌리긴 했지만 충분한 성과지. 다들 내색은 안 했지만 코토네가 던전 공략에 실패한 뒤로는 음침하고 자포자기하는 분위기가 만연했거든. 그러니까 그걸 털어내는 의미에서 축하하는 자리를 마련하고 싶어."

모처럼 열리는 축연에 주인공이 빠질 수는 없었다. 쿠치나시는 그렇게 말하며 신 일행에게 꼭 참석해달라고 부탁했다.

"제 입장에선 얼굴과 이름이 알려지면 별로 좋을 게 없어서요."

"바르멜에서 있었던 일은 들었어. 솔직히 말하면 이제 와서 감출 필요는 없다고 생각해, 오히려 {그} 신이 한 일이라고 이야기하면 모두들 납득하지 않을까?"

"그렇게나 유명해졌나요? 성가신 일이 생길 것 같아서 바르멜을 떠난 뒤로는 모험가 길드에 한 번도 안 가봤거든요."

이미 늦었다는 쿠치나시의 말도 일리가 있었다.

하지만 잡다한 몬스터들을 쓰러뜨리고 다니는 것과 마기가 들끓는 던전을 클리어하는 것은 차원이 다른 이야기였다. 발 없는 말이 천 리 간다지만 최대한 숨기려는 노력은 하고 싶었다.

"절반은 사실이지만 나머지 절반은 과장 섞인 소문이야. 그 과장도 신 군이라면 충분히 해낼 만한 내용이지만 말이지. 정보에 밝은 사람이라면 아마 금방 알아채지 않을까?"

"그건 어쩔 수 없겠네요. 북쪽으로 향하는 우리를 목격한 사람은 꽤 될 테고, 관련된 정보를 수집하다 보면 우리가 수상하다는 것 정도는 금방 알 테니까요."

은밀하게 행동해온 것도 아니었기에 어차피 언젠가는 들킬 일이었다. 신은 단념하고 오히려 당당하게 나가기로 마음먹었다.

"알겠습니다. 그렇다면 차라리 대대적으로 제가 한 일이라고 선전해주세요. 어차피 앞으로도 제가 조용히 지낼 리는 없을 테니 정체가 밝혀지는 건 시간문제겠죠."

"그러면 신 군을 주인공으로 해서 이야기를 만들어볼게."

다른 멤버들도 언급하지 않을 수는 없겠지만 최대한 신을 중심으로 한 소문을 퍼뜨리겠다고 쿠치나시는 약속해주었다.

"그러면 이제 보수에 대한 이야기만 남았네."

"보수라고요? 그런 이야기는 없었잖아요. 우리는 어디까지나 개인적인 사정으로 이곳에 와서 출입 금지 지역인 『흑무녀 신사』의 관리 구역에 들어온 거니까요."

신 일행은 『오니마루』를 회수해야 했다. 『흑무녀 신사』에서는 코토네를 구출하고 마기를 정화하고 싶었다.

결국 서로의 이해관계가 일치했기에 협력했던 것뿐이다.

물론 신과 쿠치나시가 예전부터 아는 사이였기에 철저한 계약 관계는 아니었지만 말이다.

"그럴 수야 없지. 소중한 동료를 구해줬는데 아무 보답도 하지 않았다는 이야기가 돌면 우리 체면이 어떻게 되겠어? 우리가 던전 공략에 실패해서 애를 먹고 있다는 건 알 사람은 다 아는 이야기였어. 그러니까 이번 활약에 걸맞은 대가를 지불했다는 {퍼포먼스}가 필요한 거야. 이번 일은 어디까지나 계약에 기반을 두고 이뤄졌다는 걸 보여주기 위해서 말이지. 나와 신 군이 개인적으로 아는 사이라는 건 물론 숨길게. 그게 알려지면 나를 통해 신 군을 이용하려는 사람들이 생겨날지도 모르니까 말이야."

『흑무녀 신사』도 이 땅을 독자적인 힘으로 다스리는 것은 아니었고 형식상으로는 쿠죠 가문의 위임을 받은 것이라고 한다.

그렇다 보니 주변 세력들과의 마찰을 피하기 위해 대외적인 관계를 늘 고려해야 한다며 쿠치나시는 한숨을 쉬었다.

다만 『흑무녀 신사』의 역할을 대신할 수 있는 세력은 없기 때문에 무리한 요구는 하지 않는 것이 그나마 다행이라고 한다.

많은 무녀들을 거느리려면 필연적으로 따르는 고충일 것이다.

"뭐, 보수는 형식적으로 처리해주세요. 하지만 우리를 외교에 이용하지 않겠다고 약속해주시겠어요?"

"알았어. 나도 그 정도로 염치없는 사람은 아닌걸."

그 뒤에 형식적인 보수와 숙박 장소에 대한 이야기를 나눈 뒤에 신 일행은 방에서 나왔다.

쿠치나시는 신 일행이 실패하리라는 생각을 전혀 하지 않았는지, 코토네가 구출되었을 경우와 마기만 정화했을 경우의 축연 준비를 따로 진행한 모양이었다.


축연 준비는 순식간에 끝났고 귀빈으로서 호화로운 옷을 입은 신과 슈바이드가 기다리는 사이, 옷을 갈아입은 여성 동료들이 나타났다.

"오~ 역시 검은 머리는 무녀복이 돋보이는군."

『흑무녀 신사』의 검은색 무녀복과 달리 흰색 상의에 붉은 바지인 전형적인 무녀 복장을 입고 나타난 사람은 티에라였다.

금색 눈동자와 은색 브릿지가 약간의 위화감을 주었지만 윤기 있는 긴 흑발이 무녀 의상과 매우 잘 어울렸다.

시선이 부끄러웠는지 뺨을 살짝 붉힌 것도 신에게는 더욱 귀여워 보였다.

"그렇게 빤히 쳐다보지 마."

"일부러 그런 건 아닌데 말이지. 잘 어울려서 시선이 가는 걸 어쩌겠어."

"뭐, 알았어. 어차피 스승님이 오면 그쪽으로 화제가 집중될 테니까."

티에라는 은색 머리카락 끝을 손에 돌돌 말면서 자신이 걸어 나왔던 문을 돌아보았다.

다음으로 등장한 것은 코토네와 필마였다.

흑발에 검은 눈동자를 가진 코토네는 신이 생각하는 무녀의 이미지와 정확히 일치했다. 얌전한 몸동작까지 합쳐지면서 더할 나위 없이 청초한 느낌을 주었다.

그와 반대로 너무나 당당하게 걷는 필마는 외국인이 코스프레를 한 것처럼 보였다.

"어때? 제법 나쁘지 않지?"

평소에 노출이 심한 마법 갑옷을 입고 다니다 보니, 꽁꽁싸맨 무녀복을 입자 오히려 요염한 느낌을 풍겼다.

"흐음. 미녀는 뭘 입어도 어울린다더니 가장 좋은 사례가 여기 있었구려. 인상은 상당히 다르오만."

"필마의 머리카락이 자홍색이라 그런지 빨간 바지가 잘 어울리네. 그리고 슈바이드가 말한 것처럼 묘한 반전 매력이……."

그러자 코토네도 신에게 물었다.

"저기, 저는 어떤가요?"

"솔직히 말하면 어울린다는 말 외에는 딱히 생각나는 표현이 없네요. 제가 생각하는 무녀분들의 이미지 그대로거든요."

까만 머리의 미인 무녀가 수줍게 올려다보자 그 위력은 엄청났다.

"일단 우리도 이렇게 입고 왔다고."

"……어째서 미츠요와 쿠니츠나까지 무녀복인 거야? 아니, 물론 어울리긴 한다만."

코토네와 필마에게 시선을 빼앗기던 신이 뒤에서 들리는 목소리에 돌아보자 무녀복을 착용한 미츠요와 쿠니츠나의 모습이 보였다.

기본적으로는 갑옷 차림이지만 마음만 먹으면 어느 정도 변화시킬 수 있다고 한다. 모처럼의 기회인 만큼 장소에 맞춰서 무녀복을 고른 것이다.

그럼에도 갑옷의 영향이 남았는지 미츠요의 바지에는 검정과 노랑 문양이, 쿠니츠나의 바지에는 빨강과 검정 문양이 들어가 있었다.

"저와 미츠요의 매력으로 신 님을 농락……하려 했사온데 강적이 많사옵니다."

"뭐라는 거야. 난 그런 생각 한 적 없는걸."

쿠니츠나가 곤란하다는 듯이 뺨에 손을 갖다 대며 말하자 미츠요는 고개를 휙 돌렸다. 천하오검은 정말 개성이 풍부한 것 같았다.

"자, 신. 이제 오늘 무대의 주인공이 나올 차례야."

필마가 말을 꺼냈다. 신이 고개를 돌리자 마침 슈니가 등장하고 있었다.

평소의 복장에서 무녀복으로 갈아입은 슈니는 은발을 바람에 나부끼며 천천히 걸어왔다.

다른 일행들도 마찬가지지만 목욕을 한 뒤에 가볍게 화장까지 한 덕분에, 매일 보던 온화한 미소가 더욱 눈부시게 보였다.

"……예뻐."

신의 입에서 오직 한 마디만 흘러나왔다.

외모를 칭찬하려면 얼마든지 말을 이어나갈 수 있었지만 그런 것들이 전부 무가치하게 느껴진 것이다.

신은 그만큼 넋을 잃고 바라보았다.

"역시…… 이럴 줄 알았어."

"쿠우!"

티에라가 토라진 듯이 말하는 것과 동시에 신의 다리에 충격이 느껴졌다.

신이 정신을 차리고 아래를 내려다보자 평소처럼 무녀복을 입고 뺨을 잔뜩 부풀린 유즈하가 있었다. 지금도 가느다란 다리로 신의 다리를 걷어차는 중이었다.

"유즈하를 방치하면 안 돼!"

던전에서 돌아온 뒤에도 쿠치나시에게 보고하고 축연 준비를 돕느라 유즈하와 놀아줄 짬을 내지 못했기에, 약속을 잊었다고 생각한 것 같았다.

겉모습이 성장하면서 정신적으로도 조금 의젓해진 것 같았지만 지금의 유즈하는 어린아이로 다시 돌아간 것 같았다. 어쩌면 무리하게 어른스러운 척을 했던 건지도 모른다.

"여기 남아서 열심히 지켰어! 칭찬해라!"

"미안! 미안하니까 머리에 매달리지 말라고! 앞이 안 보이잖아!"

유즈하는 인간의 모습으로 몸을 날려 신의 머리를 끌어안았다.

600레벨이 넘는 신체 능력을 최대한 활용한 기습이었기에, 슈니에게 넋이 나간 신이 피할 수 있을 리가 없었다.

유즈하를 간신히 떼어내고 나자 신의 머리는 잔뜩 헝클어져 있었다.

"—결국 이렇게 되는군."

"계속 기다리는 역할만 시켰으니까요. 오늘 정도는 특별히 봐줘도 되지 않을까요?"

슈니가 미소 지었다.

축연이라는 이름의 연회장에는 이미 많은 무녀들이 모여 있었다.

귀빈석으로 안내받은 신의 무릎 위에는 사람 모습의 유즈하가 떡하니 자리 잡고 있었다.

유즈하는 팔짱을 끼고 득의양양하게 웃으며 거칠게 콧김을 뿜어댔다. 성장한 뒤의 무표정하던 모습은 온데간데없었다.

"귀엽네요. 쓰다듬어도 되나요?"

"쿠우, 허락한다! 신도 쓰다듬어라!"

거만한 말투로 이야기하면서 머리 위의 여우 귀가 쫑긋쫑긋 움직였다. 마치 빨리 쓰다듬어달라고 재촉하는 것 같아 무척이나 사랑스러웠다.

귀빈석에는 신의 왼쪽으로 슈니, 티에라, 미츠요, 쿠니츠나, 필마, 슈바이드 순으로 동료들이 앉아 있었다. 카게로우는 티에라 곁을 지켰다.

반대편인 오른쪽으로는 코토네, 스즈네, 쿠치나시 순이었다.

귀빈석에 앉은 신 일행에게 무녀들의 시선이 집중되었다. 그중에서도 슈니와 코토네라는 두 미녀 사이에 앉아 수수께끼의 여우 귀 소녀와 놀아주는 신은 특히나 많은 주목을 받았다.

『그럼 시작할게.』

쿠치나시의 말에 연회장이 조용해졌다. 목소리를 멀리까지 닿게 해주는 바람 마법을 사용한 것 같았다.

그 자리에 있던 모두의 시선이 신에서 쿠치나시에게 옮겨 갔다.

『코토네가 돌아왔다는 소식을 이미 많은 사람이 들었을 거야. 지금까지 공략하지 못했던 던전 「시체의 역계」에서 구출됐어. 소개할게. 이분들이 코토네를 구출하고 던전을 클리어

한 모험가들이야.』

쿠치나시의 손이 신 일행을 향해 뻗었다.

미리 상의한 대로, 실제로 던전에 들어갔던 신, 슈니, 티에라, 미츠요가 자리에서 일어났다. 그러자 폭발적인 박수가 터져 나왔다.

신은 예상 밖의 뜨거운 박수에 놀랐다. 이 정도로 열렬한 반응을 보여줄 줄은 몰랐기 때문이다.

"신 군이 바르멜 공방전에서 큰 전공을 세웠다는 건 다들 이미 알고 있어."

"그랬군요."

아무래도 미리 정보를 흘린 것 같았다. 하지만 신은 소문이 너무 빠르게 퍼졌다는 생각도 들었다.

게다가 이따금씩 들려오는 "저 사람이 참추의……"라는 말이 신에게 불길한 예감을 안겨주었다.

"저기, 참추 어쩌고 하는 말이 들리는데…… 그게 뭐죠?"

"몰랐어? 신 군의 {새로운} 별명이야. 둔기로 몬스터를 베어버리니까 세간에서는 『참추(斬鎚)의 신』이라고 부르는 것 같아."

"커헉……."

신은 자신도 몰랐던 별명에 대해 듣자 약간의 충격을 받았다. 조금도 멋지지 않았기 때문이다.

『오늘 밤은 코토네의 귀환과 던전 클리어, 그리고 우릴 도와준 영웅들을 위해 성대하게 보내보자!』

　박수가 멎기를 기다렸다가 쿠치나시가 말했다.

　건배는 하지 않는 것인지 다시 가볍게 박수 소리가 들려온 뒤에는 각자 좋아하는 음식과 음료를 먹기 시작했다.

　"여기요."

　"아, 고마워요."

　코토네가 신의 잔이 비어 있는 것을 보고 술병을 들었다.

　슈니도 그것을 알고 있었지만 신은 오른손으로 잔을 들고 있었기에 코토네가 따라주는 것이 더 자연스러웠다.

　"언니한테 술 따르게 하지 마!"

　"누가 들으면 억지로 시킨 줄 알겠네!"

　남들 눈에는 어떻게 보였는지 모르지만 코토네가 자발적으로 나선 행동이었다.

　"신, 아~ 아!"

　슈니와 코토네의 조용한 공방전이나 스즈네의 항의 따위는 신경조차 쓰지 않는 유즈하가 이걸 먹고 싶다, 저걸 먹고 싶다며 신에게 요구했다.

　신도 계속 챙겨주지 못한 것이 미안했기에 자신보다는 유즈하의 식사를 우선하기로 했다.

　"어쩔 수 없지. 자, 아~ 해봐."

　"으음~."

　신은 젓가락으로 유즈하가 원하는 음식을 집어 입에 넣어

238    **THE NEW GATE 9**

주었다. 한 입 가득 우물거리는 유즈하는 만면에 미소를 지었다.

현실 세계에서도 남동생과 여동생이 있는 신은 유즈하가 해달라는 대로 움직여주었다.

"정말 귀엽네요."

입을 벌리는 유즈하를 보며 코토네가 엄마 미소를 지었다.

"그러면 신에게는 제가……."

"어?"

신의 젓가락은 유즈하를 위해 움직이고 있었다. 그걸 본 슈니는 즉시 자신의 젓가락으로 음식을 집어 신의 입에 가져갔다.

"자, 아~ 해보세요."

"어, 아……."

슈니는 자신의 행동이 쑥스러웠는지 뺨을 살짝 붉히고 있었다.

그것을 본 신도 왠지 모르게 쑥스러워졌다. 하지만 슈니가 먹여준 요리는 정말로 맛있었다.

† 

"이런, 이런, 역시 저 세 사람 사이엔 끼어들 틈이 없겠어."

"몬스터라고는 해도 아직 어린아이니까 말이오."

신 일행을 지켜보던 필마와 슈바이드는 작게 웃으며 잔을 기울였다.

이번 모험에는 따라가지 못했기에 축하연에 참석하기가 겸연쩍었지만 쿠치나시는 같은 파티원이니까 꼭 오라고 못을 박았다.

"필마 공은 신 님에게 가지 않는 것이옵니까?"

"나? 음~ 지금 가봐야 뭘 하겠어."

필마에게 말을 건 것은 신 일행을 바라보던 쿠니츠나였다. 주인이 되는 것은 거절당했지만 은인인 신을 아직도 님 자를 붙여 부르고 있었다.

한편 필마는 곤란하다는 듯이 술잔을 흔들었다.

"슈니와 난 신에 대한 태도랄지, 생각하는 게 다르거든."

"그렇사옵니까? 저는 강한 자를 거느리고 아름다운 이를 곁에 두는 게 진정한 사내의 모습이라고 생각해왔사옵니다. 지금 보니 슈니 공과 티에라 공은 신 님을 좋아하는 것 같사옵니다."

"아하하, 슈니가 신을 좋아하는 거야 누가 모르겠어."

필마는 잔을 다시 입에 가져가며 밝게 웃었다. 술기운 탓인지 뺨이 살짝 붉었다.

"티에라 공은 아직 단언할 수 없지 않겠소?"

"이런 건 여자가 더 민감하게 알아채는 거거든. 그렇지?"

"미츠요와 무네치카도 조금 둔하옵니다. 사고방식이 사내에 가까운 탓이지요."

"이봐, 쿠니츠나. 은근슬쩍 실례되는 소리 하지 마."

옆에 있던 미츠요는 쿠니츠나의 말에 잠자코 있지 않았다. 자신도 그 정도는 안다고 입술을 내밀며 주장했다.

"흐음. 옛말에 여자 셋이 모이면 접시가 깨진다더니, 무기의 경우도 똑같은가 보군."

필마와 쿠니츠나가 미츠요를 놀리는 모습을 보며 슈바이드는 혼자 중얼거리면서 술잔을 기울였다.

"어머, 슈바이드는 내 마음이 어떤지 묻지 않는 거야?"

"필마는 하이 로드지만 심성은 고양이 타입의 비스트에 가깝지. 지금 물어봐야 속내를 털어놓을 리가 없소. 하지만 우린 똑같은 신의 부하요. 내가 여자가 아니라도 짐작은 가오."

"윽, 그런 식으로 말하다니."

다 꿰뚫어 본다는 식으로 슈바이드가 말하자 이번에는 필마가 입술을 비죽 내밀었다.

"우리 사이에 조심할 것이 뭐 있겠소. 쿠니츠나 공, 필마에게 할 말이 있다면 그냥 편하게 해도 되오."

"그러면 편하게 해보겠사옵니다."

"좋소. 아아, 한 가지만 충고하지. 신에게 주인이 되어달라 했다고 들었소만, 우리에게 부탁해도 결과는 똑같소이다. 우리는 신에게 받은 무기가 있소."

슈니에게 이야기를 들은 슈바이드는 쿠니츠나에게 선수를

쳤다. 신이 말한 것처럼 슈바이드와 필마도 쿠니츠나의 주인이 되기에 충분한 능력을 가졌기 때문이다.

"어머머, 들켰사옵니까. 신 님은 아예 차원이 다르지만 여러분들도 엄청나게 강하옵니다. 이렇게 말하면 실례인 줄 아옵니다만, 슈니 공을 포함한 여러분은 다들 개인이 가질 수 있는 힘의 상한선을 넘은 것 같사옵니다."

"이래 봬도 하이 휴먼의 부하인걸. 어중간한 상대에게 질 수야 없지."

"그렇소. 주공이 명령한다면 신수마저 해치우는 게 부하라 할 수 있소."

쿠니츠나가 장난스러운 분위기로 진지하게 말하자 필마와 슈바이드도 살짝 분위기를 바꾸며 대답했다.

바로 옆에서만 느낄 수 있는 희미한 변화를 감지한 것은 세 사람을 주시하던 미츠요뿐이었다.

"쿠니츠나, 농담도 적당히 해."

"알았사옵니다. 더 이상은 파고들지 않도록 하지요. 죄송하옵니다. 제가 말이 조금 지나쳤사옵니다."

"괜찮아. 옛날부터 자주 겪었으니까."

아직 하이 휴먼의 강함이 알려지지 않았을 무렵에는 신의 힘을 가늠해보겠다며 무모하게 도발하는 플레이어들이 많았다.

그런 자들을 잘 아는 필마와 슈바이드는 역량을 가늠하려는 눈빛에 매우 민감했다.

쿠니츠나의 경우는 거기에 경계도 포함되어 있었기에 두 사람은 억눌렀던 기백을 약간 해방하는 정도로 그쳤던 것이다.

"오늘 밤은 축하하는 자리외다. 남은 시간은 연회를 즐기는 게 어떻겠소."

슈바이드의 말에 다들 고개를 끄덕였다.

연회장에 모인 모두가 시간이 흐르는 것도 잊고 그날의 분위기를 즐기고 있었다.

세계수의 무녀 | Chapter 4

연회가 끝나자 귀빈인 신 일행은 길드하우스 내에 배정된 숙소로 이동했다. 한 사람마다 방이 하나씩 배정되었지만 예상대로 유즈하가 떼를 쓰는 바람에 신과 한 방을 쓰게 되었다.

　"조금 취한 것 같은데."

　방에 들어오자마자 이불 위에서 몸을 둥그렇게 마는 유즈하를 놔둔 채로 신은 술을 깨기 위해 길드하우스 안을 산책하기로 했다.

　신은 쿠치나시와 친분이 있었기에 길드하우스의 구조를 어느 정도 알고 있었고 미니맵 덕분에 길을 잃을 걱정은 없었다.

　만약 길드 멤버와 만나더라도 이미 신의 이름과 얼굴은 유명해져 있었다. 따라서 출입 금지 구역에만 접근하지 않으면 별다른 문제는 없을 것이다.

　"응? 이 반응은……."

　미니맵의 반응을 보며 걸어간 신이 도착한 곳은 길드하우스의 한 곳에 마련된 정원 같은 장소였다.

　넓이는 20제곱메르 정도였다. 사방이 벽으로 가려졌기에 혼자 무기를 휘두르거나 대련을 하기에도 좋아 보였다.

이미 밤이 깊은 시각이었고 달빛과 별빛이 화초를 은은하게 비추었다.

"역시 티에라로군."

기척만 봐도 알 수 있었지만 정원에는 이미 먼저 온 손님이 있었다.

내리쬐는 달빛이 암흑 속에서 티에라의 모습을 비추었다. 밤하늘을 올려다보는 티에라는 아직도 축연에서 입었던 무녀복을 걸치고 있었다.

"아직 갈아입지 않았나 보네. —티에라?"

아련한 눈빛으로 하늘을 올려다보는 티에라를 보며 신이 말을 건넸다. 하지만 티에라는 아무 반응도 보이지 않았다.

의아함을 느낀 신이 다시 한번 이름을 부르기 전에 티에라가 움직이기 시작했다.

양손을 들고 천천히 좌우로 펼쳤다. 그리고 그에 맞춰 몸을 빙글 돌렸다.

그 뒤에도 움직임은 멈추지 않았고 눈에 보이지 않는 무언가와 장난치는 것처럼 계속 춤을 추었다.

"카구라(역주: 신에게 제사 지낼 때 추는 춤)인가?"

무녀복, 밤하늘 아래 떠오른 초현실적인 모습, 그리고 규칙성 없는 움직임까지.

검은 머리카락을 나부끼는 티에라의 춤을 보며 신은 TV에서 몇 번 봤던 카구라를 떠올렸다.

그때 보았던 카구라는 상당히 느릿한 동작이었지만 지금의 티에라가 추는 춤도 왠지 모르게 비슷한 분위기였다. 그녀의 표정 때문인지 일종의 트랜스 상태에 빠진 것 같기도 했다.

"……."

신은 어느새 시간 가는 것도 잊고 티에라의 춤에 빠져들었다.

얼마나 그러고 있었을까. 맨 처음 동작을 거꾸로 재생한 것처럼 몸을 회전한 뒤 높이 들었던 팔을 내리자 티에라의 움직임이 멈추었다.

티에라는 신이 이곳에 처음 와서 봤을 때처럼 밤하늘을 올려다보고 있었다. 만약 춤추는 장면을 보지 못했다면 그녀가 쭉 하늘만 올려다본 줄 알았을 것이다. 그 정도로 서 있는 위치와 자세가 완벽히 그대로였다.

다른 점이라면 티에라의 몸을 비추는 빛이 조금 더 강해졌다는 정도였다.

"별이 예쁘네."

"응? ……아, 아아, 그렇군."

언제부터 알았던 것일까. 티에라는 고개를 돌려 신에게 말했다.

희미하게 미소 짓는 티에라는 아직도 신성한 분위기를 풍겼다. 마치 티에라가 아닌 다른 존재와 이야기하는 느낌마저

들었다.

"신도 별을 보러 온 거야?"

"아니, 잠깐 밤바람을 쐬러 온 것뿐이야. 그런데…… 훔쳐 보려는 건 아니었지만 티에라의 춤을 봤어. 그게 뭔지 물어볼 생각도 없고 다른 사람에게 이야기하지도 않을 테니까 안심 해도 돼."

신은 잠시 망설였지만 솔직하게 이야기하기로 했다.

티에라의 숨겨진 사정은 본인이 먼저 털어놓을 때까지 기 다리기로 정한 상태였다. 그래서 캐물을 생각이 없다고 분명 히 이야기한 것이다.

"그렇구나. 하지만 분명 신에게는 이야기해도 될 것 같아. 어쩌면 내가 불렀던 건지도 모르니까."

티에라는 신에게 다가오면서 신경 쓰지 말라는 듯이 웃었 다. 그리고 동시에 의미심장한 말을 꺼냈다.

"불렀다는 게 무슨 뜻인지 물어봐도 될까?"

"잠시만 기다려줘. 아직은 제대로 설명할 수 없으니까."

티에라는 그렇게 말하며 신의 뺨에 양손을 뻗었다. 그녀의 손은 마치 깨지기 쉬운 것을 다루듯이 신의 뺨을 부드럽게 어 루만졌다.

"티에라…… 아니, 넌……."

처음부터 존재하던 위화감이 신의 마음속에서 커지고 있었 다. 기분 탓일 거라고 생각했던 느낌이 분명한 실감으로 바뀌어갔다.

초점이 안 맞는 것처럼 보이는 눈동자가 신을 응시했다. 신도 그 안에 무엇이 있는지 확인하려는 듯이 티에라의 눈을 들여다보았다.

금색이면서도 황금과는 다른 빛깔이었다. 살짝 투명한 눈동자에 비치는 것은 언제나 거울로 보는 흑발의 남자— 가 아니었다.

"응?!"

신은 자신이 아닌 흐릿한 무언가와 눈이 마주친 것을 알 수 있었다. 그리고 그 정체를 확인하려는 순간 입술에 부드러운 무언가가 닿았다.

"음······ 으음······ 하아, 음······."

신의 입술에 닿은 것은 다름 아닌 티에라의 입술이었다. 그녀의 눈동자에만 의식을 집중한 탓에 천천히 다가오고 있다는 사실을 깨닫지 못한 것이다.

부드럽게 뺨을 어루만지던 티에라의 손은 신의 얼굴을 꼭 잡고 있었다. 평소의 티에라라면 상상조차 할 수 없는 열정적인 입맞춤이 두 사람을 연결했다.

입맞춤을 할 때 감겼던 티에라의 눈꺼풀에서 한 줄기의 물방울이 뺨을 타고 흘렀다. 그녀의 표정에서는 방금 전까지와 달리 간절함과 사랑스러운 감정이 뒤섞이고 있었다.

"······!"

갑작스레 벌어진 일에 생각이 멈췄던 신은 몇 초 뒤에야 정신을 차렸다. 더 이상은 곤란하다는 생각에 티에라의 어깨를 잡고 밀어내려 했다.

"음…… 아……?"

때마침 숨을 쉬기 위해 입술이 잠시 떨어진 틈을 타서 신의 손이 티에라의 어깨 위에 놓였다. 그러자 갑자기 티에라의 눈빛이 정상으로 돌아와 있었다.

무슨 일이 일어났는지 모르는 것처럼 그녀의 움직임은 완전히 멈춰 있었다. 그러나 눈앞에서는 신과 티에라의 입술 사이로 가느다란 액체의 실이 이어져 있었다.

달빛을 받으며 희미하게 빛나는 그것은 신의, 아니면 티에라의, 혹은 두 사람의 타액이었다.

"어…… 응? 어, 어째서……?"

티에라는 혼란에 빠졌는지 연신 '어째서?'라는 말만 되뇌었다.

만약 지금이 밤이 아니었다면 티에라의 새빨개진 얼굴을 볼 수 있었을 것이다.

"내, 내가 설마, 신……하고?"

무슨 짓을 했냐고 묻지는 않았다. 아니, 물을 수 없었다고 해야 할 것이다.

신의 얼굴을 붙잡은 자신의 양손.

숨이 닿을 정도의 가까운 거리.

입술을 잇는 가느다란 타액.

이 정도면 티에라도 지금까지 자신이 무슨 짓을 한 것인지 이해할 수 있었으리라.

"니—."

그리고 상황을 정확하게 인식하는 일은 당사자를 더욱 깊은 혼란에 빠뜨리기도 한다.

"티에라, 지금은 일단 이야기—."

"니아아아아아아아아아아아아아아!!"

혼란이 극에 달한 티에라는 신의 말을 듣지도 않고 전력을 다해 도망쳤다. 마치 숙련된 닌자처럼 신의 품에서 미끄러지듯 빠져나오더니 치렁치렁한 무녀복도 개의치 않고 달려갔다.

티에라는 길드하우스 전체에 비명을 울리며 선정자 뺨치는 속도로 긴 통로에 들어섰다. 통로를 몇 초 만에 주파한 그녀의 모습은 모퉁이를 돌면서 더 이상 보이지 않았다.

"뭐야, 이건……."

워낙 엄청난 사태인 만큼 따라가지도 못하고 홀로 남겨진 신은 잠시 그 자리에 멍하니 서 있을 수밖에 없었다.

†

다음 날 신은 졸린 눈을 비비며 유즈하를 데리고 식사를 하러 나왔다. 신의 손을 잡은 유즈하는 아직 졸린지 연신 고개를 꾸벅거렸다.

길드하우스에서는 아침 식사가 정해진 시간에 나온다고 했기에 신 일행도 때를 맞춰서 먹으러 가기로 한 것이다.

신은 식당까지 가는 도중에 우연히 필마, 티에라와 마주쳤다. 필마는 평소처럼 인사를 했지만, 티에라는 신의 얼굴을 보자마자 얼굴을 붉히며 먼저 가버렸다.

"……저기, 신. 어제 티에라하고 무슨 일 있었던 거지?"

너무나 뻔한 반응이었기에 필마가 알아채지 못할 리가 없었다. 그녀는 끝까지 추궁할 기세로 웃으며 물었다.

"있기는 있었어. 그런데 나도 아직 이게 무슨 상황인지 잘 모르겠거든. 어제는 티에라에게 물어보려고 하니까 바로 도망쳐버렸어."

"도망칠 만한 일을 했구나? 그것도 부끄러워하면서 얼굴이 새빨개질 만한 일을."

"내가 잘못한 것처럼 말하지 말라고! 나도 아직 영문을 모르겠다니까 그래?!"

신은 얼굴을 바싹 들이대는 필마를 밀어냈다.

티에라에게 사정을 물어볼 수 없다면 상담할 수 있는 상대는 단 한 사람뿐이었다. 하지만 그러려면 어젯밤 무슨 일이 있었는지 이야기할 수밖에 없다.

"아무리 그래도 이대로 가만히 있을 수는 없겠지. 차마 걸음이 떨어지지 않지만, 답을 알지도 모르는 사람에게 물어봐야겠어. 잠깐 유즈하 좀 데리고 있어줘."

신은 유즈하를 필마에게 맡기고 슈니의 방으로 향했다. 방금 전 슈니에게 배정된 방 앞을 지날 때 아직 기척이 느껴졌기 때문이다.

문을 노크하자 마침 나오려던 참이었는지 슈니가 바로 모습을 드러냈다.

"신? 유즈하도 안 데리고 무슨 일이신가요?"

"티에라 때문에 잠깐 물어볼 게 있어. 아침 식사 시간까지는 아직 여유가 있으니까 이야기를 들어주지 않겠어?"

"무슨 일이 있었나 보군요. 알겠어요. 안으로 들어오세요."

신은 슈니의 뒤를 따라 방에 들어왔다. 구조는 신의 방과 똑같았고 가구 배치가 약간 다른 정도였다.

신은 방석 위에 앉아 어젯밤 있었던 일을 이야기했다.

티에라가 춤을 췄던 것, 마치 딴사람 같았다는 것, 그녀의 눈동자 속에서 다른 존재가 자신을 바라보았다는 것.

그리고 입맞춤을 당했다는 것까지 전부 말했다.

"……그런 일이 있었군요."

"중간에 제정신으로 돌아왔지만 말이지. 그때까지 있었던 일을 전혀 기억하지 못하는 것 같았어. 덕분에 물어보려고 해도 날 보자마자 도망가버린다고. 슈니라면 뭔가 알고 있을지도 모를 것 같아서 온 거야."

그렇게 말하는 신의 시선이 안절부절못하고 있었다.

던전에서 돌아온 뒤로는 슈니가 무서운 분위기를 풍기지 않았지만 그렇다고 기분이 좋아졌을 리는 없었다.

"그렇군요. 사정은 이해했어요. 본인이 없는 자리에서 자세한 이야기는 할 수 없지만 적어도 나쁜 존재는 아닐 거예요. 티에라가 가진 특수한 자질이라고도 할 수 있겠죠."

"평범한 엘프가 아니라는 건 나도 보면 알아. 조금 특수한 가문 출신일 거라고 예상했거든."

"그렇게 받아들이면 될 거예요. 자세한 이야기는 본인에게 들어야겠죠. 물론 이야기하는 건 티에라의 마음에 달렸지만요."

"그렇겠지. 어쨌든 위험한 건 아니라니까 일단 안심이 되네."

이야기가 끝나자 신은 작게 한숨을 쉬었다. 적어도 나쁜 존재에게 씐 것은 아닌 듯했다.

마음이 놓인 탓인지 신의 배에서 꼬르륵 소리가 났다. 지금 가면 식사 시간에 딱 맞출 수 있을 것 같았다.

"그러면 이제 슬슬 아침 먹으러 가자."

"네. 하지만 그 전에!"

"어, 뭐, 뭔데?"

슈니가 방문을 열려는 신의 손을 붙잡으며 억지로 잡아끌었다.

신은 뒤늦게 화가 폭발했나 싶어 가슴을 졸이며 슈니의 눈치를 살폈다. 하지만 슈니의 얼굴에 드러난 표정은 예상했던 것과 전혀 달랐다.

"이렇게 어물쩍 넘어갈 수는 없어요……. 방금 그 이야기를 듣고 제가 아무렇지 않을 거라고 생각했나요?"

"어…… 아니, 그래서 말을 꺼내기가 쉬웠던 건 아니었거든."

머리로 아는 것과 행동으로 옮기는 것은 전혀 다른 문제였다.

슈니의 표정과 동작을 보면 그녀가 평소와 다르게 잔뜩 토라졌다는 것을 알 수 있었다.

"코토네 씨 때도 그랬지만 신은 너무 빈틈이 많아요."

"미, 미안해……."

신은 반박하지 못하고 사과할 수밖에 없었다. 슈니는 남들 앞에서 이렇게 강하게 이야기하지는 않기 때문이다.

"미안하게 생각한다면…… 아, 안아주세요."

슈니는 몇 초 뒤에 양손을 좌우로 벌리며 말했다.

"으음…… 그러면 되겠어?"

"저만 무시당하는 건 싫어요."

슈니는 그렇게 말하며 신을 향해 뻗은 양손을 살짝 위아래로 흔들었다. 그 동작은 연회장에서 유즈하가 귀를 쫑긋거린 것처럼 서두르라는 재촉이었다.

슈니는 자신이 먼저 말을 꺼내놓고도 부끄러웠는지 뺨과
귀가 빨갛게 달아올라 있었다.

신은 각오를 굳히고 최대한 부드럽게 슈니를 끌어안았다.

"음……."

끌어안은 순간 슈니의 몸이 움찔거리며 반응했다. 그리고
조심스럽게 신의 등에 팔을 둘렀다.

슈니는 더 이상 긴장할 필요가 없다고 생각했는지 힘을 주
어 강하게 신을 끌어안았다.

신의 코에 달콤한 향기가 닿았다. 그와 동시에 따뜻하고 부
드러운 감촉이 팔과 상반신을 통해 느껴졌다.

"신기하네요……. 굉장히 마음이 편안해져요."

"그래, 뭐…… 다행이야."

신은 슈니의 편안한 표정을 보며 안도의 한숨을 내쉬었다.
어쨌든 기분이 좋아진 것 같아 다행이었다.

하지만 그걸로 끝난 것은 아니었다.

"더 강하게 안아주세요."

처음엔 편안한 표정을 짓던 슈니는 조금 지나자 오히려 부
족함을 느꼈는지 끌어안는 힘을 강하게 해달라고 요구했다.

포옹할 때의 요령을 몰랐던 신은 팔에 살짝 힘을 주었다.
신의 완력이라면 그것만으로도 제법 상당한 압력이 가해질
것이다.

"……더 강하게요. 더……."

하지만 슈니의 요구는 멈추지 않았다. 끌어안는 힘을 강하게 할수록 더욱 강하게 안아달라는 반응이 돌아왔다.

슈니도 평범한 사람은 아니므로 신이 조금 강하게 끌어안아도 괜찮았다. 하지만 그렇다고 아무 영향도 없는 것은 아니었다.

서로 강하게 끌어안고 있었기에 신의 가슴 위에서 부드럽게 변형된 슈니의 가슴 감촉이 보다 선명하게 전해져왔다.

게다가 애원하듯이 어깨에 얼굴을 비비는 슈니를 보자 신의 이성이 급속히 무력화되었다.

"더 강하게…… 해줘요……."

슈니의 얼굴이 보이지 않았다. 귓가에 들리는 말은 마치 사랑을 속삭이는 것 같았다.

신의 머릿속에서 더 이상은 위험하다는 경보가 울렸다. 그러나 생각과는 달리 몸은 슈니에게서 떨어지려 하지 않았다.

"슈……니……."

감정이 이성을 뛰어넘었다.

신의 손이 슈니의 등을 쓰다듬고 슈니가 몸을 부르르 떨었을 때—.

『거기 두 사람, 식사 시간이 끝난 뒤에 오려는 거야?』

—두 사람의 머릿속에서 필마의 목소리가 울렸다.

"……앗?!"

갑작스레 들려온 목소리에 신과 슈니는 펄쩍 뛰며 거리를 벌렸다.

"아윽?!"

문에 등을 기대고 있던 신은 뒤통수를 요란하게 부딪쳤다. 대미지를 입지는 않았지만 자신이 지금 대체 뭘 하고 있나 하는 자괴감이 밀려왔다.

"죄송해요. 너무 몰입했나 보네요……."

"아니, 나야말로 머리로는 그만하려고 했는데 그만할 수가 없었어."

자칫하면 분위기에 휩쓸릴 뻔했다. 두 사람은 서로에게 사과하고 즉시 방에서 나왔다.

필마에게 금방 가겠다는 뜻을 전한 뒤 딴 데로 새지 않고 식당으로 향했다.

"저기, 슈니 씨? 왜 팔짱을 끼는 거야?"

"조금은 여운을 즐기게 해주세요. 모르시는 것 같아서 하는 말이지만 신의 주변에는 예쁜 여자들이 너무 많은걸요. 보고 있으면 마음이 놓이지 않는다고요."

"그건 내 잘못이 아니잖아……."

"그러면 좀 더 거리를 두도록 해주세요."

단둘이서 통로를 걷고 있기 때문인지, 슈니는 신의 팔을 끌어안으며 항의했다.

슈니치고는 대담한 행동이라고 생각하며 신이 주변의 기척을 살피자 때마침 통로 너머에는 아무도 없었다. 슈니도 신보다 먼저 확인하고 행동에 나선 모양이었다.

물론 신이라면 전력을 다해 뿌리칠 수도 있었다. 하지만 팔에 전해지는 부드러운 감촉에 패배하고 말았다.

"알, 겠, 죠?"

"아, 알았어……."

신은 슈니의 박력에 지고 말았다. 슈니의 마음을 생각해보면 납득할 수 있는 일이었기에 반박하지도 않았다.

슈니는 신이 고개를 끄덕이자 만족했는지 팔을 놓아주고 걸어가기 시작했다. 신도 식은땀을 닦아내며 뒤를 따랐다.

아침 식사 장소는 어젯밤의 연회장 옆에 위치한 식당이었다.

두 사람이 도착하자 이미 다른 동료들이 식사를 하고 있었다. 식기에 담긴 음식이 절반 넘게 비워져 있다.

"어머, 의외로 빨리 왔네— 슈니의 기분이 좋아 보이는데, 무슨 일이라도 있었어?"

신이 빈자리에 가서 앉자 옆자리에 있던 필마가 말을 건넸다. 맞은편에 앉은 슈니에게는 들리지 않도록 작게 속삭이는 소리였다.

"어쨌든 듣고 싶은 이야기는 다 들었어. 티에라."

"네엣! 뭐, 뭔데……?"

신이 먹다 남은 식기를 들고 도망치듯 자리에서 일어나던 티에라를 불러 세웠다.

설령 그녀가 비밀을 털어놓지 않더라도 어젯밤 무슨 일이 있었는지는 분명히 말해두고 싶었다.

"어제 있었던 일을 이따가 정확히 설명해줄게. 방에서 기다려줘."

"어, 아, 저기, 알……았어."

어색하게 걸어가는 티에라를 보낸 뒤 신도 아침을 먹기 시작했다.

자세한 이야기를 듣지 못한 다른 동료들은 두 사람의 대화를 의아하게 여기면서도 아무것도 묻지 않았다. 티에라의 태도를 보고 무슨 일이 있긴 했다는 것을 쉽게 짐작했기 때문이다.

식사가 끝나자 신은 슈니를 데리고 티에라의 방으로 이동했다.

문을 노크하자 아침 식사 때처럼 얼굴이 빨갛게 물든 티에라가 쭈뼛거리며 문을 열어주었다.

"신하고…… 스승님? ―설마!"

"네, 짐작한 대로예요."

티에라는 뭔가 짚이는 것이 있었는지 신의 뒤에 서 있던 슈니를 발견하고 놀라는 표정을 지었다.

"어제 티에라에게 벌어진 일을 설명하러 왔어. 들어주겠어?"

"……알았어. 들어와."

티에라도 진지한 얼굴로 두 사람을 방에 들였다.

그리고 신은 자신이 보고 들은 것을 티에라에게 전부 이야기했다.

"그래…… 내가 그렇게 됐었던 거구나."

"슈니가 나쁜 존재는 아닐 거라고 했어. 내가 할 이야기는 이게 다야."

"잠깐만. 마침 좋은 기회니까 나도 지금까지 숨겨왔던 이야기를 할게."

티에라는 이야기를 마치고 자리에서 일어나려던 신을 붙잡으며 말했다.

"무리하지 않아도 돼."

"괜찮아. 나도 더 이상 신과 동료들에게 숨기고 싶지 않은걸."

티에라는 그동안 비밀을 털어놓지 않은 것을 미안하게 생각하는 듯했다. 이야기할 수 있게 되자 오히려 안도하는 표정이었다.

"무네치카 씨도 알 사람은 이미 알 거라고 했어. 아마 미츠요 씨도 어렴풋이 느끼고 있을 거야."

"그랬구나. 알았어. 이야기를 들려줘."

"그러면 필마 씨와 슈바이드 씨도 불러도 될까? 신의 부하니까 이참에 모두에게 이야기해두고 싶어."

신은 티에라의 제안을 받아들여서 동료들에게 티에라의 방으로 와달라는 뜻을 전달했다.

몇 분 뒤에 필마와 슈바이드, 그리고 미츠요와 쿠니츠나까지 방에 찾아왔다. 신이 괜찮겠냐고 묻자 티에라는 이미 무네치카에게 이야기했으니 상관없다고 대답했다.

"뜸을 들일 생각은 없으니까 가장 중요한 사실부터 이야기할게."

티에라는 한 번 심호흡을 하더니 마음을 굳힌 표정으로 입을 열었다.

"나는 세계수의 무녀— 지맥에 뿌리를 내리고 더러움을 정화하는 신목(神木)과 교신할 수 있는 특수한 일족 중에서도 가장 희귀한 존재……였어."

"……였다고? 그러면 지금은 아닌 거야?"

티에라의 말은 과거형이었다.

"그래. 지금의 나는 세계수의 무녀라고 부를 수 없어. 『세계수의 무녀』라는 말 자체가 내가 살던 마을의 독자적인 명칭이긴 했지만 말이야."

티에라는 자신과 비슷한 힘을 가진 존재가 다른 곳에서 어떻게 불리는지 모른다고 말했다.

"신목이라고도 불리는 세계수 주변에 엘프들이 모여들면서 생겨난 마을이 내 고향이야. 우리 루센트 일족은 원래부터 마법적인 감각이 민감했다고 해. 그중에서도 감각이 가장 날카로운 사람이 무녀의 역할을 맡게 되는 거야. 지금쯤 아마 다음 무녀가 내 뒤를 이었겠지. 과거형으로 이야기한 건 그 때문이야."

루센트 일족 중에서 세계수와 교신할 수 있는 사람은 그리 많지 않다고 한다. 티에라는 당시에 가장 뛰어난 재능을 가졌기에 무녀가 될 수 있었다.

"처음에는 마법적인 감각만 민감했지만 점점 세계수와의 교신 능력이 특화되면서 지금은 평범한 엘프들보다 약간 뛰어난 정도로 둔해졌어. 나도 제법 재능이 있다는 말을 들었지만 무녀는 세계수 근처가 아니면 힘을 발휘하지 못해. 내가 사용한 정화 기술도 던전 안이 지맥 근처여서 간신히 쓸 수 있었던 거야."

세계수와 교신하던 능력이 남아서인지 지맥의 힘에는 민감하다고 티에라는 말했다. 그래서 지맥의 힘을 이용한 정화 기술을 사용할 수 있었다고 한다.

티에라의 말에 따르면, 필마를 해방시킬 때 파워업했던 것도 무녀로서의 역할을 수행했기 때문인 것 같았다.

"그랬던 거구나. 확실히 묘한 기척이 느껴진다는 생각은 했어."

"아마 다른 천하오검도 눈치챘을 것이옵니다."

미츠요가 납득했다는 듯이 고개를 끄덕였고, 쿠니츠나는 턱에 손을 갖다 대며 자신의 추측을 이야기했다.

"무네치카 씨는 이미 내게 물어봤어. 지맥에 관계된 자들에게는 들키기 쉽다는 주의도 받았고."

더 이상 숨길 필요도 없었기에 티에라는 무네치카와 나눈 대화를 공개했다.

"쿠우? 정화?"

"그래. 이미 들었을지도 모르지만 티에라가 『도지기리』와 『오니마루』의 마기를 정화해줬거든."

유즈하가 고개를 갸웃거리자 신이 티에라가 사용한 정화에 대해 간략하게 설명했다.

"티에라, 굉장해. 쿠우."

이야기를 들은 유즈하는 무녀복에서 뻗어나온 꼬리와 머리 위의 두 귀를 쫑긋 세우며 티에라를 칭찬했다. 유즈하가 보기에도 티에라가 대단한 일을 해낸 모양이었다.

"말을 끊어서 미안해. 이야기를 본론으로 되돌려서, 티에라가 빠르게 성장한 일이나 스콜어스 같은 데몬의 타깃이 된 것도 그 때문인 걸까?"

"성장 쪽은 잘 모르겠지만 데몬이 날 노린 이유는 아마 맞을 거야. 대지의 더러움을 정화하는 세계수는 데몬에게 천적이나 다름없거든. 그 인간형 데몬은 내 안에 남은 세계수의 힘의 잔해를 느꼈던 건지도 몰라."

"아직도 힘이 남아 있는 거야?"

"나는 상당히 자주 세계수와 교신했거든. 그런 사람은 더욱 오랜 시간 동안 깊은 교신이 가능하도록 마력의 일부가 세계수와 닮은 형태로 변화하게 돼. 어쩌면 내 머리카락이 여기만 은색으로 돌아온 건 세계수의 마력이 저주의 영향을 받아서인지도 몰라. 마기 때문에 받은 저주는 아니었지만 세계수의 힘은 데몬이나 저주에 강하게 반응하거든."

티에라는 은색으로 물든 머리카락 일부를 만지작거리며 말했다.

그러나 세계수의 무녀인 티에라가 【저주의 칭호】를 받게 되면서 그녀의 처지는 순식간에 바뀌고 말았다.

"더러움을 정화하는 무녀가 저주를 받았으니까 말이지. 전대미문의 일이라며 엄청난 논란이 벌어졌어."

당시를 떠올렸는지 티에라의 표정이 어두웠다.

"하지만 말이지. 이상한 이야기지만 【저주의 칭호】를 얻은 뒤에도 조금이나마 세계수와 교신할 수 있었거든. 평소의 교신과는 다르게 누군가의 이야기를 옆에서 듣는 느낌이 들었던 건 지금도 기억해."

원래는 막연한 의사가 느껴질 뿐이고, 명확한 말이나 기호로 전해지는 경우는 없다고 한다.

그런 막연한 의사를 사람들이 이해할 수 있도록 번역하는 것도 무녀의 역할 중 하나였다.

"단편적인 말 같은 것이 들려왔던 것 같아. 내용까지는 기억이 안 나지만 말이지."

당시에 그런 것에 신경을 쓸 겨를은 없었을 것이다.

신은 티에라가 되도록 당시의 기억을 떠올리지 않도록 주제를 바꾸기로 했다.

"저기, 티에라. 세계수와 교신하면 구체적으로 뭘 할 수 있게 되는 거야? 세계수의 의사를 통역하는 게 전부는 아닐 거 아냐."

"사람에 따라 잘하고 못하는 게 다르지만 한정적인 범위 내에서 날씨를 조종하기도 하고 결계를 펴거나 멀리 떨어진 곳의 풍경을 보기도 하고, 정말 다양한 능력이 있어. 이건 개인차가 굉장히 크거든. 역대 무녀들 중에는 미래를 예측하는 사람이 있었다는 이야기도 들었어."

"……『점성술사』 칭호의 효과와 약간 비슷하군."

신은 미래를 예지한다는 이야기를 듣자 유즈하의 위기를 구한 미리의 말을 떠올렸다. 세계수의 경우에는 칭호 없이도 사용할 수 있는 건지도 모른다.

"그러면 티에라의 특기는 뭐였는데?"

개인마다 특기가 다르다는 말을 들은 필마가 티에라의 특기 분야에 대해 물었다.

"내 경우엔 죽은 사람의 영혼을 불러내는 게 특기였어요. 그런 걸 강령술이라고 하던가요? 하지만 정말로 제가 영혼을 불러냈는지는 아직도 잘 모르겠어요."

강령 중에는 의식이 거의 남아 있지 않아서, 모든 것이 끝난 뒤에야 다른 사람에게 결과를 전해 들었다고 한다.

이 힘을 이용해 역대 무녀들의 힘을 빌리거나, 불의의 사고나 병으로 소중한 사람과 사별한 사람들에게 마지막 말을 전하는 것이 주된 역할이었다고 티에라는 말했다.

"그러면 그때도 티에라의 몸에 누군가의 혼이 들어왔던 건가. 확실히 티에라가 아닌 누군가가 보였거든."

"그게 무슨 말이야?"

"모습을 확실히 본 건 아니야. 티에라의 얼굴이 가까워졌을 때 눈동자 안에서 나를 바라보는 녀석이 있었어. 뭐랄까, 적의 같은 건 전혀 느껴지지 않았지만 말이야."

"키스를 해올 정도였는걸~. 적의가 있을 리가 없잖아. 그런데 참 이상한 이야기네. 키스는 왜 한 걸까?"

"내가 무슨 수로 알겠어. 그런데 울고 있었거든, 그 녀석. 실제로 눈물을 흘린 건 티에라였지만 그건 썬 녀석의 감정을 그대로 느껴서 그런 거겠지?"

마침 좋은 기회였기에 신은 필마의 이야기에 편승해서 의아하게 느꼈던 점을 언급했다. 키스에 대한 이야기 자체가 껄끄러웠지만 지금이라면 자연스럽게 넘어갈 수 있을 것 같았다.

"신을 다른 사람하고 착각한 거 아닐까? 아니면 신을 아는 사람일 수도 있겠지. 신에게는 미안하지만 그 사람은 이미……."

"괜찮아. 나도 아니까. 그건 티에라가 신경 쓰지 않아도 돼."

티에라가 미안하다는 듯이 얼굴을 숙이자 신은 최대한 밝은 표정으로 답했다.

애초에 혼을 불러냈다는 것 자체가 죽었다는 증거였다. 티에라도 아까 자신의 능력을 설명하면서, 살아 있는 사람을 불러낸 적은 없었다고 이야기했다.

"하지만 이상하긴 해. 내 힘도 세계수에서 멀어지면 원래 사용할 수 없을 텐데. 어째서 무녀 시절에나 가능한 일이 벌어진 걸까?"

"사용할 수 없는 줄 알았지만 실제로는 아니었을 가능성도 있지 않아?"

"아마 아닐 거야. 하지만 내가 기억하지 못하는 만큼 확실하진 않아."

티에라의 능력으로는 발동을 감지하기 어렵다고 한다.

만약 똑같은 일이 발생해도 썬 영혼이 눈에 띄는 행동을 하기 전에는 인식할 수 없는 것이다.

"그 힘을 네 의지로 발동할 수는 없는 거야?"

"세계수가 근처에 있다면 가능해요. 하지만 이 근처에 그런 기적은 없거든요. 달의 사당에서도 시도해본 적이 있는데 한 번도 성공하지 못했어요."

미츠요의 질문에도 티에라는 아니라고 대답했다.

"슈니는 뭐 짚이는 거 없어?"

"……아니요, 딱히 없네요. 적어도 제 앞에서는 그런 상태가 된 적이 없었거든요."

함께 살았던 슈니의 대답도 신 일행이 기대한 것과는 달랐다.

"어쩔 수 없어. 스승님은 처음엔 훈련이나 상품에 관해 많이 알려주셨지만 원래 여기저기 돌아다니는 분이셨는걸. 만약 발동했더라도 그 자리에 안 계셨을 거야."

생각에 잠긴 신을 보고 낙담했다고 착각한 티에라가 대신 변명을 했다.

"응? 아아, 아니, 낙담한 건 아니야. 만약 달의 사당에서 그런 일이 벌어진 적이 없다면, 역시 이곳에 온 게 원인인가 싶어서 말이야."

달의 사당이 있던 베일리히트 부근에도 적당한 규모의 영맥과 유즈하가 관리하는 영역이 있었다.

그곳도 마기에 침범당했지만 변질된 몬스터는 티에라에게 가까이 가기도 전에 신이 전부 해치웠다. 게다가 몬스터와 함께 마기까지 소멸해버렸다.

그래서 티에라가 마기와 접촉할 일이 없었기에 이번 같은 일이 발생하지 않았던 거라고 신은 생각했다.

"이곳이 그렇게나 특이한 거야? 밖은 저렇게 추운데 안이 봄처럼 따뜻하다는 건 이상하지만 길드하우스라면 그럴 수도 있잖아."

"영맥의 영향으로 대지가 활성화되어 있네요. 아마 길드하우스의 힘 때문일 거예요. 후지에서는 이 정도로 활성화되지는 않았거든요."

필마의 의문점에 대해 티에라가 대답해주었다. 엘프의 지각 능력으로 대지가 활성화된 정도까지 알 수 있는 듯했다.

"굉장하네. 이런 걸 슈니도 알 수 있는 거야?"

"저는 그 정도로 민감하진 않아요. 식물에 대한 거라면 어느 정도 알 수 있지만요. 아마 이것도 티에라의 소질과 관계가 있는 거겠죠."

슈니는 엘프의 지각 능력도 개인차가 있다고 말했다. 그러나 티에라 정도의 능력은 그리 흔치 않다고 한다.

"어쩌면 티에라 자신도 모르는 무언가가 있는 건지도 모르겠네요."

"그런 걸까요……?"

슈니가 무녀의 소질 외에 다른 요소도 있는 것 같다고 추론하자 티에라는 잘 모르겠다는 듯이 고개를 갸웃거렸다.

"그렇다면 마기 정화는 어떻소이까? 그것도 세계수의 힘을 빌리는 것이 아니었소?"

조용히 대화를 지켜보던 슈바이드가 문득 입을 열었다.

"원래는 그렇게 해야 해요. 하지만 세계수의 힘이 미치지 못하는 곳에서는 지맥의 힘을 사용하거든요. 지맥에 남은 희미한 힘을 활성화하고 자기 몸 안에서 증폭해서 마기를 상쇄하는 거죠."

"그래서 티에라 공의 몸에 부담이 갔던 거로군."

티에라는 발생한 마기가 짙고 양이 많을수록 시전자의 몸에 부담이 간다고 설명했다. 세계수를 이용하면 증폭 작용을 대신 맡아준다고 한다.

"그건 우리가 도울 수 없는 거야? 몸의 부담을 분담할 수 있다면 그게 최선일 것 같은데."

"이 능력은 나처럼 무녀의 계보를 이어받은 일족만 사용할 수 있다고 들었어. 스킬과는 달라서 누군가에게 가르쳐줄 수 있는 게 아니야."

자신들이 도울 수 없느냐고 신이 묻자 티에라는 혈통 없이는 불가능하다고 설명했다. 스킬이나 칭호와 상관이 없다면 이 세계의 독자적인 힘인지도 몰랐다.

"아니, 잠깐. 그러고 보니 퀘스트에 등장하는 NPC의 전용 스킬도 우리가 사용할 수 없는 능력이었는데……. 누구 기억나는 사람 없어?"

"흐음, 들어본 것 같기도 하오만. 글쎄올시다."

"마기와 관련된 거지? 데몬 숭배자들을 쓰러뜨렸던 건 기억나."

신의 질문에 슈바이드와 필마가 생각에 잠겼다.

퀘스트는 잡다한 것을 포함하면 숫자도 많고 내용도 각양

각색이었다. 따라서 해당하는 내용을 금방 찾아내기는 힘들었다.

"주제가 약간 다를지도 모르지만 『칠성(七聖)의 혈족』은 어떤가요? 데몬을 사냥하는 특수한 혈통의 일족이 등장했던 걸로 기억하는데요. 거기에 마기 정화와 관련된 내용이 있었을 거예요."

"아! 아~ 그래. 그거야."

신은 머릿속에 낀 안개가 깨끗이 걷히는 것을 느꼈다.

슈니가 말한 『칠성의 혈족』은 일곱 종족의 시조의 자손인 NPC가 데몬과 싸우는 것을 돕는 퀘스트였다.

마기와 데몬에게 유효한 스킬을 가진 NPC와 협력해서 마기 발생의 원인을 규명하고 데몬을 쓰러뜨리는 것이 주된 내용이었다.

퀘스트 내용마다 각각 다른 난이도가 설정되어 있어서 클리어할 때마다 더욱 높은 난이도에 도전할 수 있었다. 당연히 그에 따라 더욱 많은 보수를 받을 수 있었다.

"그래, 그런 퀘스트도 있었지……."

"왜 그렇게 감상에 젖는 거야?"

"아니, 그때 도왔던 엘프가 상당히 열 받는 녀석이었거든. 인형을 옮기듯이 내가 직접 끌어안고 데몬에게 돌격했던 적이 있었어. 퀘스트가 나왔을 때 이미 내 능력치는 상한선이었고 NPC의 전투력은 별 볼 일 없었거든. 오히려 내가 지켜가면서 싸워야 하는 상황이었어. 뭐, 사실 나 혼자서도 전부 처리할 수 있었을 테지."

신이 취한 행동은 게임이었기에 가능한 일이었다. 데스게임 때나 지금 같은 현실 세계라면 굳이 더 위험할 행동을 하지는 않았을 것이다.

물론 다른 플레이어들이라면 게임 때도 충분히 무모한 행동이었다는 의견을 피력할 것이다.

"뭐, 그 이야기는 이쯤 해둘게. 슈니의 의견이 맞다면 티에라의 몸속에는 칠성의 혈족의 피가 흐르고 있을 수도 있어. 어쩌면 데몬은 세계수의 힘과 혈족의 피를 동시에 느낀 건지도 몰라. 두 천적의 능력이 한데 합쳐져 있다면 얼마나 위협적으로 보였겠어."

스콜어스와 아다라 같은 상급 데몬들이 티에라를 봤을 때의 이상한 반응은 천적이라는 한마디로 정의할 수 없을 것 같았다.

필사적이라는 말이 어울릴 만큼 태도가 바뀌었던 것이다.

"그렇다면 만약의 사태에 대비해서 티에라의 장비를 더욱 강화해야겠어. 레벨과 능력치가 올랐으니까 더욱 좋은 아이템을 착용할 수 있을 거야."

"지금 신에게 빌려 쓰는 장비도 내게는 충분히 호화로운 것 같은데."

티에라는 이 세계에서 엄청난 가격이 붙을 만한 장비를 이미 몇 개나 사용하고 있었다. 가뜩이나 비싼 장비를 더욱 강화하려는 신을 보며 티에라의 표정이 약간 경직되었다.

"아니, 그 정도는 아직 시작도 안 한 거라고. 잘만 하면 신화급 아이템을 장비할 방법도 있을 거야. 자세한 수치만 알려주면 동일한 등급이라도 몇 단계 위의 성능을 낼 수도 있어."

"장비하는 게 조금 무서워지네……. 하지만, 그래. 부탁할게."

티에라는 약간 주저하면서도 신의 제안을 받아들였다.

앞으로 신 일행과 여행을 계속한다면 장비의 강화는 필수였다. 신 일행은 이미 고대급 장비로 몸을 감싼 괴물 집단이니까 말이다.

어디까지 강해질지는 몰라도 기회가 있을 때마다 강화해서 나쁠 건 없었다.

"어쩌다 보니 두서 없는 이야기가 되어버렸지만, 내가 하고 싶었던 이야기는 이게 전부야."

"세계수의 무녀라. 이 세계에 대해 나름대로 자세히 안다고 생각해왔는데, 앞으로는 더 겸손해져야겠군."

"쿠우, 이상한 게 잔뜩 있어."

"이상한 거……. 뭐, 확실히 이상하겠지."

느긋하게 중얼거리던 신은 티에라가 작게 한숨을 쉬는 것을 발견했다.

같은 엘프면서 사정을 잘 아는 슈니라면 몰라도 다른 사람들의 태도가 바뀔까 봐 걱정하는 모양이었다.

비밀을 밝힐 때는 상대의 반응이 가장 크게 신경 쓰이는 법이다.

"자, 어쨌든 티에라의 사정은 알겠어. 이야기해줘서 고마워. 티에라가 세계수의 무녀라는 엄청난 존재라 해도 난 지금까지 해온 대로 널 대할 테니까 그런 줄 알아."

"……어, 응. 고마워."

신은 약간 거만한 말투로 말했다. 다른 이들도 함께 고개를 끄덕거렸다.

그것을 본 티에라가 잠시 말을 잇지 못하더니 눈시울을 붉히며 감사를 표했다.

"자, 그러면 티에라의 장비에 관한 이야기를 해보자. 지금까지는 내가 골라줬지만 이제 슬슬 티에라도 직접 선택해보는 게 어때? 능력치가 올라가면 장비할 수 있는 아이템도 늘어나니까 말이지. 조금 이따가 나랑 함께 가보자고."

"그래, 알았어."

지금까지는 활과 단검의 조합이었지만 그 외에도 다양한 무기가 존재했다.

티에라의 메인 직업인 조련사라면 채찍과 곤봉, 투척 무기 등을 선택할 수도 있었다.

레벨과 능력치가 낮을 때는 선택할 수 있는 장비가 제한적이었지만 지금이라면 상당히 폭넓게 골라볼 수 있었다.

"다른 사람들은 어떻게 할래?"

"나도 따라가봐도 돼? 어떤 장비가 있는지 궁금하거든."

"그럼 같이 가자."

미츠요는 신이 가진 무기에 관심이 있는 듯했다. 같은 천하오검인 쿠니츠나는 코토네에게 볼일이 있다고 했다.

"그러면 우리는 티에라의 장비가 결정될 때까지 적당히 시간을 때울게. 어차피 경과를 지켜보느라 모레까지는 여기 머물러야 하잖아. 길드하우스 안을 견학이라도 해볼까."

필마는 남아서 대기할 때도 길드 안을 산책한 적이 있어서 이번에는 본관 외의 장소를 둘러본다고 했다.

"난 조련을 부탁받았소. 급한 용무가 있다면 연락해주시오."

슈바이드는 할버드를 무기로 쓰기 때문에, 창을 사용하는 무녀에게 지도를 부탁받았다고 한다.

"알았어. 슈니와 유즈하는 어떻게 할래?"

"몸을 움직일래. 눈밭에서 놀 거야!"

"그러면 저는 유즈하를 보고 있을게요."

무표정한 얼굴로 돌아온 유즈하는 살짝 고양된 뺨으로 하얗게 물든 숲을 가리켰다. 그것을 본 슈니가 동행을 자처했다.

그러면서 신에게는 심화로 너무 들뜨지 않도록 지켜보겠다는 뜻을 전했다.

"그러면 점심까지는 각자 자유 행동이로군."

가끔씩은 이런 날도 있다고 생각하며 신 일행은 각자 자유롭게 행동을 시작했다.

"아이템을 선택하려면 달의 사당에 가야겠지. 일단 쿠치나시 씨에게 허가를 받으러 가자."

신의 아이템 박스 안에도 수많은 무기가 잠들어 있었지만 대부분 본인이 장비하는 것들이라 조련사나 사냥꾼의 무기는 많지 않았다. 그래서 달의 사당에 있는 창고를 열기로 했다.

"어머, 오늘은 보기 드문 조합이네?"

쿠치나시는 길드마스터의 방을 찾아온 신, 티에라, 미츠요를 보고 의외라는 듯이 말했다.

"네. 가끔씩은 각자 마음대로 지내보기로 했거든요."

"슈니는 절대 너하고 떨어지지 않을 줄 알았는데."

쿠치나시가 놀리듯 말했다.

"계속 함께 있는 건 아니라고요. 지금은 잠깐 유즈하를 봐 주고 있어요."

신에 대한 슈니의 마음은 이미 다들 알고 있는 모양이었다. 아마 유즈하가 놀러 가겠다고 말하지 않았다면 신을 따라왔을 것이다.

"그래서 오늘은 무슨 일로 온 거야?"

"달의 사당을 꺼내고 싶은데 남들 눈에 띄지 않을 만한 공터가 있나 해서요. 갑자기 건물이 출현하면 다들 놀랄 테니까요."

전 플레이어이어인 쿠치나시는 괜찮겠지만 『흑무녀 신사』의 멤버들은 건물을 휴대하고 다닌다는 생각 자체를 하지 못할 것이다.

다른 무녀들에게 좋은 장소가 없는지 물어볼 수도 있었지만 신이 아는 무녀는 코토네와 스즈네 정도였다. 무녀들은 모두 신을 알고 있지만 신이 무녀들을 모르는 상태인 것이다.

하지만 쿠치나시라면 일일이 설명할 필요도 없이 물어볼 수 있었다.

"그렇다면 마침 좋은 곳이 있어. 하는 김에 나와 코토네도 함께 따라가도 될까?"

"저는 상관없는데요. 티에라는 어때?"

"나도 괜찮아."

신과 티에라는 쿠치나시의 제안을 받아들였다.

"먼저 코토네를 불러올게."

"그야 상관없지만 무슨 일이죠? 코토네 씨를 부르는 걸 보면 혹시 무기를 강화해달라는 건가요?"

"그런 마음도 없지는 않지만 말이지. 계속 도움을 받다 보면 너무 의존하게 될 것 같아서 무서워져."

신은 별생각 없이 말했지만 대답하는 쿠치나시의 표정이 심상치 않았다.

"또 뭔가 귀찮은 일이라도 생긴 건가요?"

"맞아. 자세한 이야기는 코토네와 함께 달의 사당에 가서 하자. 여기도 방음은 확실하지만 혹시라도 새어 나갈 가능성을 막아두고 싶거든."

신은 쿠치나시가 자기 동료들에게도 밝힐 수 없다고 하자 조금 의외였다.

쿠치나시가 이야기할 내용은 『흑무녀 신사』에서도 일부만 알고 있다고 한다.

"분위기가 심상치 않네요. 알겠습니다. 바로 이동을…… 아니지, 코토네 씨가 오는 게 먼저였죠."

"그래, 바로 부를 테니까 잠시만 기다려줘."

몇 분 뒤에 쿠치나시의 명을 받은 코토네가 방에 들어왔다. 연회 때와는 달리 『흑무녀 신사』의 검은 무녀복을 입고 있었다.

"부르셨나요?"

"기다렸어. 갑자기 미안하지만 호위를 부탁할게."

길드마스터가 이동할 때는 대부분 한 명 이상의 호위가 동행하게 된다. 코토네를 부른 것은 그 때문이기도 했다.

신은 무슨 이야기인지 몰랐지만 굳이 코토네를 불러낸 것을 보면 그녀도 이미 알고 있거나 들어도 상관없는 것 같았다.

볼일이 있다고 갔던 쿠니츠나도 코토네와 함께 왔지만 특별한 문제는 없었기에 신은 굳이 언급하지 않았다.

"그러면 가자. 안내할 테니까 따라와."

신 일행은 앞장서서 걸어가는 쿠치나시를 따라 길드 안을 걸어갔다. 신기하게도 목적지에 도착할 때까지 누구와도 마주치지 않았다.

쿠치나시가 안내한 곳은 길드하우스를 둘러싼 결계의 경계에 걸쳐 있는 잡목림이었다.

얼핏 보면 숲이 결계를 가로지르는 것처럼 보이기도 한다. 하지만 실제로는 경계의 안팎에서 나무들이 제멋대로 자라난 것뿐이다.

"이 안이라면 남들 눈에 띄지 않아."

나무가 적은 곳의 지면을 신과 코토네가 평평하게 만든 뒤에 달의 사당을 출현시켰다.

"내 이야기는 나중에 해도 돼. 먼저 신 군의 용건부터 마무리해."

쿠치나시가 양보하는 것을 보면 금방 끝날 이야기는 아닌 듯했다.

선택 자체는 나중에 해도 됐기 때문에 일단은 장비부터 꺼내 오기로 했다. 신은 티에라를 데리고 장비가 수납된 창고로 향했다.

다른 사람들도 견학하고 싶다고 했기에 허락하는 대신 제한을 두었다.

"여기가 창고였구나. 내가 온 뒤로 한 번도 열린 적이 없어서 조금 궁금했거든."

신이 문 앞에 멈춰서는 것을 보고 티에라는 납득했다는 표정으로 고개를 끄덕였다. 계속 열쇠로 잠겨 있어서 슈니도 열지 못했다고 한다.

"왠지 불길한 기운이 새어 나오는 것 같은데, 괜찮은 거야?"

신이 문을 열려고 하자 미츠요가 그런 말을 꺼냈다.

"신 군의 무기고니까 세상에 나오면 안 되는 무기들이 있을 것 같네. 신 군이라면 저주받은 무기들도 아무렇지 않게 사용할 수 있잖아?"

"쿠, 쿠치나시 님! 저한테서 떨어지지 마세요!"

코토네가 '저주받은 무기'라는 말에 경악하면서도 쿠치나시를 지키려는 듯이 앞으로 나섰다.

"무슨 괴물 소굴인 것처럼 이야기하지 말라고요. 쿠치나시 씨와 코토네 씨는 창고 안의 물건을 건드릴 수 없게 되어 있으니까 실수로 만지더라도 괜찮아요."

신은 창고에 들어올 때의 제한 사항을 설명하면서 불만스럽게 항의했다.

"고대급이나 신화급 무기가 데굴데굴 굴러다니는 창고라면 괴물 소굴이나 마찬가지인 것 같은데?"

"그냥 성능 좋은 무기일 뿐이잖아요. 코토네 씨도 위험하지 않으니까 진정하세요."

"신 님도 이곳의 위험성을 너무 과소평가하시는 것 같은데 요……. 그래도 정말 저주받은 무기가 있는 곳에 들어가도 괜찮은 걸까요?"

코토네는 전설의 무기가 별것 아니라는 듯이 말하는 것을 의아하게 생각하면서 당연한 질문을 꺼냈다.

"괜찮아요. 장비하지만 않으면 아무 일도 일어나지 않으니까요. 그리고 무기 때문에 위험한 일이 생기면 제가 책임지고 녹여버리겠습니다."

신이 히죽 웃으며 말하자 창고 안에서 덜컥 하는 소리가 났다.

"저기, 신. 방금 창고 안에서 뭐가 움직인 것 같은데……."

"저도 들었어요……."

"핫핫핫, 괜찮다니까요. 저주받은 무기가 겁을 먹은 것뿐이에요."

"대장장이가 무기를 겁줘도 되는 거야?"

"같은 무기인 나는 이런 농담엔 못 웃겠어."

"동감이옵니다."

안에서 들린 소리에 몸을 부르르 떠는 티에라와 코토네에게 신은 걱정하지 말라고 타일렀다.

쿠치나시는 어이가 없다는 얼굴이었고 미츠요와 쿠니츠나는 눈썹을 찡그렸다.

신은 그녀들의 반응을 무시하며 창고 문을 열었다.

천천히 열린 문 안에는 쿠치나시가 말한 것처럼 희귀급, 고유급을 비롯해 신화급부터 고대급에 이르는 다양한 무기가 보관되어 있었다.

"으…… 정말 이 안에 들어가는 건가요?"

"우와아…….."

"어, 뭐야, 그 반응은."

신은 코토네와 티에라의 반응에 당황했다. 이곳은 신에게 단순한 창고일 뿐이었고, 위험한 장소로 인식해본 적은 단 한 번도 없었다.

하지만 다른 사람은 그렇지 않았다. 문틈으로 새어 나오던 불길한 기운이 한꺼번에 쏟아져 나오는 것을 느끼지 못한 것은 신뿐이었다.

게다가 이곳에는 무기에 담겼던 마력의 잔해도 맴돌고 있었다.

눈에 보이지도 않고 특별한 현상을 일으키는 것도 아니었다. 그러나 그것을 분명히 느낀 코토네와 티에라는 눈에 띄게 표정을 일그러뜨렸다.

"이 기운을 느끼면서도 태연한 건 역시 대단하다고 해야 하려나?"

쿠치나시도 그것을 느꼈는지, 아무렇지도 않아 보이는 신을 보며 쓴웃음을 지었다.

"저희들과 같은 계통인 무기들의 기척이 느껴지옵니다."

"천하오검은 아니야. 장검과 창까지 몇 자루가 있긴 하지만."

쿠니츠나와 미츠요는 자신들처럼 인간화하는 무기들의 기척을 느끼고 있었다.

"신, 이 안이 정말로 안전한 거야? 안전한 거냐고?!"

마력에 민감한 티에라는 창고 안에 충만한 짙은 마력을 느끼고 신의 등 뒤로 숨어버렸다. 신변의 위험을 느꼈는지 신의 옷자락을 붙잡고 놓으려 하지 않았다.

"정말로 괜찮다니까. 베일리히트에 있을 때 유즈하도 들어온 적이 있어. 뭐, 꼬리털이 잔뜩 곤두서긴 했지만 말이지."

"그, 그렇다면 괜찮은 걸까……. 어, 갑자기 앞으로 가면 어떡해!"

이대로는 끝이 없을 것 같았기에 신은 재빨리 창고에 들어가기로 했다.

아무 말도 없이 움직였기에, 신의 옷을 잡고 있던 티에라는 앞으로 고꾸라질 뻔했다.

미츠요도 말없이 뒤를 따랐다.

"으으, 등줄기에서 소름이……."

"괴물 소굴이라는 말도 전혀 틀린 말은 아닌 것 같네."

"굳이 신경 쓰지 않으면 아무렇지도 않은데 말이지. 쿠치나시 씨는 어떻게 하실래요? 그렇게 오래 걸리지는 않을 거예요."

"그럼 실례할게. 자, 코토네도 가자."

"어, 쿠, 쿠치나시 님!"

코토네는 아직도 망설이고 있었지만 쿠치나시는 거침없이 창고 안으로 들어섰다. 그녀는 쿠니츠나와 함께 방어구와 액세서리 종류는 눈길도 주지 않고 성검과 성창 같은 무기들을 감상하며 돌아다녔다.

한편 신은 티에라가 장비할 만한 무기와 액세서리를 꺼내 카드화했다. 들어온 김에 도움이 될 만한 일회용 도구들도 아이템 박스에 넣어두었다.

"자, 일단 어느 정도 뽑아봤는데 티에라는 따로 눈에 들어오는 거 없어?"

"저기, 이것 말인데……."

티에라가 가리킨 것은 1세메르 정도의 연녹색 호박이 박힌 반지였다.

호박 자체는 별로 탁하지 않고 보석에 가까운 빛을 머금고 있었다. 중심부에는 식물의 씨앗이 담겨 있었다.

"그래. 『취녹(翠綠) 호박의 반지』로군."

취녹 호박은 연금술 스킬로 호박을 정제해서 얻는 아이템이다. 그리고 이 취녹 호박에 쓰인 수액은 세계수에서 채취한 것이었다.

세계수의 무녀였던 티에라에게 잘 어울리는 물건이었다.

"다른 건 없어? 세계수와 관련된 아이템은 이것 말고도 몇 개 더 있었을 텐데."

"다른 건…… 특별히 없어. 뭐랄까, 내가 찾은 건 아니고 그냥 느낌이 온 거야."

"그렇구나. 그러면 그것도 후보에 넣어두고 선택은 밖에서 하자. 쿠치나시 씨, 이제 슬슬…… 아니, 뭘 보고 있는 거죠?"

신이 시선을 돌리자 쿠치나시가 창고 안의 어느 한 곳을 가만히 응시하고 있었다.

그곳에는 검, 창과 장갑 같은 공격용 무기들이 보관되어 있었다.

종류별로 무기가 보관된 창고 안에서 그곳에만 다른 계통의 무기들이 한데 모였기에 조금 이질적으로 보이긴 했다.

"신 군, 혹시나 해서 묻는 건데 이건 봉인용 무기 맞지?"

"네, 맞아요. 특별히 필요하진 않지만 뭐, 그냥 수집품인 거죠."

신은 그렇게 말하며 쿠치나시가 보고 있던 일본도를 손에 들었다.

정식 명칭은 봉인검 『쿠사비마루(楔丸)』였다.

길이 60세메르 정도의 쿠사비마루는 온통 흰색으로 물들어 있었다. 검신, 날밑, 자루, 칼집에 이르기까지 전부 새하얗다.

일반적인 검과 다른 부분은 자루 끝부분에 무색투명한 구슬이 박혀 있다는 점이었다. 이것은 주변에 놓인 다른 무기들도 마찬가지였고 봉인용 무기의 상징이라고 할 수 있었다.

재질은 마강철에 소량의 오리할콘과 미스릴을 섞은 합금이었다. 거기에 특수한 처리를 하면 순백의 검『쿠사비마루』가 된다.

신이 수집품이라고 말한 것은 특정한 이벤트가 아니면 사용할 기회가 없어서 실용성이 떨어지기 때문이다.

일반적인 무기처럼 사용하면 레벨 100 정도의 골렘 상대로 세 번만 내리쳐도 부러질 정도였다.

"이게 뭐 문제라도 있나요?"

"아하하, 이것 참. 마침 봉인용 무기에 대해 할 말이 있었는데 실물이 여기에 모여 있으니까 어떻게 해야 할지 생각하던 중이었어."

쿠치나시는 당황과 안도가 뒤섞인 애매한 표정을 짓고 있었다.

"봉인용 무기요? 이건 그 이벤트용 아이템인데, 설마 그게 발생한 건가요?"

"그래, 맞아. 하지만 금방 어떻게 된다는 이야기는 아니야. 티에라의 볼일이 끝나면 이야기할 생각이었는데, 그냥 먼저 들을래?"

"저는 나쁜 소식을 먼저 듣는 성격이니까 그게 좋겠네요. 티에라는 어때?"

"나도 같은 의견이야. 모처럼 새로운 장비를 고르는데 마음에 괜한 불안을 품고 싶진 않거든."

티에라도 먼저 듣고 싶다고 했기에 신 일행은 일단 거실로 이동하기로 했다.

이동하는 도중에 미츠요가 신의 옷자락을 잡아끌었다.

"무슨—."

"쉿. 저기, 신. 뭔가 엄청나게 중요한 이야기를 하는 것 같은데, 나와 쿠니츠나가 들어도 괜찮은 거야? 우리 본체는 후지에서 움직일 수 없으니까 거의 도움이 될 수 없을 텐데?"

미츠요는 자신을 돌아본 신의 입을 검지로 가로막으며 작은 목소리로 말했다.

"괜찮을 거야. 천하오검에 대한 건 쿠치나시 씨도 알고 있고 내가 따로 설명도 했거든. 너희가 들으면 안 되는 이야기였다면 지금 말을 꺼내지 않았을 거야. 그리고 무슨 내용인지는 나도 대충 짐작이 가. 일단 미츠요도 들어두는 게 좋을 거야."

"그래? 뭐, 신이 그렇게 말한다면 괜찮은 거겠지."

두 사람의 대화가 끝나자마자 일행은 거실에 도착했다.

티에라가 차를 끓이고 모두가 한숨을 돌렸을 때 쿠치나시가 이야기를 꺼냈다.

"자, 신 군은 이미 알고 있을 테지만 지금부터 이야기하는 건 게임의 대규모 퀘스트 중 하나였던 『일곱 개의 원죄』에 관해서야."

"역시 그랬군요. 성가시게 됐네요."

쿠치나시가 말한 『일곱 개의 원죄』란 세계 각지에 총 일곱 개의 검은 구체가 출현하고 그것들을 정해진 기간 내에 발견하고 봉인하면 클리어되는 퀘스트였다.

구체는 던전이나 필드의 보스와 융합해서 원죄와 관련된 보스로 변신했다.

융합 대상은 원죄와 관련된 몬스터로 한정되었다.

보스를 쓰러뜨리면 구체를 회수할 수 있고 거기에 봉인용 무기를 찔러 넣으면 구체가 봉인되었다.

구체가 봉인된 무기는 다른 구체의 위치를 대략적으로 가르쳐주기 때문에, 하나만 찾으면 클리어가 시간문제라는 것이 플레이어들의 공통된 인식이었다.

가장 많은 구체를 봉인한 플레이어에게는 운영자가 레어 아이템을 수여했기 때문에 기본적으로 많은 사람들이 참가하는 퀘스트였다.

"구체와 융합된 몬스터가 발견된 건가요?"

"정답이야. 결국 놓쳤지만 말이지."

발견자는 퀘스트에 참가한 적이 있는 전 플레이어였기 때문에 틀림없다고 쿠치나시가 말했다.

"그 이야기를 모험가 길드에도 알렸나요?"

"물론 알렸어. C랭크 이상의 모험가들에게는 전달되었을 거야. 발견된 몬스터의 이름은 슬로우스 오브 베어. 레벨은 115였대."

"슬로우스(태만)군요. 언제 발견된 거죠?"

"1년 전쯤이야. 지금은 어떻게 됐을지 모르지만 숨는 거 하나는 잘하는 몬스터잖아. 예전에 발견했을 때도 금방 어딘가로 도망쳐서 영 못 찾고 있다나 봐."

원죄를 주관하는 몬스터는 시간이 지남에 따라 조금씩 레벨이 오른다.

그러나 거기엔 상한선이 있었고, 상한선에 도달한 이후로는 원죄에 대응하는 몬스터가 한 마리 늘어날 때마다 모두의 레벨이 100씩 오른다.

그리고 레벨이 700을 넘으면 몬스터가 악마로 진화하게 된다.

데몬과 달리 개체마다 다양한 습성이 있었고 반드시 도시와 플레이어를 습격하는 것은 아니었다.

하지만 기본적인 전투력이 높은 데다 일곱 개의 악마가 한곳에 모이면 그때까지 따로 행동하던 개체들이 모든 인간에 대해 일제히 적대 행동을 취하기 시작한다.

이 지경에 이르면 길드끼리 협력해서 대응할 수밖에 없었다.

"이쪽 세계에선 랭킹이 없으니까요. 봉인이 풀렸다는 걸 알아도 바로 토벌할 수는 없겠네요."

구체의 봉인은 하나씩 풀리게 된다.

빨리 찾아내면 하급이나 중급 플레이어도 상위 랭킹에 진입할 수 있었기에, 이 퀘스트가 발생하면 플레이어들이 앞다투어 구체와 몬스터를 찾아 나섰다. 그러니 빨리 토벌될 수밖에 없다.

그래서 게임 시절에는 악마까지 진화한 사례가 손에 꼽을 정도였다.

"저는 맨 처음에만 참가해본 정도라 기억이 잘 안 나지만요. 봉인이 풀리는 간격이 어느 정도였는지 기억하세요?"

"나도 그걸 모르겠어. 게임 때는 약 1주에서 2주 간격이었는데 이쪽 세계에선 어떻게 되는지 전혀 알 수 없어."

쿠치나시가 말한 간격이라면 이미 전부 부활하고도 남았다. 그러나 악마가 공격해올 기미는 보이지 않았다.

그래서 쿠치나시도 봉인이 풀릴 때까지 남은 시간을 모르는 것 같았다.

"아무 대책도 세우지 않을 수는 없으니까, 몬스터가 발견되었을 때를 위해 신 군에게 봉인용 무기를 만들어달라고 부탁하려 한 거야. 우리 쪽에서도 연구는 하고 있지만 옛날처럼 스킬을 쉽게 얻을 수 있는 것도 아니고 육성 속도도 느려서 좀처럼 진전이 없거든."

"알겠습니다. 그런 일이라면 몇 개 만들어둘게요. 레시피와 제작 재료가 전부 갖춰져 있으니까요."

신이 만든 무기를 대량으로 넘기게 되지만 봉인용 무기는 실용성이 전무했기에 만약 유출되더라도 위험하지는 않았다.

제작하는 시간도 오래 걸리는 것은 아니었다.

"휴우, 신 군의 협력을 얻어서 기뻐해야 할 테지만 이렇게 일이 잘 풀리다 보면 뭔가 나쁜 일이 일어날 것 같아서 무서워."

"저에게도 원죄의 악마는 미지의 존재니까요. 어떤 식으로 싸우는지는 대충 알지만 실제로 싸워본 적은 없으니까 사전에 처리할 수만 있다면 가장 좋을 거예요."

신이 구체 탐색 작업을 지원하기는 어려웠다. 그러나 게임 때처럼 남의 일인 양 수수방관할 수도 없었다.

이 세계에서 희생자의 숫자는 곧 사망자의 숫자였다. 그 안에 신이 아는 사람이 포함되지 않으리란 보장이 없었다. 그것만으로도 신이 협력할 이유는 충분했다.

"내 용무는 이걸로 끝이야. 시간을 뺏어서 미안해."

"아니요. 그런 이야기라면 오히려 제가 고맙죠. 이쪽 세계에 대해서는 아직도 모르는 게 많거든요. 앞으로도 뭔가 위험한 일이 있으면 알려주세요. 어디까지 힘을 보탤 수 있을지는 모르겠지만 말이죠."

"신 군하고 연결고리가 생겼다는 것만으로도 충분해."

그 뒤로도 한동안 이야기를 나눈 뒤에 쿠치나시는 코토네를 데리고 달의 사당 밖으로 나갔다.


"자, 그러면 이제 티에라의 장비를 갖추기만 하면 되겠군.

미츠요와 쿠니츠나도 함께할 거야?"

"그래. 처음부터 그러려고 함께 온 거니까. 이 아이에게 어울리는 장비가 어떤 건지 보고 싶어."

"괜찮다면 저도 동석하고 싶사옵니다."

쿠니츠나도 이미 코토네를 만나 볼일을 마쳤다고 한다.

신과 쿠치나시의 대화를 들으며 위기감을 느낀 티에라가 제안했다.

"저기, 내 장비를 고르기 전에 스승님이나 슈바이드 씨에게 사실을 알리는 편이 좋을 것 같은데……."

"나중에 설명하면 돼. 그리고 슈니라면 굳이 설명하지 않아도 원죄의 몬스터를 보면 바로 쓰러뜨리려 할 거야."

신도 게임 시절에 원죄의 몬스터를 사냥한 적이 있었기에 슈니와 다른 부하들도 그 위험성을 인지하고 있었다.

현재 슈니와 유즈하 외에는 『흑무녀 신사』의 영역 내에 있었기에 몬스터와 조우할 가능성은 거의 없었다.

하지만 신은 만약의 사태에 대비해서 슈니에게만 심화로 연락을 해두었다.

"자, 그러면 장비 선택을 시작하자. 어쨌든 티에라의 능력치로 장비할 수 있는 것들 중에서 최대한 성능이 좋은 장비를 골라봤어. 시리즈 장비는 세트로 만들어놓았으니까 한 번에 복장이 바뀔 거야. 겉보기가 조금 그런 게 있긴 하지만…… 뭐, 일단 입어봐."

신은 그렇게 말하며 티에라에게 카드를 내밀었다.

"그러면 순서대로 입어볼게."

티에라가 카드를 들고 의식을 집중하자 푸른빛이 몸을 뒤덮듯 생겨났고 잠시 뒤에 복장이 변화했다.

발크스 때도 그랬지만 이쪽 세계의 주민들이 장비의 빠른 전환을 사용하면 이런 현상이 나타나는 듯했다.

"꺄앗?! 잠깐! 이게 뭐야?!"

바뀐 복장을 확인한 티에라가 빨개진 얼굴로 가슴과 허리를 팔로 가렸다.

티에라의 현재 복장을 설명하자면 머리에는 파란 깃털 장식이 달리고 상반신은 무늬가 들어간 튜브탑만 걸치고 있었다. 하반신에는 연갈색 비키니 팬츠가 허리에 두른 파레오에 싸여 있었다.

동물 가죽으로 만든 샌들을 신고 팔에는 금색 링을 장착한 상태였다. 허리 뒤쪽에는 단검이 두 자루 매달려 있고 등에는 활과 화살통을 메고 있었다.

"숲 처녀의 세트로군. 아마조네스 시리즈로 부르기도 해. 성능은 좋지만 겉모습이 이래서 솔직히 안 입을 줄 알았는데."

"이, 이런 복장인지 몰랐으니까 입은 거잖아!"

티에라는 파레오를 필사적으로 잡아당겨 노출도를 줄이려 했다.

그러나 짧은 파레오로는 비키니 팬츠를 간신히 가릴 뿐이었다. 오히려 그런 동작이 더욱 섹시한 분위기를 자아내고 있었다.

　"아니, 카드 표면에 복장 디자인이 그려져 있잖아."

　신의 말대로 다른 카드 표면에는 실체화했을 때의 모양이 분명히 그려져 있었다. 그것은 장비뿐만 아니라 소비형 아이템과 제작 재료도 마찬가지였다.

　"으으, 어째서 이런 게 섞여 있는 거야? 사람들 앞에서 이걸 어떻게 입고 다니겠어?"

　"지금 골라온 것들 중에선 성능이 두 번째로 좋은 녀석인데 말이지. 그리고 겉모습에 대한 건 이미 경고했잖아."

　"그, 그야 그렇지만……."

　티에라는 쿠치나시의 이야기에 아직도 동요한 탓인지, 신이 일부러 '겉보기가 조금 그렇다'라고 표현한 것을 미처 알아채지 못했다. 노출에 대한 경고는 한 마디도 하지 않은 것이다.

　사실 부여된 효과와 성능만 중시한 탓에 겉모습이 다소 화려하거나 노출이 심한 장비가 몇 개 포함되어 있었다.

　"저기…… 너희들은 뭐 하는 거야?"

　미츠요는 신과 티에라의 대화를 싸늘한 눈빛으로 바라보고 있었다.

　"우리가 괜히 방해했나 보지?"

한편 쿠니츠나는 재미있는 구경거리가 생겼다는 듯이 싱글 거리고 있었다.

"아니, 기다려. 잠깐 예상치 못한 일이 벌어진 것뿐이야. 다른 의도는 없다고."

"헤에~ 그래 보이지는 않는데~."

미츠요는 억양 없는 목소리로 말했다. 방금 전까지 기대로 가득 찼던 눈동자는 온데간데없었다.

"뭐, 겉모습이 어떻든 간에 성능이 좋다는 건 나도 알 것 같아."

"미, 미츠요 씨! 옷을 잡아당기지 말아주세요!"

"조금 정도야 괜찮잖아. 천 같은 감촉인데 내가 힘을 줘도 조금도 찢어지지 않아. 전설급 장비라고 해도 강도가 너무 강한 거 아냐……? 크윽, 뭐야, 이 크기는……. 반칙이잖아……."

"응?"

미츠요는 장비를 보며 감탄하나 싶더니 티에라의 튜브톱 끝을 잡아당기다가 눈에서 생기를 잃고 말았다.

"이런, 이런. 이상한 스위치가 켜진 모양이옵니다."

쿠니츠나는 곤란하다는 듯이 웃으며 말했다. 말릴 생각은 없는 듯했다.

"버, 벗을게요! 벗으면 되잖아요!"

"저기, 어쨌든 티에라는 장비를 바꾸는 게 좋겠어. 그리고 미츠요도 좀 진정하라고."

두 사람의 흥분된 모습을 보며 오히려 냉정해진 신이 티에라에게 대처 방법을 알려주었다.

티에라의 장비가 원래대로 바뀌면서 튜브톱을 잡고 있던 미츠요의 손이 허공을 갈랐다.

"앗?! 내가 지금까지 뭘 하고 있었던 거지……?"

"그게 그렇게 궁금해?"

"……신은 모를 거야. 육체적인 성장을 기대할 수 없는 난 본체로 돌아가면 또 왜소한 모습이 되어버리는걸. 지금 잠시, 지금 잠시만 꿈을 꿔도 괜찮은 거잖아!"

미츠요의 감정이 널을 뛰고 있었다.

"확실히 나는 모를 것 같아."

미츠요의 시선이 향하는 곳을 보면 신도 그녀가 무엇을 신경 쓰는지 알 수 있었다. 그러나 가슴 크기에 대한 여성들의 감정을 남자인 신이 이해하기란 불가능했다.

"어쨌든 다음으로 넘어가자. 다음."

깊이 파고드는 것은 위험할 것 같았기에 신은 티에라에게 다음 장비를 입어보라고 재촉했다.

"그, 그래. 이번엔 그림을 꼼꼼히 봐야겠어."

티에라는 카드 표면의 그림을 확인한 뒤 장비를 변경했다.

이번 장비는 붉은 머리 장식과 짙은 녹색의 셔츠와 온몸을 덮은 망토, 그리고 까만 바지와 부츠였다. 방금 전의 숲 처녀

세트와는 정반대의 노출도였다.

아지랑이 시리즈로 불리는 그 장비는 모든 세트를 갖추면 적에게 쉽게 발각되지 않는 추가 보너스가 붙었다. 주위에 녹아들어야 하기 때문에 외형은 광학미채(光學迷彩)에 가까웠다.

무기는 허리 왼쪽에 쿠쿠리 나이프가 한 자루, 오른쪽에 투척용 나이프가 네 자루 담긴 케이스가 매달려 있었다.

"특이한 검을 차고 있사옵니다. 활도 없는 것 같고요."

"주요 공격 방법이 접근한 뒤에 기습하는 데 맞춰진 장비거든. 바로 숨을 수도 있고 위험할 때는 도망치기도 쉬워. 활을 전혀 못 쓰는 것도 아니야."

쿠니츠나가 감상을 말하자 신이 해설해주었다.

티에라는 가볍게 팔다리를 움직이며 가동성을 확인했다.

"제법 괜찮은데. 첫 번째 후보로 삼아야겠어."

그 뒤에도 몇 가지 장비를 더 확인한 끝에 최종적으로 두 개의 장비를 상황에 따라 나눠서 사용하기로 결정되었다.

첫 번째는 첫 후보로 거론된 아지랑이 시리즈였다. 겉모습이 수수하고, 강적을 상대할 때 공격받지 않도록 숨을 수 있다는 이유로 선정되었다.

두 번째는 궁희(弓姬) 시리즈로 불리는, 사격에 특화된 장비였다.

상반신은 머리의 은색 서클렛과 가슴을 덮은 갑옷, 팔을 보호하는 팔 덮개로 구성되었다. 하반신은 치마와 갑옷이 일체화된 형태였고 무릎까지 올라오는 부츠를 신고 있었다.

무기는 미스릴과 오리할콘으로 만들어진 『인휘(燐輝)의 취궁(翠弓)』이었다. 실용성을 만족시키면서도 바람과 날개를 이미지화한 장식까지 달고 있는 세련된 작품이다.

그리고 하이라이트는 등 뒤에서 푸르게 빛나는 네 장의 반투명한 방패였다. 이것은 모든 궁희 시리즈를 세트로 갖추었을 때의 보너스로, 적의 공격을 자동으로 방어해주었다.

궁희 시리즈는 근접전용 무기를 장비할 수 없었기에 그에 따른 대책이기도 했다.

"이 궁희 시리즈는 왜 머리 모양까지 바뀌는 거야?"

"궁희 시리즈는 원래 궁희라 불린 인물이 사용하던 장비라고 들었어. 아마 그 사람이 그런 머리를 하고 있었으니까 그에 맞춰 변화한 게 아닐까?"

궁희 시리즈를 장비한 티에라의 머리카락은 복잡한 모양으로 엮여서 머리 뒤로 한데 묶여 있었다. 원래 등 뒤까지 내려오던 흑발이 어깨 정도 길이로 줄어들어 있었다.

"함께 행동하게 된 뒤로 새삼스럽게 생각한 건데, 신의 무기 제작 기술은 대체 뭐야? 인간의 몸으로 도달할 수 있는 영역이 아니잖아."

"미츠요라면 예전 기억이 있을 테니까 말하는 건데, 난 『영광의 낙일』 이전부터 살아왔어. 이 기술과 지식은 그때 얻은 거야. 『영광의 낙일』 이전에 대해 아는 사람은 게임 시대라고 말하기도 하지."

"확실히 그 정도로 오랫동안 실력을 갈고닦으면…… 가능하려나?"

미츠요는 흔들리는 눈동자로 예전 기억을 되짚어보는 것 같았다.

애초에 게임 시절의 기억은 그대로 남아 있었다. 신에 대한 기억도 츠네츠구가 지적할 때까지는 떠올리지 못했지만 아예 잊었던 것은 아니었다.

"……그렇군요. 생각이 났사옵니다. 이상할 만큼 고성능 무기를 장비하고 마법을 쓰는 사무라이. 그게 신 님이었군요."

미츠요와 신의 대화를 듣고 있던 쿠니츠나가 납득했다는 듯이 고개를 끄덕였다.

"옛날 세계는 이런 기술이 넘쳐났던 거구나……. 왠지 신이 부러워지네."

"그 무렵엔 우리도 이 정도로 자유롭게 움직이진 못했어."

신이 당시에 사용했던 것도 일종의 비기였다.

"얼마 전까지는 나도 비슷했지만 말이지."

"무슨 말이야?"

"【저주의 칭호】라는 것에 걸려서 달의 사당 밖으로 못 나왔거든."

티에라는 당시의 상황을 간단히 설명했다.

"그런 일이 있었구나. 아, 그래서 함께 행동하는 거구나."

"네, 저도 납득했사옵니다."

미츠요와 쿠니츠나는 티에라가 은혜를 갚기 위해 신과 동행하는 것으로 생각한 모양이었다.

그리고 이번에는 쿠니츠나가 티에라의 귓가에 작은 소리로 무언가를 속삭였다.

"그때는 신 님이 마치 백마 탄 왕자님처럼 보였던 것이겠지요? 어땠사옵니까?"

"어?! 아, 아니, 저기…… 나 같은 건 어울리지도 않고…….
스승님도 계시고……."

티에라는 쿠니츠나의 속삭임에 동요하고 있었다. 신도 마음만 먹으면 무슨 이야기를 하는지 들을 수 있었지만 【귀 기울이기】스킬은 눈치껏 사용하지 않았다.

"그러면 차라리 두 번째 자리를 노리는 건 어떻사옵니까?
저도 이 세계에 대해 전혀 모르는 건 아니옵니다. 반드시 한 사람이어야 하는 건 아니지요?"

"그야 그렇지만……."

쿠니츠나는 무엇이 한 사람일 필요가 없다는 건지 명확하게 말하지 않았다.

그러나 티에라에게는 명확히 말하는 것이나 마찬가지였다.
말을 머뭇거리는 티에라의 얼굴은 새빨갛게 달아올라 있었다.

"눈앞에서 비밀 이야기를 하니까 역시 궁금해지는군."

"여자끼리 하는 이야기야. 남자는 잠자코 기다리라고."

미츠요는 신을 끼워줄 생각이 없는 듯했다.

신은 혼자 궁금해하며, 이야기를 계속하는 두 사람을 바라보았다. 어느새 친해졌는지 세 사람은 서로를 이름으로 부르고 있었다.

계속 기다리게 하기는 미안했는지 세 사람의 대화는 몇 분만에 끝났다. 티에라의 얼굴은 귀까지 새빨갛게 변했다.

쿠니츠나는 그런 티에라를 따뜻하게 바라보며 미소 지었다. 한편 미츠요는 조금 부러워하는 눈빛으로 티에라를 바라보았다.

"자, 미츠요. 우리 목적은 이미 달성했으니까 이제 슬슬 가는 게 어떻사옵니까? 남은 시간은 둘이서 보내게 해주는 것이 좋겠사옵니다."

"……휴우, 알았어."

쿠니츠나의 말에 미츠요는 한숨을 쉬며 고개를 끄덕였다. 그 표정은 한눈에 봐도 불만스러웠다.

"하지만 우리도 목적은 달성했다고."

쿠치나시의 이야기를 듣고 티에라의 장비 선정도 끝마쳤기에 굳이 달의 사당에 머물 이유는 없었다. 신은 그렇게 생각하며 티에라 쪽을 돌아보았다. 그러자 티에라는 뭔가 할 말이 있는 것처럼 신을 바라보고 있었다.

"자, 티에라도 신에게 할 말이 있다고 했잖아. 똑바로 들어줘!"

"아, 이봐!"

미츠요는 그렇게 말하며 신의 등을 한 대 치더니 쿠니츠나를 데리고 달의 사당에서 나갔다. 그 모습은 약간 자포자기하는 것 같기도 했다.

"나름대로 마음을 써준 것 같아."

"뭐, 평소의 미츠요와는 태도가 조금 달랐던 것 같기도 하군."

신이 미츠요가 닫고 나간 문을 바라보며 말했다. 문 밖에서는 '으앙~ 난 바보야!'라는 외침 소리가 들려오는 것 같기도 했다.

"……그건 그렇고, 할 이야기가 있다면서. 뭐야?"

"응. 이건 개인적인 이야기라서 스승님이나 다른 사람들이 있을 때는 미처 꺼내지 못했어. 신은 『도지기리 야스츠나』를 정화할 때 어떤 상황이었는지 기억나?"

"그야 물론……. 혹시 그때 뭔가를 보기라도 한 거야?"

그때 들렸던 목소리와 영상. 굳이 언급할 만한 거라면 그것밖에 없었다.

"신도 뭔가 봤던 거구나. 나도 이야기할 테니까 그게 뭐였는지 물어봐도 돼?"

"그래. 내가 본 건 숲 속에서 쓰러진 누군가와 그 옆에서 뭐라고 외치던 여성이었어. 쓰러진 쪽의 성별은 모르겠지만 여자 목소리가 들린 걸 보면 소리친 쪽은 여자가 분명할 거야. 내용까지는 못 들었지만 말이야."

숨길 일은 아니었기에 신은 기억하는 대로 이야기했다. 정보 자체가 그리 많지 않았다.

"그렇구나. 나하고는 다른 걸 봤던 거였어."

이야기를 들은 티에라는 납득한 표정으로 고개를 끄덕였다.

"아마 그건 내가 마을에서 쫓겨날 때의 광경일 거야. 쓰러진 사람은 내…… 어머니야."

어머니. 그 말이 입에서 나오는 짧은 순간 동안 티에라의 눈빛에 슬픔의 감정이 스쳐 지나갔다.

신이 목격한 것은 티에라의 과거였던 모양이다.

"그럼 다음은 내 차례야."

티에라는 어두워질 것 같은 분위기를 감지하고 최대한 밝게 이야기했다.

티에라는 그때 도시의 뒷골목 같은 곳에서 쓰러진 여자를 끌어안은 남자의 모습을 봤다고 한다.

그리고 그 남자가 손에 든 검으로 다른 남자를 죽이려는 순간에 영상이 끝났다고 한다.

신처럼 초점이 맞지 않거나 중간중간 끊어지지도 않고 모든 광경이 선명하게 보였던 모양이다.

"그리고 입이 움직였던 걸 보면 뭔가 이야기를 했던 것 같

아. 하지만 목소리는커녕 아무것도 들리지 않았으니까 무슨 말이었는지는 모르겠어."

티에라는 거기까지 말하고 나서 갑자기 입을 다물었다. 시선은 땅으로 내려갔고 표정에서도 망설임이 엿보였다.

신은 티에라가 망설이는 이유를 짐작했기에 자신이 먼저 입을 열었다.

"그 남자가 나였던 거지?"

"……응. 하지만 진짜 신인지는 모르겠어. 왜냐하면— 그때의 신은 완전히 딴사람 같았는걸."

티에라의 목소리는 희미하게 떨리고 있었다. 영상을 통해서도 무언가가 전해졌던 모양이다.

"그랬구나. 예상은 했지만 역시 그때 영상을 봤던 거였어."

그것은 신이 가장 사랑하던 사람을 잃을 때의 광경이었다.

"그건 절대 잊을 수 없는 기억이거든. 서로 가장 괴로웠던 순간을 엿보게 된 건가."

"그래. 아마 그런 것 같아."

더할 나위 없이 소중한 사람을 잃은 기억이었다. 그때의 상황에 대해 이야기하면 바로 머릿속에 떠오를 만큼 두 사람의 마음에 깊이 각인되어 있었다.

"……저기, 신. 넌 괜찮은 거야?"

"괜찮냐고? 뭐가 말이야?"

티에라는 걱정스러운 표정으로 말했다.

신은 티에라가 어떤 심정으로 묻는 것인지 알 수 없었다.

"전에 함께 호위 의뢰를 맡았을 때 도적에게 습격당했잖아? 그때 도적을 쓰러뜨린 다음에 내가 신을, 저기, 끌어안았던 거 기억해?"

"그것 말이구나. 기억하고 말고 할 것도 없이, 오히려 잊어버리기가 어려운 체험이잖아."

살짝 얼굴을 붉힌 티에라에게 신은 뺨을 긁적이며 대답했다.

전투 직후였기에 상당히 선명한 기억으로 남아 있었다. 티에라의 부드러운 가슴은 좀처럼 잊을 수 있는 것이 아니었다.

"선명히 떠올리려고 하지 마! 기억하면 됐으니까!"

차근차근 상황을 떠올리던 신에게 티에라가 새빨개진 얼굴로 외쳤다. 부끄러움이 다시 밀려왔는지 귀까지 붉게 물들어 있었다.

"그게 아니라, 내가 하고 싶은 말은, 어째서 그런 일을 했냐는 거야!"

"무슨 이유가 있는데?"

그때 함께 있던 츠바키도 의아한 표정을 지었던 것이 생각났다. 그때는 동료들 앞에서 그런 이야기를 꺼낼 수도 없었기에 뒤로 미루었다가 지금에 이른 것이다.

"……그때 네가 발산하는 기운이 엄청나게 무서웠어. 정화할 때 봤던 네 모습만큼은 아니지만, 그래도 그런 기운을 발산하는 신은 안 된다고, 그렇게 생각했어. 그래서 그때 생각할 수 있는 최선의 방법을 찾은 거야. 정말로 부끄러웠다고."

티에라는 작게 심호흡을 하며 신을 끌어안았던 이유를 설명했다.

꽉 주먹 쥔 오른손으로 입가를 가린 채 신을 매섭게 올려다보고 있었다. 얼굴이 붉게 상기된 탓에, 무섭기보다는 귀여운 인상이 앞섰다.

"그랬구나. 그랬던 거였어. 생각해보면 확실히 먼 옛날의 느낌이 돌아왔던 것 같기도 해."

신은 그때의 일을 떠올리며 거실 천장을 올려다보았다.

"이쪽에 온 뒤로 처음 사람을 죽였을 때였거든. 그 탓인지도 몰라."

"이쪽에 온 뒤로…… 처음?"

신이 아무렇지 않게 꺼낸 말에 티에라는 당황했다.

어감을 보면 베일리히트에 와서 처음으로 사람을 죽였다는 의미로 들리지 않았기 때문이다.

신에게는 말 그대로 이쪽 세계에 온 뒤로 처음 경험한 살인이었다.

"그렇군. 지금 동료들 중에서 모르는 건 아마 티에라뿐일 거야. 티에라도 비밀을 털어놓았으니까 지금이 내 이야기를 하기 가장 좋은 시점인 것 같아. 유즈하는 아직 정신적으로 어리니까 나중에 기회가 있겠지."

"대체…… 무슨 일인데 그래?"

"티에라가 나에게서 느낀 두려움의 원인……이라고 해야 하려나. 슈니는 그 원인과 관련된 녀석들을 없애기 위해, 벌을 받을 각오로 내게 예전 동료들의 정보를 가르쳐주지 않았을 정도야."

"스승님이?!"

신의 말에 티에라는 놀라움을 감추지 못했다.

신에 대한 호의를 감추지 않는 슈니가 신에게 중요한 사실을 숨겼다는 것이 믿어지지 않았던 것이다.

"……저기, 그건 내가 들어도 되는 이야기야?"

"들을지 안 들을지는 티에라에게 맡길게. 이야기 자체는 이미 과거의 일이야. 그 이야기를 티에라가 들은 것 때문에, 내가 이야기한 것 때문에 슈니가 걱정하던 대로 되는 것도 아니거든."

신은 온화한 표정으로 말했다.

옛날의 감각이 완전히 사라진 것은 아니었다. 티에라가 느낀 것처럼 신의 내부에는 사신이라 불리던 시절의 감각이 남아 있었다.

그러나 이제 와서 과거 이야기를 한 것 정도로 그것에 지배당할 생각은 없었다. 만약 영향이 나타난다면 그녀를 죽인 원수와 마주쳤을 때일 것이다.

"……."

선택을 위임받은 티에라는 일단 입을 다물었다.

그녀는 눈을 감고 무언가를 생각하고 있었다.

조용히 생각에 잠긴 지 몇 초가 지났다.

신의 눈을 똑바로 마주 보며 티에라가 대답했다.

"……가르쳐줘. 난 너에 대해 알고 싶어."

"알았어. 조금 길어질 테지만 들어줘."

신은 티에라의 대답에 고개를 끄덕여 보이며 이야기를 시
작했다.


─수많은 던전을 공략하고.

─수많은 PK를 해치우고.

─영웅과 사신이라는 상반된 이름으로 불린.

─한 남자의 이야기를.

status | 스테이터스 소개

THE NEW
GATE

이름 : **미카즈키 무네치카**
성별 : 여성
종족 : 무기의 정령
등급 : 고대

## ●능력치

LV : 929
HP : 20000
MP : 15000
STR : 929
VIT : 845
DEX : 911
AGI : 862
INT : 200
LUC : 86

## ●전투용 장비

머리   은경(銀鯨)의 투구
몸   은경의 갑옷
팔   은경의 팔 덮개
발   은경의 다리 갑옷
액세서리   백마사(白魔系)의 장식끈【상태 이상
       무효】
무기   미카즈키 무네치카 · 진타【무기 파괴 공격
     무효, 강습 무효, HP 자동 회복[특], MP
     자동 회복[특]】

## ●칭호

● 천하오검
● 의인화 무기
● 검술의 정점
● 마검
● 아름다운 칼날
etc

## ●스킬

● 오광섬(五光閃)
● 파산(破山)
● 월광참무
● 비연(飛燕)
● 신섬(神閃)
etc

## 기타

● 검의 시험(마법 스킬 피대미지 감소
   95%)

※ 보너스 상승치 미〈약〈중〈강〈특

이름: **오오덴타 미츠요**
성별: 여성
종족: 무기의 정령
등급: 고대

### ●능력치

LV : 908
HP : 20000
MP : 15000
STR : 908
VIT : 780
DEX : 940
AGI : 907
INT : 200
LUC : 77

### ●전투용 장비

머리　흑사자의 투구
몸　　흑사자의 갑옷
팔　　흑사자의 팔 덮개
발　　흑사자의 다리 갑옷
액세서리　흑사자의 장식끈【상태 이상 무효】
무기　오오덴타 미츠요·진타【무기 파괴 공격 무효, 강습 무효, 강화 스킬 보너스[특], 스킬 부스트】

### ●칭호

●천하오검
●의인화 무기
●검술의 정점
●마검
●시험의 칼날
etc

### ●스킬

●중단(重斷)
●제비 베기
●하늘 베기
●람인(嵐刃)
●신섬
etc

### 기타

●검의 시험(마법 스킬 피대미지 감소 95%)

이름 : 린도 스즈네
성별 : 여성
종족 : 비스트

메인 직업 : 음양사
서브 직업 : 무녀
모험가 랭크 : 없음
소속 길드 : 흑무녀 신사

## ●능력치

LV : 210
HP : 3490
MP : 5509
STR : 209
VIT : 582
DEX : 312
AGI : 347
INT : 593
LUC : 45

## ●전투용 장비

머리  별그림자의 머리 장식【MP 자동 회복[중]】
몸  청명(清明)의 옷【DEX 보너스[중]】
팔  청명의 팔찌【DEX 보너스[중]】
발  청명의 버선【AGI 보너스[중]】
액세서리  적마사(赤魔糸)의 호부(護符)【LUC 보
　　　너스[소]】
무기  주물(呪物)의 부적

## ●칭호

●조종술의 달인
●궁술 사범
●꼭두각시 실의 연주자
●거짓 창조자
●군단의 주인
etc

## ●스킬

●식신 소환
●식신 작성
●식신 빙의
●술식 부여
●신의 바람
etc

## 기타

●선정자

이름 : **오우거 인베이드**
종족 : 오우거
등급 : 킹

## ●능력치

LV : 723
HP : ????
MP : 4300
STR : 800
VIT : 722
DEX : 403
AGI : 449
INT : 91
LUC : 0

## ●전투용 장비

무기  도지기리 야스츠나(마기 침식)

## ●칭호

- ●마기 침식
- ●미궁의 주인
- ●마검의 주인(가짜)

etc

## ●스킬

- ●메탈 스킨
- ●파워 임팩트
- ●테라 하울
- ●스팟 퀘이크
- ●광란

etc

## 기타

- ●변이 개체

이름 : **매드 소드 레기온**
종족 : 머티리얼 고스트
등급 : 없음

## ●능력치

LV : 811
HP : ????
MP : ????
STR : 721
VIT : 703
DEX : 905
AGI : 126
INT : 238
LUC : 0

## ●전투용 장비

없음

## ●칭호

- ●미궁의 주인
- ●원령 집합체
- ●피를 빼는 저주의
  장비

etc

## ●스킬

- ●춤추는 저주의 검
- ●베어 넘기는 저주
  의 창
- ●물어뜯는 저주의
  도끼
- ●탄식하는 저주의
  지팡이
- ●꿈틀대는 저주의
  갑옷

etc

## 기타

- ●고대급 무기 흡수체

◆ 당신은 언제나 옳습니다. 그대의 삶을 응원합니다. — **라의눈 출판그룹**

# 더 뉴 게이트 9

**초판 1쇄** 2019년 2월 27일

**지은이** 카자나미 시노기
**옮긴이** 김진환

**펴낸이** 설웅도
**펴낸곳** 라의눈

**출판등록** 2014년 1월 13일(제2014-000011호)
**주소** 서울시 강남구 테헤란로78길 14–12(대치동) 동영빌딩 4층
**전화번호** 02-466-1283
**팩스번호** 02−466−1301
e-mail 편집 editor@eyeofra.co.kr 마케팅 marketing@eyeofra.co.kr
    경영지원 management@eyeofra.co.kr

ISBN 979-11-963499-9-8 04830
    979-11-963499-0-5 04830(set)

–라루나는 라의눈출판그룹의 브랜드입니다.
–이 책의 저작권은 저자와 출판사에 있습니다.
–서면에 의한 저자와 출판사의 허락 없이 책의 전부 또는 일부 내용을 사용할 수 없습니다.

* 잘못 만들어진 책은 구입처에서 교환해드립니다.
* 책값은 뒤표지에 있습니다.

THE NEW GATE volume9
ⓒ SHINOGI KAZANAMI 2017
Character Design: MAKAI NO JUMIN
Original Design Work: ansyyqdesign
Originally published in Japan in 2017 AlphaPolis Co., LTD., Tokyo.
Korean translation rights arranged with AlphaPolis Co., LTD., Tokyo,
through Tuttle-Mori Agency, Inc, Tokyo and AMO Agency, Seoul.

이 책의 한국어판 저작권은 AMO 에이전시를 통해 저작권자와 독점 계약한 라의눈에 있습니다.
저작권법에 의해 한국 내에서 보호를 받는 저작물이므로 무단 전재와 무단 복제를 금합니다.